Horst Evers, geboren 1967 in der Nähe von Diepholz in Niedersachsen, studierte Germanistik und Publizistik in Berlin und jobbte als Taxifahrer und Eilzusteller bei der Post. Er erhielt u. a. den Deutschen Kabarettpreis und den Deutschen Kleinkunstpreis. Jeden Sonntag ist er auf radioeins zu hören. Seine Geschichtenbände, etwa «Für Eile fehlt mir die Zeit» (2011) oder «Wäre ich du, würde ich mich lieben» (2013), sind wie seine Romane Bestseller. Horst Evers lebt mit seiner Familie in Berlin.

«Ein Meister des geschriebenen Wortes – hintergründig, humorvoll, pointiert ... Ein begnadeter Geschichtenerzähler.» *(NDR)*

«Schöner, auf jeden Fall aber lustiger scheitern, darin ist Horst Evers Spezialist, und seine Bücher bieten uns zwar keinerlei Ratschläge, aber einigen Trost. Und ziemlich gute Unterhaltung.» *(Frankfurter Allgemeine Sonntagszeitung)*

«Eine so witzige wie abgründige Coming-of-Age-Geschichte ... Und ein rasantes Roadmovie, das mit immer neuen Wendungen überrascht – auch als Dreiecksgeschichte.» *(NZZ am Sonntag)*

Horst Evers

Es hätte alles so schön sein können

Roman

Rowohlt Taschenbuch Verlag

3. Auflage Dezember 2025
Veröffentlicht im Rowohlt Taschenbuch Verlag,
Rowohlt Verlag GmbH, Kirchenallee 19, 20099 Hamburg
Zuerst veröffentlicht im Rowohlt Taschenbuch Verlag,
Hamburg, April 2020

Covergestaltung any.way, Barbara Hanke / Cordula Schmidt
Coverabbildung Gerhard Glück
Satz aus der Minion Pro, InDesign,
bei Pinkuin Satz und Datentechnik, Berlin
Printed in Germany
ISBN 978-3-499-27561-6

Kontaktadresse nach EU-Produktsicherheitsverordnung:
produktsicherheit@rowohlt.de

Für Zuhause

Teil 1

-1-

Es hätte alles so schön sein können. Und eigentlich war es das ja auch.

Das «Village Rouge» war ein lebhaftes Landbordell mit Kundschaft aus allen vier angrenzenden Landkreisen. Nachdem es in der Nähe von Torfstede eröffnet hatte, veränderte dies nicht nur die innere gesellschaftliche Statik meines Heimatdorfes von Grund auf. Es hatte auch erhebliche Auswirkungen auf meine Gedanken, Träume und Tagesabläufe. Für einen siebzehnjährigen Jungen, der so ziemlich mitten im Nirgendwo von Niedersachsen aufwächst, reichen schon kleine Dinge, um sich große Gedanken zu machen.

Mir war, als hätte man mit dem Village Rouge ein Portal zu einer anderen Welt für mich freigelegt. Einer Welt, die ich nur aus Büchern, Filmen und Serien kannte. Unendlich weit entfernt von Torfstede. Einem dieser Orte, bei denen man manchmal denkt, es gibt sie eigentlich nur, um der Landschaft eins auszuwischen. Platz vier der unbekanntesten Orte Deutschlands. Da war Torfstede tatsächlich mal gelandet. Als man in einer Umfrage Menschen aus dem gesamten Land eine Liste mit den fünfzig unbekanntesten Orten vorgelegt hat. Wo man ankreuzen musste, welche dieser Orte man doch kennt, um so schließlich den Allerunbekanntesten herauszufinden. Die Orte auf den ersten drei Plätzen kennt man nicht. Doch da sie in der Berichterstattung über diese Umfrage immer wieder erwähnt wurden, müsste an sich mittlerweile Torfstede der unbekannteste Ort Deutschlands sein. Oder war es. Also bis zu den Ereignissen dieses Wochenendes im Mai, das nicht nur mein Leben für immer verändern sollte.

Angefangen hatte alles schon einige Zeit vorher. Als der Lindenwirt gestorben war. Ertrunken. Im Straßengraben. Neben der Hühnerhofstraße. Die ja eigentlich gar nicht mehr so hieß.

Umbenannt hatte man die Straße ein halbes Jahr nachdem der alte Grode, der Geflügelbaron, Gründer und Alleinherrscher eines Legehennenimperiums, beim Pinkeln von seinem eigenen Traktor überrollt worden war. Ihr Name sollte jetzt «Heinrich-Grode-Weg» sein. Genau genommen eine Degradierung: von der Straße zum Weg. Doch offiziell hatte sie ja ohnehin nicht «Hühnerhofstraße» geheißen. Die Leute hatten sie nur so genannt, weil die Straße eben zum Hühnerhof führte und bis zu Heinrich Grodes Tod gar keinen richtigen Namen hatte. Danach nannten sie sie weiter so. Trotz des jetzt offiziellen anderen Namens. Aus Gewohnheit. Was für den, der die Gewohnheit nicht gewohnt war, allerdings verwirrend anmuten musste. Schließlich gab es ja auch den Hühnerhof gar nicht mehr. Dort befanden sich nun das Clubhaus, die Tennisplätze sowie die Baustellenareale für die Squash- und Bowlinghalle mitsamt der Country Lounge, die dann Ausgangspunkt des entstehenden Golfplatzes werden sollte. Die Hühner wohnten lange schon in der gut fünf Kilometer entfernten «Nord-West-Grüner-Sonnenschein-Hofgemeinschaft e. G.».

Zu den Legehennenfabrikzeiten hatte der Betrieb noch «Grode-Ei» geheißen. Ein guter Name für einen norddeutschen Hühnerhof. Da hatte der alte Grode wirklich Glück mit seinem Namen. Wie er ja immer Glück hatte. Bis es losging mit dem Pech. Sprich, diesen unerfreulichen Geschichten über seinen Betrieb. Es folgten widerliche Artikel in der Lokalpresse, Legebatterierazzien, öffentliche Verleumdungen,

Prozesse, Verurteilungen. Da hatte «Grode-Ei» irgendwann einen ziemlichen Beigeschmack. Der einstmals gute Name wurde zu einer Belastung. Weshalb die Umbenennung letztlich unausweichlich war.

Doch das hatte der alte Grode schon nicht mehr erleben müssen. Da war sein Traktor vor gewesen. Gut fünf Jahre war all das jetzt her. Sein Sohn Horst hatte übernommen. «Der Junior», wie ihn alle nannten, obwohl er schon fast fünfzig Jahre alt war. Zuerst hatte er die Firma in «Nord-West-Ei e. G.» umbenannt. Das war allerdings für den Verkauf kein optimaler Name. Und um umsatztechnisch wieder auf die Beine zu kommen, musste man deutlich mehr ändern als nur den Namen. Daher kaufte man den nahegelegenen kleinen Biohof «Grüner Sonnenschein» auf und richtete dort einen modernen regionalen Versorgerstandort mit Hofverkauf und Ferienapartments für Familien ein. Nach außen vermarktete man es als Fusion, weshalb die gesamte Firma nun eben «Nord-West-Grüner-Sonnenschein-Hofgemeinschaft e. G.» hieß, kurz «Grüner Sonnenhof», was auch als Markenname auf den Eierpappen stand. Im Großen und Ganzen war da jetzt alles artgerecht, natürlich, an sich sogar quasi bio. Also im Prinzip.

Seitdem läuft jedenfalls das mit den Eiern wieder rund, wie die Leute im Dorf sagen. Denn das ist so ganz der Humor der Menschen hier. Trocken, doch in seiner prinzipiellen Bodenständigkeit einer leicht übermütigen Albernheit nie abgeneigt. Ja, das ist schon ein Humor, da kann man eigentlich nichts gegen sagen.

Und dann ertrank also auch noch der Lindenwirt im Straßengraben der Hühnerhofstraße. Ein Fahrradunfall. Wenngleich «Alkoholunfall» wohl die treffendere Beschreibung gewesen wäre. Sein Landgasthof zur Linde lief, anders als Grodes Eierbetrieb, schon seit Jahren nicht mehr. Er lag etwas außerhalb von Torfstede, an der Bundesstraße. Damit war er das Aushängeschild des Ortes gewesen, denn kurz dahinter kommt die Abfahrt nach Torfstede. Das Dorf liegt anderthalb Kilometer von der Bundesstraße entfernt. Deshalb kommt da nie jemand hin, der nicht unbedingt will. Nicht mal unser Schulbus ist ins Dorf gefahren. Wir mussten jeden Morgen zur Haltestelle neben dem Lindenhof.

Der hatte sogar mal richtige Fremdenzimmer gehabt. Aber seit Ewigkeiten hatten da höchstens noch die Saisonarbeiter von Grode-Ei gewohnt. Und dann auch die nicht mehr, nachdem sich Junior-Grode mit dem Lindenwirt, der richtig Hans Kruger hieß, zerstritten hatte. Weil der ihm den Gasthof einfach nicht verkaufen wollte. Obwohl die Gastwirtschaft nur noch in gleichbleibendem Tempo vor sich hin verwahrloste.

Das ging so, seit dem Wirt seine Frau weggelaufen war. Kruger hatte zwar behauptet, er hätte sie fortgejagt. Doch niemand im Dorf glaubte das. So einer war der Kruger nicht. Kein wüster, unüberlegter Schreihals. Sondern an sich ein herzensguter Trauriger. Der hätte ihr gewiss verziehen, dass sie was mit einem aus der Stadt gehabt hatte. Oder vielleicht auch mit zweien oder dreien. Er hatte ja selbst was mit welchen gehabt. Unattraktiv war er beileibe nicht gewesen, und als Gasthofinhaber ergeben sich dann so Geschichten ja quasi wie von selbst. Ob man nun will oder nicht. Das sind solche Automatismen. Erst recht, wenn man als Wirt eben auch gar kein schlechter Kunde von sich selber ist. Da ist man all dem ja irgendwann mehr oder weniger wehrlos ausgeliefert.

Hat mir der Lindenwirt zumindest so erzählt. Ich mochte den Hans. War gerne da und habe geholfen. Nach der Schule, wenn ich von der Bushaltestelle nicht gleich nach Hause, sondern noch ein bisschen am Lindenhof herumgestrolcht bin.

Meistens mit Mareike. Meiner besten Freundin. Sie war exakt zwei Monate älter als ich, trug ihre dunkelblonden Haare als Zopf, damit sie nicht störten, und hatte vorne eine kleine Zahnlücke, seit sie mal vom Pferd gefallen war. Immer war sie die Beste im Sport gewesen. Auch besser als die meisten Jungs. Ganz sicher jedoch immer besser als ich. Richtig hieß sie Mareike Pieper, im Dorf wurde sie allerdings eher Grodes-Mareike genannt, da ihre Mutter die jüngste Tochter des alten Grode war und die Piepers im ganz alten, ganz kleinen Stammsitz der Familie Grode mitten im Dorf wohnten. Im sogenannten Grode-Haus. Da spielte es keinerlei Rolle, dass Ursula Grode längst mit dem gesamten mächtigen Clan der Grodes tief verfeindet war, weshalb sie bei der Heirat mit dem zugezogenen Martin Pieper umso lieber dessen Nachnamen angenommen hatte. Für die Menschen im Dorf blieb sie selbstverständlich «die kleine Grode», und ihre Kinder nannte man folgerichtig Grodes-Jochen, Grodes-Michael und, die Jüngste, Grodes-Mareike. Meine allerbeste Freundin. Eigentlich sogar mein einziger richtiger Freund überhaupt.

Der Lindenwirt hat uns oft ziemlich wilde Geschichten erzählt. Von fremden Welten, die ganz anders waren als Torfstede und durch die er viel gereist sein muss, bevor er den Gasthof geerbt und weitergeführt hat. Das war meistens richtig lustig. Doch nachdem die Frau weg war, wurde er immer wütender. Und betrunkener. Hat sich kaum mehr für sein Lokal interessiert. Noch weniger für uns.

Nach seinem Tod meinte mein Vater, der Lindenwirt habe bei sich selbst seit Jahren anschreiben lassen. Und wenn man sich bei sich selbst über so lange Zeit immer weiter verschuldet, gehört man irgendwann der Bank. Das dachten meine Eltern und auch alle anderen im Dorf.

Doch da täuschten sie sich. Denn nur einen Tag nachdem der Lindenwirt ertrunken im Straßengraben aufgefunden worden war, ging der Junior-Grode zur Bank, weil er dessen Schulden und damit den Landgasthof übernehmen wollte. Das Grundstück lag nämlich ausgesprochen günstig zum neu entstehenden Golfplatz. Das war der Grund, warum Horst Grode dem Krugerwirt mehrfach regelrecht unanständige Summen für seine runtergewirtschaftete Pension geboten hatte. Der sture Trinker hatte alle Angebote abgelehnt. Nicht nur das, das Abschmettern der Avancen wurde häufig gewürzt mit übertrieben obszönen Beschimpfungen. Daher waren die beiden am Ende so verfeindet gewesen.

Nach Krugers Tod hoffte der kommende Golfclubpräsident, endlich zum Zuge zu kommen. Tatsächlich war der Gasthof wie erwartet hoch verschuldet. Doch zur Überraschung aller, selbst seiner fortgezogenen Frau und sogar des Bankdirektors, hatte der Lindenwirt verfügt, im Falle seines Todes sofort einen Privatbankier in Frankfurt zu unterrichten. Dieser wiederum informierte kurz darauf alle Berechtigten, dass der Verstorbene in seiner Bank zehn Goldbarren deponiert habe, die die Schulden problemlos aufwogen.

Da es weder Scheidung noch Kinder gegeben hatte, erbte die Frau alles. Nun zeigte sich, dass sie wirklich nicht wegen ihres Mannes fortgegangen war, sondern wegen der anderen Frauen im Dorf, die sie offenkundig aufgrund ihrer Affären ausgegrenzt und gedemütigt hatten. Immer wieder war sie wohl hinter vorgehaltener Hand als Schlampe, Dirne oder Nutte beschimpft worden. Diese Frauen, so ihre Überzeugung, hatten ihr Leben und das ihres Mannes zerstört. Das sollten sie nun büßen. Also verkaufte die Frau des Lindenwirts den Landgasthof nicht an den höchstbietenden Grode, sondern vermutlich sehr viel günstiger an eine etwas in die Jahre gekommene Prostituierte aus Hamburg, die noch dazu über die notwendigen amtlichen Kontakte verfügte, um zügig eine Lizenz zu erhalten. So zumindest reimten sich meine Eltern vor meinen Ohren die ganze Geschichte zusammen.

Nur wenige Wochen später eröffnete also in unmittelbarer Nähe unseres kleinen verschlafenen Dorfes, an der Bundesstraßenabfahrt, praktisch als neues Aushängeschild des Ortes, das Village Rouge. Ein astreines, überregional werbendes Landbordell mit weit sichtbaren roten Lichtern. Perfider hätte die Rache an den ehemaligen vermeintlichen Freundinnen nicht sein können.

In der Hoffnung, zumindest einen Funken verbotener Frivolität zu erhaschen, wählte ich fortan praktisch jeden Weg, den ich zurückzulegen hatte, so, dass er mich am Lindenhof vorbeiführte. Natürlich benutzte auch in diesem Falle niemand im Dorf den neuen Namen «Village Rouge», sondern es blieb selbstverständlich bei «Lindenhof», so wie man es schon immer gewohnt war. Die gänzlich neue Verwendung der Räumlichkeiten konnte daran nichts ändern. Im Gegenteil, die aktuelle Nutzung als Bordell führte dazu, dass manch einer nicht ohne trotzigen Stolz erläuterte, wie umsichtig und passend es doch nun im Nachhinein gewesen wäre, die Hühnerhofstraße weiterhin Hühnerhofstraße heißen zu lassen. Denn am Hühnerhof vorbei führte sie ja direkt zum Village Rouge. Inhaltlich ergäbe damit ja quasi alles wieder einen Sinn. Das war eben erneut dieser Humor der Leute im Dorf, der sich immer so ganz von selbst seinen Weg ins Leben bahnt. Mit so einem Humor muss man im Dorf dann auch irgendwie leben.

Natürlich hatte Mareike meine ständigen abstrusen Begründungen, warum ich noch schnell am Lindenhof vorbei- oder ihn sogar umrunden musste, bald durchschaut. Mareike entging nie etwas, und sie hatte auch nicht die geringste Scheu, mich damit zu quälen.

«Oh, wie schön sonnig es heute ist. Das werden bestimmt manche nutzen, um ihre Unterwäsche zum Trocknen rauszuhängen. Ich nehme an, du würdest gerne noch durch das kleine Waldstück hinter dem Village Rouge fahren?»

Ich wusste, dass sie wusste, was ich dachte und dass mir das peinlich war. Trotzdem hatte ich zum ersten Mal das Gefühl, ein Geheimnis vor ihr zu haben. Ja, sogar sie irgendwie zu hintergehen, wenn ich mich des Abends im dichten Gestrüpp des Waldrandes einrichtete. Von dort hatte ich einen exzellenten Blick auf die straßenabgewandte Seite des Village Rouge. Die rot, gelb und blau beleuchteten Fenster der dreistöckigen ehemaligen Pension. Die umgebauten alten Stallungen, den unauffälligen Hintereingang, vor dem der trüb beleuchtete Parkplatz lag.

Hier konnte ich nebenbei doch so manche vertraute Gestalt beim Besuch des geheimen Hauses erblicken. Hätte ich mir die Mühe gemacht, den sehr guten Fotoapparat meines Vaters mit in mein Versteck zu nehmen, und darüber hinaus unternehmerischen Ehrgeiz entwickelt, wäre es vermutlich möglich gewesen, ein paar außergewöhnliche Bilder besonderer Menschen zu machen, die mir eine deutlich wohlhabendere Jugend und eventuell sogar ein vollkommen sorgloses Hochschulstudium beschert hätten. Doch Geschäftssinn ging mir vollkommen ab, und noch mehr hätte es mir am notwendigen Mut gemangelt. Aber vor allem hatte ich für solche Aktivitäten gar keine Hirnkapazitäten frei.

Denn hier ging es für mich fraglos um etwas sehr viel Wichtigeres. Etwas, von dem ich im Prinzip nichts wusste, auch nichts wirklich sah und kaum etwas hörte. Allerdings war das, was ich mir aus den spärlichen Quellen in dieser relativen Nähe zusammenzureimen vermochte, eigentlich schon weitaus mehr, als ich aushalten konnte. Oft reichte es schon, wenn nur ein Fenster geöffnet wurde, damit mir der Atem stockte. Manchmal setzte sich dann eine der Frauen sehr leicht bekleidet auf das Fensterbrett, um zu rauchen. Das war natürlich der Jackpot. Aber auch wenn man nichts weiter sah als leicht flackerndes Licht und die menschlichen Geräusche die Musik übertönten, war das schon eine ordentlich große Sache. Durchs offene Fenster fühlte es sich beinah an, als wäre ich mit im Raum. Manchmal klang es wie ein Streit. Ein lauter, heftiger, leidenschaftlicher Streit. Mit Schlagen, Stoßen, Schreien und allem. Das hatte schon etwas Wundersames. Aufregendes. Es erschien mir in jedem Falle sehr viel spannender als alles, was ich bislang im Internet zu dieser Thematik recherchiert hatte. Und das, obwohl ich hier praktisch nichts sah, während ich mir im Netz so gut wie alles ansehen konnte. Teilweise in Großaufnahme.

Vielleicht war das ja genau das Geheimnis. Das Internet zeigte mir einfach so die ganze Bude. Alle Zimmer und Kammern, plus Keller. Ohne den geringsten Aufwand meinerseits. Nichts brauchte einem peinlich zu sein. Hier zu hocken und auf diese Fenster zu starren, ohne etwas zu sehen, war hingegen superpeinlich. Die Angst, entdeckt zu werden, die Scham, die Nervosität waren um ein Vielfaches reeller. Die ganze Sex-Kiste hatte natürlich etwas Furchteinflößendes. Diese Furcht zu überwinden war Teil des großen Dings. Da war ich mir mittlerweile sicher.

«Wenn du keine Angst hast, ist es keine Liebe», hatte mein Großvater mal zu mir gesagt. Damals ging es darum, ob ich mich traute, ein Trompetensolo im Posaunenchor zu spielen. Weshalb ich mich dann getraut habe und wahrlich grandios gescheitert bin. Vor versammelter Gemeinde. Mein Opa war trotzdem stolz auf mich. «Etwas wagen, weil man es eigentlich total gut kann, ist an sich nichts Besonderes. Aber sich etwas trauen, obwohl man es wahrscheinlich überhaupt gar nicht kann: Das erfordert echten Mut.»

Meine Mutter hingegen meinte kürzlich: «Durchs Internet verlernen die Menschen, sich zu schämen. Das ist unser eigentliches Problem.» Ich glaube zwar, dass sie damit nicht die Pornoseiten meint, sondern irgendwas Gesellschaftspolitisches, doch für den Sex leuchtet es mir sogar ein. Das, was alles so aufregend macht, ist doch die Scham, das Verbotene, Geheimnisvolle. Im Internet gibt es null Geheimnisvolles. Doch noch weniger gibt es das, was ich eigentlich mehr als alles andere suchte: Abenteuer! Nach all meinen bisherigen Überlegungen war ich mir vergleichsweise sicher, dass es die Sache war, um die es eigentlich ging. Aber original.

Irgendetwas in dieser Art mochte ich gedacht haben, als plötzlich ein sehr großer, massiger Mensch quasi durch das offene Fenster im dritten Stock des Quergebäudes schoss. Kurz stand er in der Luft, ehe sich der Körper wie der eines bewusstlosen Turmspringers drehte und aufgrund der ungeheueren, unerbittlichen Erdanziehung dem Boden entgegenraste. Dort tauchte er jedoch nicht ein, sondern schlug knirschend auf, bevor er noch mal ganz leicht auf dem Parkplatz aufzuditschen schien, um dann mit einem leicht matschenden Geräusch das Fallen als solches zu beenden und reglos liegen zu bleiben.

-2-

Für einen ganz kurzen Moment war es, als würde die Welt stillstehen. Alle Geräusche verstummten. Der Wind hielt inne. Das Licht fror ein.

Dann nahm alles seinen Betrieb wieder auf. Ich hörte die Musik und den zarten Lärm aus den Zimmern mit geschlossenen Fenstern. Das Village Rouge lag vor mir, als wäre nichts geschehen. Der Klumpen Mensch auf dem Parkplatz hingegen vermittelte einen anderen Eindruck. Obschon er sich nicht rührte. Kein bisschen. Doch gerade dieses völlig Reglose des Mannes zwang mich zu realisieren, dass eben sehr wohl etwas passiert war.

Ich überlegte, ob ich die Polizei rufen sollte. Anonym natürlich. Wobei das selbstverständlich ein Witz war. Im Dorf mochte es nun wirklich so einiges geben, aber Anonymität hatten wir beim besten Willen nicht zu bieten. Wenn sich herausstellte, dass jemand vom Gestrüpp des Waldrandes aus den Fenstersturz beobachtet hatte, würde es vermutlich einen halben Filterkaffee lang dauern, bis man auf mich käme und ich Fragen beantworten müsste. Andererseits, wenn ich jetzt nicht die Polizei rief und der Mann gar nicht tot war und dann herauskam, dass ich alles gesehen hatte, und der Mann sterben würde, weil nicht rechtzeitig ein Krankenwagen gerufen wurde … Könnte ich mir das je verzeihen?

Und wäre es nicht unterlassene Hilfeleistung? Machte ich mich damit nicht strafbar? Und schuldig? Sollte ich unter falschem Namen einen Krankenwagen rufen? Schon wieder die Illusion des Anonymen. Warum kam niemand aus dem Lindenhof raus, um den Mann zu untersuchen? War es womöglich tatsächlich ein Unfall ohne fremde Beteiligung? Oder am Ende ein Selbstmord, den die Frauen des Etablissements gar nicht mitbekommen hatten?

Um meinen eigenen Fragen auszuweichen, beschloss ich, mich erst mal unauffällig dem Mann zu nähern. Mir ein genaueres Bild zu machen. Ganz vorsichtig stieg ich aus dem Gebüsch, rutschte den kleinen Hang zum Parkplatz hinunter und schlich mich behände, jede Deckung suchend, möglichst dicht an den Wänden haltend, näher an das Opfer heran. Ich hatte es fast erreicht, als plötzlich eine Seitentür aufflog. Eine junge Frau kam herausgestürmt. Sie schimpfte, aber im Flüsterton. Ein Flüstern, das so gepresst klang, dass es emotional viel lauter wirkte als Schreien: «Oh verdammt. Verdammt, verdammt, verdammt. Was für ein Idiot. Bitte sei nicht auch noch tot! Du blöde Sau! Verdammt. Verdammt, verdammt, verdammt!»

Sie rüttelte an dem Haufen Mensch. Versuchte ihn auf den Rücken zu drehen. Glitt jedoch ab und plumpste auf ihren Hintern. Jetzt konnte ich ihr Gesicht sehen. Sie weinte.

O Gott, wie schön sie ist, dachte ich und tadelte mich gleichzeitig selbst für den jetzt wenig hilfreichen reflexhaften Gedanken.

Sie schlug mit der Hand auf den Boden, tat sich dabei offensichtlich weh und schimpfte weiter: «Aua, verdammt, Mann! Er ist tot. Warum ist dieser Arsch tot? Was soll das denn? Bitte lass das doch! Sei nicht so idiotisch tot, du Hornochse! Verdammt!»

Aufs Neue rüttelte sie an dem Mann. «Hör jetzt gefälligst auf, so blöde tot zu sein! Hör auf! Das macht der doch mit Absicht! Dieser blöde Arsch. Was für eine dumme tote Sau.»

Sie fing an, auf den Mann einzuschlagen. Erst mit einzelnen Schlägen, dann zunehmend unkontrolliert trommelnd. Nach einer Weile stand sie auf und trat und schlug den Mann in unstetem Wechsel. Dabei fluchte sie in kaum verständlichen Wiederholungsschleifen weiter flüsternd vor sich hin. Schließlich sank sie entkräftet zu Boden und schlug noch zwei-, dreimal mit den Fäusten auf die Erde, ehe sie das tränenüberströmte Gesicht hob und etwas Unerwartetes erblickte.

Mich, der ich nach wie vor gelähmt vor Entsetzen und Angst ganz dicht an die Wand gepresst dastand, sie anstarrte und mich meiner sichtbaren Erregung schämte.

Von nahem war sie tatsächlich noch schöner, als ich sie mir von fern vorgestellt hatte. Erst jetzt fielen mir ihre blauen Haare auf. Leuchtend hellblaue, schulterlange Haare mit Seitenscheitel. Ich hatte die Farbe erst für eine optische Täuschung gehalten.

Doch noch etwas anderes kam mir nun seltsam vor. Ich brauchte einige Augenblicke, bis ich realisiert hatte, was mich so an ihr irritierte. Sie sah vollkommen normal aus. Ich weiß nicht, wie ich erwartet hatte, dass eine Prostituierte aus der Nähe wirken würde. Aber irgendwie anders eben. Sie war schlank, sportlich, fast so groß wie ich, trug schwarze Jeans und ein mattweißes Hemd. Doch gar nicht tief ausgeschnitten oder bauchfrei, sondern eben nur ein schlichtes Hemd. Auch die Jeans war nicht sehr eng geschnitten, und an den Füßen hatte sie grüne Sneakers.

Kurz, sie sah wahnsinnig toll aus. Gerade weil sie es überhaupt nicht darauf anlegte, gut auszusehen. Sondern mehr so cool und lässig. Wie die Mädchen an unserer Schule. Nur etwas älter. Eine Studentin vielleicht. War das ihre Rolle im Village Rouge? Die Studentin von nebenan? Nur recht dezent geschminkt, ohne jeden Schmuck. Ein wenig erinnerte sie mich an Frau Hettig, eine Referendarin, die letztes Jahr an unserer Schule gewesen war. In die hatten sich alle Jungs des Jahrgangs nach zwei Minuten verliebt. Nur hatte Frau Hettig knallrote Haare gehabt, und ich war mit ihr nie so zu zweit gewesen wie mit dieser echten Frau jetzt hier.

Bestimmt eine Minute lang sagte die nichts. Mit großen wässrigen braunen Augen beobachtete sie mich.

Bis ich das Schweigen nicht mehr aushielt und fragte:

«Alles in Ordnung?»

-3-

Der Gesichtsausdruck der jungen Frau bekam etwas Ungläubiges.

«Wonach sieht es denn aus?»

Ich blickte zu dem Mann auf dem Boden. Der große Stein, auf dem er mit dem Kopf aufgekommen war und der ihm beim Aufprall vermutlich den Schädel eingeschlagen oder das Genick gebrochen hatte, färbte sich zusehends rot.

«Hat er Sie angegriffen?»

«Bitte?»

«Ich meine, war es Notwehr?»

Sie schüttelte den Kopf. «Nicht direkt. Er ist von sich aus gesprungen.»

«Selbstmord?»

«Würde ich so nicht sagen. Er dachte, er kann fliegen.»

«Konnte er dann aber gar nicht, was?»

«Eben.»

«Also genau genommen war es ein Irrtum?»

«Eigentlich schon. Er hat sich einfach getäuscht.»

«Tod durch Irrtum quasi.»

«Ja. Sozusagen.»

«Sollen wir die Polizei rufen?»

«Das möchte ich eigentlich nicht so gerne.»

«Verstehe.»

«Echt?»

«Ja, klar. Sind Sie eventuell illegal?»

Die junge Frau kniff die Augen zusammen und schien angestrengt nachzudenken.

«Warum sollte ich denn illegal sein?»

«Na, weil Sie hier arbeiten.»

«Ich bin nicht illegal. Nicht mal, wenn ich arbeite.»

«Aber wieso wollen Sie denn dann nicht die Polizei rufen?»

«Das ist kompliziert.»

«Wäre ich in Gefahr, wenn ich die Wahrheit wüsste?»

Nun fasste sie sich an die Stirn.

«Äh, ja, genau, du wärst in sehr großer Gefahr, wenn du die Wahrheit wüsstest. Am besten wäre es, du weißt so wenig wie möglich.»

Sie nickte, wie um sich selbst recht zu geben, und fuhr fort.

«Allerdings. Solange die Leiche hier so liegt, könnte das auch gefährlich für dich werden. Wir sollten sie so schnell wie möglich wegschaffen.»

«Weg? Wohin denn? Und wie?»

Die junge Frau zögerte. Dann stürzte sie sich auf den toten Mann und fing an, seine Taschen zu durchwühlen.

«Kannst du Auto fahren?»

«Ich bin siebzehn.»

«Das habe ich nicht gefragt.»

«Ich kann Trecker fahren. Und Moped. Und vielleicht auch ein bisschen Auto.»

«Ein bisschen?»

«Wir sind hier auf dem Land. Hier kann jedes Kind ein bisschen Auto fahren. Also zumindest genug, um das Auto der betrunkenen Eltern von der Dorfgaststätte zurück auf den Hof zu manövrieren.»

«Das wird reichen.»

Triumphierend hielt sie den Autoschlüssel in die Luft, den sie in einer der Hosentaschen gefunden hatte. Dann drückte sie auf den Türöffner. Die Lichter einer großen dunklen Limousine blinkten, die Türentriegelung knackte.

Ich staunte. «Einen 7er BMW hatte ich allerdings noch nie. Können Sie denn nicht Auto fahren?»

«Könntest du mal aufhören, mich zu siezen? Auto fahren … ja, ein wenig.»

«Ist ein wenig weniger als ein bisschen?»

«Vermutlich. Es geht ja auch erst mal nur darum, den Wagen so vor den Toten zu fahren, dass man ihn vom Hintereingang aus nicht mehr sieht. Also den Toten. Es ist ja sowieso ein Wunder, dass noch niemand gegangen oder gekommen ist, seit der hier liegt.»

«Dass niemand gekommen ist, während der hier liegt, da wäre ich mir nicht so sicher.»

Ich lachte ein leises pubertäres Lachen und bekam dafür einen beinah liebevollen, nachsichtigen Blick. Ganz, als wollte sie sagen: «Ich weiß, mein Junge, in deinem Alter musst du so was wohl sagen. Es ist alles gut.»

Tatsächlich erwiderte sie jedoch: «Fahr einfach vorsichtig vor. Und bitte nirgendwo gegen und schon gar nicht über ihn drüber.»

Als ich die Fahrertür öffnete, schlug mir ein Schwall Rasierwasserduft entgegen. Ich hatte manchen Geruch erwartet: kalten Zigarettenrauch, ranziges Fett, Alkoholdunst, vielleicht auch den Geruch von Wurst oder rohem Fleisch, möglicherweise sogar Neuwagenspray, aber dieser feine, durchaus edle Parfümgeruch passte eigentlich gar nicht zu dem riesigen, langhaarig-bärtigen Rocker in Nietenlederjacke, der da totgefallen auf dem blutüberströmten Stein lag. Der Sitz war so weit nach hinten verschoben, wie es nur ging, und befand sich noch dazu fast in einer Liegeposition. Ich probierte eine kleine Ewigkeit lang, ihn nach vorne zu bringen.

«Was ist los?», zischte die Frau.

«Ich kriege den Sitz nicht nach vorne.»

«Das ist nicht dein Ernst.»

«Doch.»

In Panik zog ich an jedem verfügbaren Hebel. Die Kühlerhaube sprang auf.

«Ich glaube es ja nicht.»

Wütend sprang die Frau vor das Auto und drückte die Kühlerhaube zu, dann riss sie die Fahrertür auf und brachte mit zwei schnellen Handgriffen den Sitz in die richtige Position.

«Woher weißt du, wie das geht?»

Sie schüttelte den Kopf, fauchte leise «Los jetzt!» und schloss fast geräuschlos die Tür.

Ich startete den Wagen, ließ ihn etwas rollen und brachte ihn so zum Halten, dass er die Leiche verdeckte. Hernach stellte ich den Motor wieder ab, stieg aus dem Auto und schloss die Tür.

Die Frau schnalzte zufrieden.

«Okay. Ich schaue drinnen nach einer möglichst großen Decke, in die wir ihn einwickeln können. Check du solange schon mal den Kofferraum.»

«Den Kofferraum?»

«Klar, oder hast du einen anderen Vorschlag?»

«Ich hatte da so jetzt noch gar nicht …»

«Dachte ich mir.»

Entschlossenen Schrittes entschwand sie durch die Tür des Seitenflügels. Nur das verschmierte Make-up erinnerte noch an ihre Verzweiflung vor wenigen Minuten. Aber das tat ohnehin nichts zur Sache. Egal, ob verzweifelt oder entschlossen. In jeder Stimmung, in der ich sie bislang erlebt

«Erwischt!»-Blick des abgeklärten Pädagogen vor mir. Aber auch ich war schon zu lange Schüler, um mich davon noch beeindrucken zu lassen.

«Also ich persönlich», sagte ich, «mache hier jedenfalls absolut nichts. Und das ausschließlich. Aber was machen Sie denn hier?»

Er zuckte. Pfiff leise durch die Zähne. Eigentlich sollte Herr Schröder ja schwul sein. Sagte er zumindest selbst. Angeblich hatte er einen festen Freund, der in Braunschweig lebte. Niemand hatte ihn je gesehen. Weshalb nicht wenige vermuteten, seine Homosexualität sei nur eine Schutzbehauptung. Um von seinen Affären mit verschiedenen Frauen des Ortes abzulenken. Denn da wurde so manches gemunkelt.

Zumindest kann man da mal sehen, wie fortschrittlich und weltoffen unser Landkreis mittlerweile ist. Ein schwuler Lehrer ist den Leuten viel lieber als einer, der verheirateten Frauen nachsteigt. Von wegen Hinterwäldler! Auch ein unverheirateter Mann, der ins Bordell geht, wäre hier höchstens gut für ein paar pikierte oder schlüpfrige Bemerkungen, aber nichts, was nachhaltig den Tratsch beflügeln könnte. Jemand jedoch, der die braven und humorvollen Menschen des Landkreises mit einer arglistig vorgetäuschten Homosexualität mutwillig an der Nase herumführt – das wäre ohne Frage ein starkes Stück und würde auch gewiss entsprechend besprochen werden. Insofern war es nicht überraschend, dass Herr Schröder nun anfing, unruhig herumzutrippeln. Erneut linste ich hinter mich, um sicherzugehen, dass er nichts sah.

Was seine Aussicht völlig neu gestalten konnte, war der Umstand, dass der BMW jetzt plötzlich begann, ganz langsam, beinah unmerklich, zurückzurollen. Verdammt. Hatte ich tatsächlich vor Aufregung und im gewohnheitsmäßigen Tran ausgekuppelt? Das musste man nämlich immer beim alten Trecker von Grodes, weil sonst angeblich das Getriebe beim nächsten Starten einen Schlag bekam. Sagte der Grode-Junior, bei dem ich mir ab und an als Aushilfsfahrer etwas dazuverdiente. Auf exakt dem Trecker, der seinerzeit den alten Grode beim Pinkeln überrollt hat. Was ja nur passieren konnte, weil man bei dem immer auskuppeln musste. Und trotzdem bestand der junge Grode weiterhin darauf.

Überhaupt ist es ein komisches Gefühl, einen Trecker zu lenken, von dem man weiß, dass er schon einmal jemanden totgefahren hat. Oder eben totgerollt. Führerlos. Das hat der Trecker praktisch ganz allein gemacht. Quasi aus freien Stücken. Als wollte er den alten Grode für irgendwas bestrafen. Etwas, das der ihm angetan hat. Oder etwas, das der Grode einem anderen zugefügt hat. Das haben dann ja auch durchaus Leute im Ort vermutet. Dass der brave Trecker den alten Grode womöglich für etwas richten wollte. Für Taten, die der arme Trecker mitansehen und nicht mehr ertragen konnte. Für die Leute war das natürlich nur ein Scherz. Denn das war ja so ihr Humor. Aber man hat dann schon irgendwie einen anderen Respekt vor so einem Fahrzeug.

Ich hatte also vermutlich ausgekuppelt. Und deshalb zuckelte dieser verdammte BMW nun los. Um mich zu bestrafen. Für das, was ich seinem Fahrer angetan hatte. Oder was er denkt, dass ich ihm angetan hätte, denn eigentlich ist es ja schon erstaunlich, wie wenig ich bis zu diesem Zeitpunkt tatsächlich erst getan hatte. Gemessen daran, wie unglaublich schuldig ich mich bereits fühlte.

Ich schaute noch mal zum Auto. Keine Frage, es bewegte sich. Zweifellos nur noch ein kurzer Moment, bis der BMW-

Vorhang den Blick auf die Leiche freigegeben hätte. Doch noch merkte Herr Schröder nichts. Zu beschäftigt war er wohl mit seiner angestrengten Suche nach einer neuen Gesprächsstrategie. Ich nutzte seine Unaufmerksamkeit, um unauffällig die drei Schritte zurückzuhuschen. Erneut direkt hinter das Auto. Doch diese Bewegung entging ihm nicht. Überrascht von meinem unmotivierten Zurückweichen, schaute er auf, und noch ehe einer von uns etwas sagen konnte, spürte ich das Gewicht der Limousine. Mit aller Kraft lehnte ich mich dagegen. Gleichzeitig konzentrierte ich mich darauf, so natürlich und entspannt wie nur möglich auszusehen.

Herr Schröder schien sich nicht ganz sicher, was er da gesehen hatte.

«Sag mal, wurdest du gerade von dem parkenden Wagen angefahren?»

«Was? Nein. Natürlich nicht. So ein Quatsch. Ich lehne mich nur ein wenig an, weil mir vom langen Stehen die Gelenke weh tun.»

«Echt? Das sieht aber nicht sonderlich bequem aus, wie du da stehst.»

«Doch. Doch. Für mich ist das sehr bequem. Gerade wenn ich mich mit Knie und Schulter so ein bisschen abstützen kann. Das mögen die Gelenke.»

Mein Lehrer zog die Stirn kraus. Offenbar fiel es ihm schwer, sich zwischen Verwunderung und Misstrauen zu entscheiden. Ich kannte diesen Blick. Es war genau der Blick, den Herr Schröder auch hatte, wenn ein Schüler wie ich plötzlich die Lösung einer Aufgabe präsentierte, für die er eigentlich zu blöd war. Wenn an sich klar war, dass der Schüler sie irgendwo abgeschrieben haben musste, dem Lehrer aber leider die Beweise fehlten, ihm das auch nachzuweisen. In solchen Fällen tat Herr Schröder, was jeder gute Pädagoge tut. Nämlich erst mal gar nichts. Vielmehr wartete er geduldig, bis der Schüler sich ganz von selbst reinritt.

«Na gut, dann stehst du da eben bequem. Aber du bist wirklich ganz sicher, dass du hier definitiv überhaupt gar nichts machst und auch nichts zu verbergen hast?»

Ich schluckte.

«Absolut.»

«Also ich gucke mir das jetzt mal genauer an.»

Er schüttelte den Kopf und schickte sich an, um den Wagen herumzugehen.

-5-

Es gestaltete sich wohl weitaus schwieriger als erwartet, eine Decke von ausreichender Größe, guter Saug- und vermuteter Reißfestigkeit zu finden. Zumindest erklärte mir die junge Frau so später ihre lange Suche. Nachdem sie weder im Wäscheraum noch in den privaten Aufenthaltsräumen fündig geworden war, hatte sie sich schließlich an die Chefin gewandt, die dann ohne viel Federlesen eine schwere Tagesdecke aus einem der Boudoirs holte. Die Decke zierte eine nur mit Gazeschleier bekleidete exotische Tänzerin, auf deren großen Brüsten statt Nippeln fauchende Leopardenköpfchen zu sehen waren. Wobei dieses genaue Bild der Decke sich mir erst später eröffnen sollte.

Denn als meine Komplizin nun endlich mit dem riesigen Stoffballen aus dem Seitenflügel gestürmt kam, staunte sie nicht schlecht. Geistesgegenwärtig begriff sie aber sofort die Gefahr, legte die Decke auf der Kühlerhaube ab und baute sich so dicht vor Herrn Schröder auf, dass dieser augenblicklich erstarrte.

«Was ist hier los?»

Wahrscheinlich hätte Herr Schröder aus seiner Position die Leiche sogar sehen können. Aber es war für ihn offenkundig unmöglich, noch irgendetwas anderes wahrzunehmen als die junge, blauhaarige Frau vor ihm. Die beschloss, da sie auf ihre erste Frage keine Antwort bekommen hatte, gleich eine zweite an mich zu richten.

«Ist das einer deiner Kunden?»

Diese Frage kam für mich überraschend. Ich wäre kaum erschrockener gewesen, wenn sie Herrn Schröder direkt gefragt hätte, ob er uns helfen würde, den Toten in den Kofferraum zu laden.

«Einer meiner Kunden? Wieso das denn? Nein. Das ist mein Mathelehrer.»

«Dein Mathelehrer? Was macht der denn hier?»

«Ich habe keine Ahnung.»

«Hast du ihm was verraten?»

«Was? Nein. Natürlich nicht.»

Jetzt erwachte auch Herr Schröder wieder aus seiner Lähmung.

«Was hätte er mir denn verraten können?»

Die junge Frau rückte mit ihrem Gesicht noch etwas näher an ihn heran. Ich war sicher, dass er ihren Atem spüren konnte, wenn sie sprach. Eine aufregende Vorstellung.

«Selbstverständlich nichts. Dieser erstaunliche junge Mann hier ist schließlich die Diskretion und Zuverlässigkeit in Person. Aber als sein Lehrer wissen Sie das ja bestimmt. Ich wette, er würde eher sterben, als etwas zu verraten, oder?»

Sie warf mir einen durchaus furchteinflößenden Blick zu.

«Absolut!», antwortete ich schnell und kurzatmig. Gleichzeitig versuchte ich, den BMW wieder ein kleines Stück das Gefälle hochzuschieben, um unserem Geheimnis erneut einen etwas besseren Sichtschutz zu verschaffen.

«So verschwiegen und zuverlässig.» Sie ließ den Augenkontakt zu Herrn Schröder nicht abreißen, während sie leise, aber sehr gut verständlich sprach. «Dabei bin ich sicher, dass wir deinem Mathematiklehrer vertrauen dürfen. Den können wir gewiss in unser kleines Geheimnis einweihen, meinst du nicht?»

Mein ohnehin schon flacher Atem stockte nun vollends.

«Denkst du wirklich, das ist eine gute Idee?»

Sie lächelte. «Ich glaube, wir haben gar keine andere Wahl. Vermutlich hat er ohnehin längst mehr als nur eine Ahnung, was hier tatsächlich vorgeht. Immerhin ist er schon von Berufs wegen ein Mann der Logik und offensichtlich nicht auf den Kopf gefallen. Oder?»

Herr Schröder schaute verlegen zu Boden. Das war gut. Er räusperte sich.

«Nun, tatsächlich habe ich natürlich bereits begonnen, eins und eins zusammenzuzählen. Das gebe ich zu.»

Sie schob sich kokett eine Strähne der mittellangen gefärbten Haare aus dem Gesicht.

«Na, na, na, nun mal nicht so bescheiden. Sie wissen doch längst ganz genau, was hier gespielt wird. Das sehe ich Ihnen doch an der Nasenspitze an.»

«Nun ja, wahrscheinlich schon.»

«Sehen Sie. Sie spielen doch nur noch Ihre Spielchen mit mir. Dabei hätte ich wohl wissen müssen, dass ein Mann Ihrer Intelligenz das Ganze hier im Handumdrehen durchschaut. Wenn ich es mir genau überlege, hätte mich ja auch alles andere nur enttäuscht. Aber über all das können Sie wahrscheinlich nur schmunzeln, was?»

Einigermaßen irritiert, konnte ich trotz des trüben Lichts erkennen, wie sich die Wangen meines Lehrers rosa färbten. Hinter seinem verhuschten Lächeln gelang ihm aber doch ein vergleichsweise souveränes: «Na ja, wenn Sie das jetzt hier so sagen, bleibt mir wohl doch nichts anderes übrig, als mich schuldig im Sinne der Anklage zu erklären.»

Sie lachte in lasziver Heiserkeit. «Wusste ich es doch. Sie schlimmer Finger. Darf ich dann aber davon ausgehen, dass Sie unser kleines gemeinsames Geheimnis bewahren? Es ist ja nun auch keine im engeren Sinne verwerfliche Sache.»

Herr Schröder atmete hörbar und antwortete dann unhörbar. Also zumindest hatte man das Gefühl, dass sein Mund sich ungefähr fünfzehn Sekunden lang bewegte, bevor endlich die ersten Worte zu verstehen waren.

«… natürlich. Sie werden sehen, auch ich bin sehr verschwiegen und zuverlässig. Vielleicht ergibt sich ja die Möglichkeit einer Zusammenarbeit … in gewisser Weise … also wenn Sie Interesse haben …»

«Das klingt sehr interessant. Aber jetzt geht es leider nicht. Doch das wissen Sie natürlich schon längst.»

Herr Schröder richtete sich auf und schüttelte sich, als würde er aus einem Sekundenschlaf aufwachen. «Selbstverständlich. Ich wollte ja ohnehin gerade gehen.»

Er nickte ihr und mir noch einmal so gewinnend wie möglich zu, machte dann auf dem Absatz kehrt und entfernte sich gemessenen Schrittes. Sie drehte sich gleichfalls um und ging zurück zum großen Stoffballen auf der Kühlerhaube. Ich atmete erleichtert durch, verlor für einen Moment die Spannung und war so nicht darauf gefasst, dass sich der Wagen sofort wieder in Bewegung setzen würde. Bis ich den BMW zum Stehen brachte, war er schon mehr als einen Meter zurückgerollt.

Als wäre der Schreck nicht schon groß genug gewesen, hörte ich nun auch noch, wie sich mein Lehrer umdrehte. Mit schnellen Schritten näherte er sich:

«Entschuldigung, jetzt habe ich doch ganz vergessen, Sie nach Ihrem Namen zu fragen …»

-6-

Mitten im Satz brach er ab. Offenkundig hatte er etwas gesehen, das seine Aufmerksamkeit erregte. Hilflos schaute ich zur jungen Frau. Die unübersehbare Panik in ihrem Gesicht enttarnte ihre gesamte vorherige Selbstsicherheit als grandiose Lüge. Eine Erkenntnis, auf die ich gerne verzichtet hätte. Dann allerdings presste sie den Tagesdeckenwulst fest an ihre Brust, und es wirkte fast, als würde ihr das wieder sicheren Stand verschaffen.

«Jana», sagte sie. «Fragen Sie einfach nach Jana.»

Herr Schröder nickte abwesend. «Haben Sie bemerkt, dass da etwas hinter dem Auto ist?»

Bemüht gelassen warf sie einen kurzen Blick hinter sich, ehe sie meinen Lehrer wieder fixierte.

«Natürlich, aber darüber haben wir doch die ganze Zeit gesprochen. Wollen Sie etwa unsere kleine gemeinsame Geschichte schon wieder beenden?»

Ich nutzte die Verwirrung, um keuchend die Limousine zurückzuschieben. Mein Mathelehrer rang mit sich und den Worten.

«Nein. Überhaupt nicht. Aber mir war nicht klar, das da hinter dem Wagen …»

«Hinter dem Wagen was?», fuhr sie ihm in die Parade.

Schröder zögerte. Offenbar war er sich selbst nicht ganz sicher, was genau er da eigentlich gerade gesehen hatte. Das blieb auch Jana nicht verborgen, weshalb sie nun vollends in die Offensive wechselte.

«Wo, bitte, hätte sich der Kunde denn sonst verstecken sollen, wenn nicht hinter dem Wagen?»

«Der Kunde?»

«Mein Gott, wovon sprechen wir denn die ganze Zeit?»

Sie rückte erneut dicht an ihn heran. Nur der große Stoffballen in ihren Armen hielt sie noch auf Abstand zu meinem Lehrer. Allerdings drückte sie ihn wohl absichtlich so fest und aggressiv gegen seine Brust, dass er ein kleines Stück zurückwich. Lang reckte sie ihren Hals über den Stoff, und zischend flüsterte sie: «Der sehr geschätzte Kunde, der auf keinen Fall gesehen oder gar erkannt werden möchte. Der Kunde, der sich deshalb nun schon seit geraumer Zeit hinter seinem Fahrzeug verstecken muss, was ihm sicher gar nicht gefallen wird, was er aber dennoch sozusagen aus Rücksicht tut. Da es für mich, für Ihren Schüler, aber eben auch ganz besonders für Sie selbst alles andere als von Vorteil wäre, wenn Sie ihn sehen und erkennen würden. Tun Sie doch nicht so, als ob Sie das nicht schon alles wüssten. Was soll denn das Ganze hier überhaupt?»

Aus Schröders Gesicht tropfte etwas auf die Tagesdecke. Schweiß? Schnodder? Spucke? Im schummrigen Licht war das für mich unmöglich exakt zu bestimmen. Ganz kurz überlegte ich, ob damit Schröders DNA-Spuren auf der Decke waren, in die wir gleich eine Leiche einwickeln wollten. Doch ich sagte lieber mal nichts dazu.

Stattdessen flüsterte nun Herr Schröder: «Und Marco?» Er deutete mit dem Kopf zu mir. «Arbeitet er für diese Art von Kunden?»

Jana lächelte. «Nein, er arbeitet aushilfsweise für uns.»

Schröders Gesicht verfinsterte sich. «Als was?»

Ich warf Jana einen flehentlichen Blick zu.

Sie zuckte die Schultern, als wollte sie sagen, da kann man jetzt leider gar nichts machen, und genoss es fast: «Als …

Bote. Er ist unser bester, eigentlich unser einziger richtig zuverlässiger Bote.»

«Ein Geldbote?»

Jana schien sich plötzlich prächtig zu amüsieren. «Nein, Sie Dummerchen. Ein Nachrichtenbote natürlich. Für einige unserer bedeutenden, geschätzten, sehr guten Kunden ist Diskretion das A und O. Dennoch möchten sie sich gerne mit ihren Favoritinnen austauschen über spezielle Dinge, gemeinsame Interessen, kleine Phantasien und so weiter. Was halt so gefällt. Jetzt ist aber mittlerweile praktisch kein Kanal mehr sicher. Egal, ob Telefon, Mail, SMS, WhatsApp, selbst handgeschriebene Nachrichten. Alles kann unerwartet irgendwann, irgendwo, irgendwie wieder auftauchen. Das beunruhigt manche unserer Kunden. Wir bieten ihnen eine andere Möglichkeit. Sie bestellen den Boten, teilen ihm ihre Nachricht mit. Der lernt die schnell auswendig, begibt sich zur Herzensdame und trägt ihr dann exakt wortwörtlich die Nachricht vor. Gegen Aufpreis kann man sich auch sozusagen eine Antwort wünschen, die die vertraute Gespielin wiederum dem Boten mitteilt und die der kurze Zeit später dem Kunden vorträgt. So entstehen manchmal richtige Dialoge zwischen den Turteltauben. Erotisches Geflüster, das der sprechende Bote hin- und herträgt. Das kann durchaus auch mal einen halben Tag lang so gehen. Aber eben ohne Aufzeichnungen, ohne Mitwisser, ohne Spuren. Die vertraulichste Art der Fernkommunikation. Wenn man denn einen guten Boten hat.»

Maximal verblüfft schaute mein Mathematiklehrer zu mir. Ich lächelte verlegen und versuchte, in Janas Spiel einzusteigen.

«Da kriegt man schon so einiges zu hören. Echt erstaunliche, oft eigenartige Dinge. Nicht selten Sachen, von denen ich vorher gar nicht wusste, dass es sie gibt. Beziehungsweise, wo ich mir eigentlich gar nicht richtig vorstellen kann, wie da jemand Interesse oder gar Gefallen dran finden kann. Aber das Beste ist, man denkt gar nicht groß drüber nach. Auf der einen Seite rein, auf der anderen Seite raus, sag ich immer. Wenn's eben geht. Aber Sie sollten jetzt wirklich …»

Ich sparte mir weitere Worte und deutete mit einem Kopfnicken hinter den BMW.

«Natürlich.»

Mit zwei kurzen Schritten rückwärts entfernte sich Schröder von Jana. Dann ging er wirklich zügig, fast im Laufschritt, zu seinem grünen Corolla, stieg hastig ein und fuhr davon. Er schaltete nicht einmal sein Licht ein, solange er noch über den Parkplatz rollte. Erst als er ihn verließ, strahlten die Rückleuchten rot auf. Offensichtlich hatte Jana richtig Eindruck auf ihn gemacht.

- 7 -

Es war wirklich nicht einfach, die massige Leiche in dem doch eigentlich sehr geräumigen Kofferraum der Limousine unterzubringen. Schon den toten Mann in die Leopardendecke einzuwickeln gestaltete sich ausgesprochen mühsam. Obwohl Jana sehr viel kräftiger war, als mich ihre zarte Gestalt hätte vermuten lassen, kam es für uns einer Herkulesaufgabe gleich, diesen vermutlich ungefähr drei Zentner schweren Körper über die Kante des Wagenhecks zu bugsieren. Ihn dann auch noch so weit zurechtzuruckeln, zu stoßen und zu knautschen, dass man endlich die Klappe schließen konnte, erwies sich gleichfalls als gar nicht unkompliziert. Vorher musste zudem der blutüberströmte, schwere Stein in den Kofferraum. Denn als quasi Tatwaffe sollte der selbstredend auch entsorgt werden. Bei Tageslicht wäre er ein gewiss nicht zu übersehender Hinweis auf eine Gewalttat gewesen. So tiefrot eingefärbt, wie er nun daherkam. Sehr viel schneller hatte Jana ein diesmal bordeauxfarbenes Bettlaken besorgt, in das wir den Stein einwickeln konnten. Mit einiger Mühe wuchteten wir ihn in den Kofferraum, um dann später den Rocker auf ihn draufzulegen.

Die bemerkenswert routinierte Art und Weise, in der Jana vorging, hätte mich misstrauisch machen können. Aber abgesehen davon, dass die Ereignisse dieser Nacht mich sowieso längst in einer Dimension überforderten, die jedweden messbaren Bereich schlichtweg sprengte, unterlag ich natürlich nach wie vor einem berechtigten Liebeszauber. Zudem spürte ich mittlerweile eine solch ungeheure Müdigkeit, dass ich genug damit zu tun hatte, nicht mit in den Kofferraum zu fallen und wegzudösen. Doch Jana passte auf uns auf. Sie erklärte mir, dass wir noch einen Platz für den BMW finden müssten, an dem er zunächst sicher unentdeckt bleiben würde. Damit wir am nächsten Morgen, mit klarem Kopf, einen vernünftigen Plan fassen könnten. Den beladenen Wagen auf dem Parkplatz stehen zu lassen sei gewiss nicht klug.

Ich erzählte ihr von dem alten Viehschuppen der Piepers. Nur einen Kilometer die Hühnerhofstraße runter, dann gut zweihundert Meter einen Feldweg in den Wald hinein, wo zwischen Bäumen am Rande einer Lichtung der Schuppen lag. Nicht viel mehr als ein Unterstand für auf der Weide grasende Rinder, aber groß genug für den Wagen. Es gab drei Wände und eine große Plane, die sozusagen als vierte Wand dienen konnte. Selbst wenn dann jemand dort vorbeikäme, würde man das Auto nicht von außen sehen können. Doch es verirrte sich ohnehin niemand dorthin, und Rinder hatten Mareikes Eltern, denen der Schuppen gehörte, schon seit vielen Jahren nicht mehr. Mareike und ich hatten dort früher gerne gespielt, aber selbst das war eine ganze Weile her.

Ich fuhr den Wagen, Jana folgte mir mit meinem Fahrrad, damit ich nicht hinterher noch mal alles zu Fuß laufen musste. Da es bereits nach Mitternacht war, schrieb ich Mareike eine WhatsApp-Nachricht, damit sie mir ein Alibi geben würde, falls meine Eltern fragten, wo ich mich so lange rumgetrieben hätte. Mareike hingegen würde ich, wenn sie denn überhaupt nachfragte, sagen, ich hätte mich am Village Rouge herumgetrieben und beobachtet. Das würde sie mir glauben, und in gewisser Weise stimmte es ja auch.

Nachdem wir den Wagen versteckt hatten, verlangte Jana nach dem Schlüssel, da sie zu Recht darauf hinwies, es könnte meine Eltern irritieren, wenn sie bei mir zufällig den Schlüssel eines 7er BMW fänden. Ich reichte ihn ihr, nachdem ich mir den ungewöhnlichen Anhänger angesehen hatte: eine womöglich echte Goldmünze mit dem zu einer Art Wappen stilisierten Konterfei eines Habichts.

Während wir gemeinsam den Feldweg bis zur Hühnerhofstraße zu Fuß gingen, bat Jana mich, am nächsten Tag ganz normal pünktlich zur Schule zu gehen. Als wenn nichts Ungewöhnliches wäre. Allein schon, um Herrn Schröder nicht misstrauisch zu machen.

Der nächste Tag war ein Freitag. Das Wochenende würde folgen, was unsere weitere Planung begünstigte. Ich kündigte an, mir eine Ausrede für meine Eltern zu überlegen. Eine, die es möglich machen würde, ohne Verdacht das gesamte Wochenende, also auch zweimal über Nacht, wegzubleiben. Genug Zeit, um alles Notwendige in Ruhe mit Jana zusammen zu erledigen.

Sie lächelte daraufhin auf so eine Art, die wirklich eine sehr gute Art war. Dann erreichten wir die Straße, und sie küsste mich. Einfach so. Ein richtiger, ganz schön langer Kuss. Auf den Mund. An dessen Ende sie mir in die Augen schaute, leise «danke» sagte und sich umdrehte, um zum Village Rouge zu laufen.

Ich sah, wie ein Auto mit grellem Fernlicht auf uns zukam. Jana drehte sich geistesgegenwärtig weg und verdeckte ihr Gesicht. Ich jedoch blieb regungslos stehen und starrte wie ein erschrockenes Reh ins gleißende Scheinwerferlicht. Als sich der große dunkle SUV entfernte, hatte ich das Gefühl, blind zu sein. Aber nur für ein oder zwei Minuten. Dann setzte ich mich aufs Fahrrad und fuhr nach Hause.

Problemlos schlich ich mich an meinen Eltern vorbei, die im Garten saßen und unter dem klaren Sternenhimmel mit Laptop und Kopfhörern irgendwelche Serien guckten. Garantiert hatten sie damit schon um neun oder halb zehn angefangen und konnten jetzt einfach nicht aufhören. Ich würde behaupten, ich wäre schon um kurz nach zehn heimgekommen, hätte auch gerufen, aber sie hätten nicht reagiert, und gewiss würden sie am Ende mir gegenüber sogar ein schlechtes Gewissen haben.

Seit meine Eltern diese Abos hatten, war mein Leben sehr viel einfacher geworden. Zumindest bis zu diesem Tag. Denn eigentlich wusste ich schon, dass in dem Moment, wo mir ein 7er BMW in den Schoß fiel, in dessen Kofferraum sich unter anderem eine riesige Leiche und ein blutiger Stein befanden, mein Leben in einem sicher nicht unerheblichen Ausmaß komplizierter werden würde.

Doch wurden diese beunruhigenden Umstände für mich natürlich spielend in den Schatten gestellt. Vom eigentlichen Ereignis, also dass ich von einer erwachsenen Frau so richtig, sprich im Ernst, geküsst worden war. Das war nun wirklich eine große Sache und ohne Frage jeden weiteren Aufwand wert.

Teil 2

-8-

Am nächsten Morgen hatte ich Glück. Meine Mutter war schon sehr früh in ihre Logopädiepraxis gefahren, da zwei Kinder noch vor der Schule Termine bei ihr hatten. Mein Vater saß in der Küche am Laptop und grübelte bereits vor seinen Mails.

Als er endlich schwer atmend begann, eine Antwort zu tippen, war das der Moment für meine Frage. Ich erkundigte mich, ob es okay wäre, wenn ich am Wochenende … mit Freunden … wegen Bioprojekt … mit Zelten … das ganze Wochenende … auch Geburtstagsfeier … alle dürfen … mit Übernachten … hätte ich ja schon gefragt … mit Zelten … er erinnere sich wahrscheinlich nicht mehr … weil schon vor Wochen gefragt … alle freuen sich total drauf … jetzt dieses Wochenende … machen da auch viel für die Schule … eigentlich hätten sie es ja schon erlaubt … aber vorsichtshalber fragte ich lieber noch mal … weil das ganze Wochenende …

Ohne große Mühe gestaltete ich meine Frage so weitschweifig, verworren und unübersichtlich, dass auch jemand, der mir hellwach mit voller Aufmerksamkeit zugehört hätte, kaum den genauen Zusammenhang hätte begreifen können. Als ich ganz sicher war, dass mein Vater längst den Faden verloren hatte, endete ich mit einem möglichst beiläufigen: «Is doch okay, oder?»

Er erschrak etwas, weil ihm nun bewusst wurde, dass er eine Entscheidung treffen sollte. In Gedanken war er noch bei seinem schwierigen Kunden, das ließ sich unschwer von seinem Gesicht ablesen. Selbstverständlich hatte er nicht wirklich gehört oder gar verstanden, was ich von ihm wollte.

«Entschuldige, Marco. Was genau soll okay sein?»

Ich tat entsetzt. «Oh nein, bitte. Jetzt sag nicht, du hast mir wieder die ganze Zeit nicht zugehört.»

Das war punktgenau. Sein schlechtes Gewissen war offenkundig.

«Doch, doch. Natürlich habe ich dir zugehört.»

«Dann ist es also okay?»

Er schaute auf seinen Laptop. Noch hatte er die Antwort, über der er so lange gebrütet hatte, im Kopf. Würde er jetzt richtig auf meine Frage einsteigen, wäre sie weg. Vertrösten konnte er mich nicht, da ich dringend los zur Schule musste. Ich hatte den Moment der Ansprache wirklich perfekt gewählt. Gelernt ist gelernt.

Schwer seufzend gab er auf: «Ja, gut. Meinetwegen.»

Ich habe die vielleicht besten Eltern der Welt. Liebevoll, großzügig, fürsorglich. Wenn wirklich mal was ist, sind sie durchaus für mich da. Aber ansonsten pflegen sie so sehr mit sich selbst beschäftigt zu sein, dass sie mir nicht mit lästigem tiefergehenden Interesse an meiner Jugend auf die Nerven gehen. Ein Umstand, der ihnen erfreulicherweise sogar noch ein latent schlechtes Gewissen macht, mit dem sich von Zeit zu Zeit wirklich gut arbeiten lässt.

Wenn ich es darauf anlegen würde, könnte ich mir später jede mögliche Frage ausdenken. Mein Vater würde mir ziemlich sicher glauben, dass ich die Frage tatsächlich so gestellt hatte. Und selbst wenn ihm leichte Zweifel kämen, wäre meine Mutter garantiert überzeugt, dass er geistesabwesend Dinge erlaubt hatte, die ihm gar nicht klar gewesen waren. Das sollte mir eigentlich reichen, aber zur Sicherheit unterrichtete ich meinen Vater beim Verlassen der Wohnung doch noch einmal sehr deutlich: «Also ich komme dann, wie gesagt, erst am Sonntag wieder, vermutlich relativ spät, okay?»

Am geschockten Gesicht erkannte ich, dass er nun doch verzweifelt überlegte, was er da wohl gerade abgesegnet hatte. Ratlos stellte er mir ein wackliges «Erst Sonntagabend?» in den Weg. Mit von maximaler Enttäuschung genährtem Entsetzen konfrontierte ich ihn daher routiniert mit der herzzerreißenden Fassungslosigkeit des vernachlässigten Kindes:

«Du hast doch gerade eben noch gesagt, das wäre völlig okay. Jetzt habe ich das schon allen geschrieben.»

Er dachte kurz nach. Dann schien ihn das Argument, dass er ja schon zugestimmt hatte, zu überzeugen. Er hätte das doch sicher nicht getan, wenn es nicht in Ordnung gewesen wäre. Wie ein Minister, der etwas entschieden hat, ohne es selbst zur Gänze zu begreifen, beschloss er, hinter seiner Entscheidung zu stehen, da sonst die ganze Demokratie und, noch schlimmer, seine Autorität in Frage gestellt wären. Mit einem Nicken zeigte er, dass er seinem eigenen Urteilsvermögen traute, und gewann wieder die Oberhand mit einem lässigen:

«Aber sei vorsichtig, halte uns mindestens einmal täglich auf dem Laufenden, und wehe, du bist nicht pünktlich wieder hier. Sonst war es das letzte Mal, dass ich so was erlaube.»

Den letzten Satz hörte ich schon nicht mehr, aber ich weiß, dass er ihn gesagt haben wird. Oder zumindest so was Ähnliches. Er ist wirklich absolut in Ordnung als Vater.

– 9 –

Es war einer dieser scheinbar endlosen Schulfreitage. Tage, die nur durch ihr schieres Freitagvormittagsein die Zeit derart stauchen konnten, dass sich der Weg bis zum Dreizehn-Uhr-dreißig-Schlussklingeln wie eine wochenlange Wanderung durch knietiefen Grießpudding anfühlte. Doch dann kam Mareike in der ersten Pause völlig aufgelöst auf mich zugerannt:

«Sie haben es rausbekommen!»

Ihr Gesicht, das aufgrund der wilden Sommersprossen selbst in solchen Momenten noch irgendwie fröhlich wirkte, machte mir sofort klar, dass ich mich auf Schwierigkeiten gefasst machen musste. Nur welcher Art und wie groß, war noch völlig unklar. Möglichkeiten gab es reichlich. Auch solche, von denen ich Mareike ohne Not lieber nichts verraten wollte. Also fragte ich erst mal geschickt:

«Wer?»

Sie senkte die Stimme.

«Die Polizei. Sie ist in der Schule.»

«Jetzt gerade?»

«Ja, klar. Oder vorhin. Was weiß denn ich!»

«Echt?»

«Natürlich echt!»

«Verdammt!»

«Allerdings. Die werden dich wahrscheinlich jeden Moment zum Direktor rufen. Bereite dich mal lieber vor.»

«Klar. Danke. Aber sag mal, woher weißt du das denn alles?»

Mareike schaute mich mit großen Augen an.

«Woher weiß ich was alles?»

Ich zögerte.

«Na, das mit der Polizei und so.»

Ihr Blick wurde noch verständnisloser.

«Na, weil ich mit Tobi, Yannick und Mats im Werte-und-Normen-Kurs bin. Und mitbekommen habe, wie die zum Direktor gerufen wurden. Vom Fenster aus sah man Polizeiwagen.»

«Aha.»

«Ja, aha. Das geht garantiert um die *Tags*. Worum sonst? Und wer sind denn die Genies, die meinten, sie würden berühmt, wenn sie überall im Landkreis Schweineköpfe hinsprayen …»

Sie stoppte plötzlich, da sie wohl bemerkte, wie erleichtert ich war.

Ich versuchte das Gespräch im Fluss zu halten: «Die Schweinegraffiti. Natürlich. Logisch. War ja klar, dass das irgendwann rauskommen würde.»

Doch Mareikes Aufmerksamkeit hatte längst ein neues Ziel gefunden.

«Du scheinst ja recht erfreut, dass es nur um die Sprayereien geht.»

«Was? Nein. Ich glaube, das gibt richtig Ärger. Womöglich Sozialstunden und so. Das wird hammermäßig kacke.»

Mareike schüttelte den Kopf.

«Komm. Lass den Quatsch. Was hast du eigentlich gedacht, worum es geht?»

«Keine Ahnung … Ich glaube, ich habe nichts gedacht.»

«Du bist nicht klug genug, um nichts denken zu können.»

«Na, dann habe ich eben das gedacht, was ich denke, wenn ich denke, dass ich nichts denke. Also wahrscheinlich habe ich an die Frauen im Lindenhof gedacht.»

«Schon wieder?»

«Wie, schon wieder? Ich denke doch ständig an die. Das wirfst du mir doch permanent vor.»

«Das meinte ich nicht. Ich meinte, du hast schon wieder den Puff als Ausrede benutzt. Normalerweise ist dir alles, was damit zusammenhängt, total peinlich. Also vor allem, dass du dich damit so viel beschäftigst. Wenn du das jetzt so bereitwillig zugibst, es sogar als Erklärung einsetzt, heißt das doch, du willst etwas noch viel Schlimmeres oder zumindest Geheimeres damit verbergen.»

Verdammt. Mareike war wirklich der klügste Mensch, den ich kannte. Zumindest im Verhältnis zu mir war sie unfassbar schlau. Um mich nicht weiter zu belasten, beschloss ich, von nun an die Aussage zu verweigern.

«Nein.»

«Wie, nein?»

«Na, nein eben. Es gibt kein größeres, verborgenes Geheimnis.»

«Sicher nicht?»

«Ganz sicher. Ehrenwort.»

«Warum bist du eigentlich ein so unglaublich schlechter Lügner?»

«Weil du mir nicht vertraust. Wenn du mir mehr vertrauen würdest, könnte ich dich auch besser anlügen. Das ist sozusagen allein deine Schuld.»

«Findest du das lustig?»

«Ob etwas lustig ist oder nicht, weiß ich leider immer erst, nachdem ich es schon gesagt habe. Und manchmal sogar nicht mal dann.»

Sie schmunzelte.

«Na ja, ich fand das offen gestanden immerhin lustig genug, um noch Lust zu haben, weiter mit dir zu reden. Sagst du mir jetzt die Wahrheit?»

Mareike legte den Kopf schräg. Ihr Zopf wippte fröhlich nach. Ich kenne niemanden, der so charmant und gewinnend gucken kann wie Mareike, wenn sie etwas rauskriegen will. Ich versuchte ihr standzuhalten.

«Nein. Ehrlich gesagt, würde ich dich lieber erst mal weiter anlügen.»

Sie kniff die Augen zusammen.

«Selbst wenn ich dir verspreche, niemandem was zu sagen?»

«Auch dann.»

«Obwohl dir klar ist, dass ich dir, was immer es ist, helfen würde?»

Ich schluckte.

«Ja. Also erst mal.»

Einen sehr langen Augenblick schaute sie mich einfach an. Dann drehte sie sich um und ging langsam den Schulflur runter.

Um herauszufinden, wie wütend sie war, rief ich ihr nach: «Können wir trotzdem weiter Freunde bleiben?»

«Fick dich!»

«Heißt das ja oder nein?»

«Ist es okay, wenn ich dich erst mal anlüge?»

«Natürlich nicht. Das würde mich sehr verletzen.»

Nun drehte sie sich um, grinste, zischte «Na dann» und zeigte mir beidhändig den Stinkefinger.

Ich konnte noch gerade so «Hätte schlimmer kommen können» denken, als mich auch schon der scheppernde Flurlautsprecher zum Direktor rief.

-10-

Unsere Schweinegesichter hatten statt Nasen Hakenkreuze. Die Hakenkreuze waren von irgendwelchen Idioten überall im Landkreis hingeschmiert worden. Wir hatten nur die Schweine drumrum gesprayt. Weshalb es jetzt eben Schweine mit Hakenkreuznasen waren.

Über die Hakenkreuze hatte sich vorher niemand aufgeregt. Selbstverständlich war auch nicht ermittelt worden. Bei den drumrum gesprühten Schweinen aber gab es das Problem, dass der ortsansässige Spitzenkandidat der AfD Inhaber eines großen Schweinemast- und Schlachtereibetriebs war. Bekannt für seine Metttorten mit Parteilogo. Daher wurde unsere Sprayaktion als politisches Statement und Beleidigung angesehen, woraufhin nun wohl die Polizei auf den Plan treten musste.

Doch als ich das Büro des Schulleiters betrat, war von Staatsbeamten oder meinen Mittätern nichts mehr zu sehen. Direktor Liesegang saß hinter seinem Schreibtisch und aß Apfelschnitze aus einer Brotbox. Sein korpulenter Körper, der wilde Bart und die krausen Haare erweckten immer den Eindruck von Gutmütigkeit und Frohsinn, was Herr Liesegang durch geschickte Kleiderwahl wie Cordhosen, Flanellhemden und Strickjacken in Erdfarben noch zu unterstreichen wusste. Dennoch war jedem Schüler klar, dass sich hinter dieser gemütlichen Fassade ein strenger, knochenharter und unnachgiebiger Herrscher verbarg. Eine Ewigkeit, also mindestens zwei Minuten lang, ließ er mich einfach vor seinem Schreibtisch stehen, und ich durfte ihm dabei zusehen, wie er sich einen Apfelschnitz nach dem anderen in den Mund schob. Dazu blätterte er desinteressiert in irgendwelchen Unterlagen und schaute etwas in seinem Handy nach. Einen der Apfelschnitze untersuchte er von allen Seiten, kurz vor dem Zubeißen hielt er dann jedoch inne und fragte plötzlich:

«Weißt du, was eine Kronzeugenregelung ist?»

«Ja.»

Nun biss er ab, um dann mit vollem Mund fortzufahren: «Und?»

«Eine Kronzeugenregelung bedeutet im Prinzip, dass man alle anderen verpetzt und dafür selbst straffrei bleibt.»

Er steckte sich den Rest des Apfelstücks in den Mund und brauchte eine ganze Weile, bis sein Mund wieder leer genug zum Sprechen war. Während er kaute und schluckte, schauten wir uns einfach an, bis sich sein vom Apfel leicht feucht schimmernder Bart wieder öffnete:

«Weißt du, was es bedeutet, wenn ich dir eine Kronzeugenregelung anbiete?»

«Vermutlich, dass Sie keine ausreichenden Beweise haben, also eben noch einen Kronzeugen benötigen, aber bislang niemand bereit war, die anderen zu verraten.»

«Oooh», er lachte, «es wird sich schon jemand finden. Mein Geschenk an dich ist, dass du der Erste bist, den ich frage. Ich biete dir sozusagen eine exklusive, goldene Du-kommst-aus-dem-Gefängnis-frei-Karte an.»

Ich zuckte die Schultern. «Kein Interesse.»

Liesegang ließ sich in die Sessellehne fallen. «Du gehst also lieber der sicheren Bestrafung entgegen, als einfach die Wahrheit zu sagen?»

«Ich habe nicht gesagt, dass ich nicht die Wahrheit sage.»

Er schüttelte den Kopf. «Na toll. Hätt ich mir auch denken können. War ja klar. Weißt du, wie sehr ich mir wünsche, dass mal ein Schüler hier vor mir steht, der mich aufrichtig überrascht?»

Ich überlegte kurz, dann trat ich einen Schritt vor, griff mit beiden Händen in seine Brotdose, stopfte mir die restlichen drei Apfelschnitze auf einmal in den Mund und presste dann mit dicken Backen durch sie hindurch:

«Wäre das Überraschung genug?»

Herr Liesegang starrte mich an, während ich verzweifelt versuchte, der Apfelmassen in meinem Gesicht Herr zu werden. Ich spürte, wie der Saft über die Mundwinkel zu meinem Kinn lief, jeden Moment musste er hinuntertropfen. Außer meinem Schmatzen hörte man nichts. Bis ich auch damit aufhörte und es plötzlich so still war, dass man einen Apfelspeicheltropfen auf den Direktorenzimmerboden hätte fallen hören können. Was man Bruchteile von Sekunden später auch tatsächlich konnte. Trotz Teppichboden. Erstaunlich. Das löste die Spannung. Liesegang lachte.

«Ich wollte dich nur testen. Ich weiß doch längst, dass ihr das wart mit den Schweinen. Dafür würde ich euch nie bestrafen. Ich fand das gut, hat mich an meine Jugend erinnert. Aber wehe, ihr sprüht die Schule hier voll. Dann seid ihr dran. Was die Nazischweine angeht, werde ich euch schützen.»

Er hielt inne. Offensichtlich wartete er auf irgendeine Art der Dankbarkeitsbekundung. Ich tat ihm den Gefallen.

«Vielen Dank, Herr Liesegang.»

Er wischte durch die Luft.

«Da nicht für. An sich wollte ich dich noch viel länger und härter testen. Aber das kann ich mir schenken. Ich weiß jetzt, du hältst dicht. Wirklich. Also vielleicht nicht, was den Apfel in deinem Mund angeht. Aber sonst.»

Er prustete, offenbar belustigt von seiner eigenen vermeintlich fröhlich-geistreichen Bemerkung. Dann jedoch wurde er schlagartig ernst, schloss die Augen und sprach mit leicht bebender Stimme:

«Ich bin so wild nach der Himbeersahne, die ich kosten will von dir. Sag, wirst du Himbeersahne haben für mich? Ganz viele süße Himbeersahne?»

Einen Moment hielt er die Augen noch geschlossen. Dann öffnete er sie abrupt und flüsterte: «Würdest du diese Nachricht Anna-Lee überbringen?»

Mir wurde ein klein wenig schwindelig. «Bitte?»

Liesegang beugte sich zu mir und raunte noch stimmloser: «Ich habe über einen gemeinsamen Bekannten von deiner kleinen Nebenbeschäftigung erfahren. Da habe ich mir gedacht, das wäre doch eine schöne Möglichkeit für dich, mir einen Gefallen zu tun.»

«Und warum will ich Ihnen einen Gefallen tun?»

«Darüber solltest du jetzt zur Abwechslung vielleicht doch mal selber nachdenken.»

Ich dachte darüber nach und kam schnell zu dem Schluss, dass es wohl das Beste sein würde, nicht weiter darüber nachzudenken. Was mochte es schaden, ihm diesen Gefallen zu tun?

Als würde er meine Gedanken lesen können, grunzte Liesegang zufrieden.

«Bitte wiederhole meine Botschaft noch mal.»

«Was?»

«Na, die Nachricht. Damit ich weiß, dass du sie dir richtig gemerkt hast.»

Ich schaute zu Boden, um nicht woanders hingucken zu müssen.

«Gib mir Sahne, Himbeersahne und so?»

Liesegang seufzte: «Fast. Aber keine Angst. Das kriegen wir hin. Ich werde dir die kleinen Verse beibringen. Dafür bin ich ja ausgebildeter Pädagoge.»

Er feixte wieder, wie nach seinem Bonmot mit dem Dichthalten. Dann musste ich zum ersten Mal seit meinem Konfirmationsspruch wieder etwas auswendig lernen. Unter Anleitung. Vom Text her mochte ich meinen Konfirmationsspruch lieber.

-11-

Während der letzten Stunde Mathe hatte ich unaufhörlich das Gefühl, von Herrn Schröder auf eine nicht gute, kumpelhafte Art angegrinst zu werden. Doch um dreizehn Uhr dreißig war auch diese Zeitlupenfolter endlich vorbei, und ich machte mich sofort auf den Weg zum Village Rouge. Gerne hätte ich den Ort des nächtlichen Unfalls noch mal genauer inspiziert, aber exakt dort, wo der Mann auf dem Stein aufgeschlagen war, bauten nun zwei Frauen einen riesigen Schwenkgrill auf. Bevor ich mich darüber wundern konnte, stand Jana schon neben mir.

«Wie war's in der Schule?»

«Ach, wie immer.»

«Echt?»

«Ja, klar.»

«Und wie ist denn *immer*?»

«Na ja, irgendwie mal so, mal so. Das ist meist ganz unterschiedlich.»

Sie lachte.

Cool, dachte ich. Wir kennen uns erst seit so kurzer Zeit und haben schon so viel miteinander erlebt. Leichen in Kofferräume legen, ein Kuss. Noch vor vierundzwanzig Stunden hätte ich es niemals für möglich gehalten, dass ich mit einer erwachsenen Frau solche Dinge machen könnte. Erst recht nicht mit so einer tollen. Bei Tageslicht leuchteten die hellblauen Haare noch mehr. Und ungeschminkt sah Jana schon gar nicht mehr so viel älter aus als ich. Vermutlich war sie höchstens ungefähr fünfundzwanzig Jahre. Plus/minus ein bisschen. War ja auch egal. Jana griff sich einen Rucksack.

«Können wir dann los zum Schuppen? Ich kann dir ja unterwegs den Plan erklären.»

«Es gibt einen Plan?»

«Klar. Während du deinen Spaß in der Schule hattest, konnte ich ein bisschen was organisieren.»

Ich bemühte mich, mir meine Irritation nicht anmerken zu lassen.

«Oh. Wo du den Spaß erwähnst, ich fürchte, ich habe noch eine Nachricht für Anna-Lee.»

«Woher kennst du die denn?»

«Ich kenne sie nicht. Das hast du mir eingebrockt. Mit dieser Geheimer-Bote-Geschichte, die du Herrn Schröder gestern Nacht aufgetischt hast. Jetzt hat mir Direktor Liesegang tatsächlich gleich eine Botschaft für Anna-Lee mitgegeben. Kannst du mir sagen, wer das ist?»

«Natürlich. Sie baut gerade den Grill auf. Zusammen mit Dinah. Anna-Lee ist die Kleinere von den beiden.»

«Heißen die wirklich so?»

«Ist das von Belang?»

«Weiß nicht. Warum bauen die da einen Grill auf?»

«Na, warum wohl?»

«Zum Grillen?»

«Du hast eine schnelle Auffassungsgabe.»

«Grillt ihr häufiger?»

Jana gab mir ein Zeichen, mit zum Grill zu gehen.

«Durchaus. Es hat sich gezeigt, dass in einer ländlichen Gegend immer mal wieder Spenden von Stammkunden kommen. Meist Sachspenden, wie ein halbes Rind oder frische Schweinehälften. Da ist es praktisch, dass unsere Köchin Anna-Lee auch eine Metzgerausbildung gemacht hat. Sie kann alles. Zerlegen, filetieren, tranchieren. Also die macht dir sozusagen aus jedem Stück Fleisch perfektes Grill- oder Pfannengut.»

Ich bekam ein mulmiges Gefühl.

«Anna-Lee ist eure Köchin?»

Nun mischte sich die kleine, aber kräftige dunkelhaarige Frau in unser Gespräch ein.

«Auch. Wieso?»

Ich zuckte. Irgendwie war ich nicht darauf gefasst gewesen, so direkt von ihr angesprochen zu werden.

«Na ja, weil ich eine Nachricht von Direktor Liesegang für Sie habe.»

Anna-Lee wischte sich die Hände an einem Tuch ab, das aus ihrer Jeans hing. «Worum geht?»

Der Akzent gab ihrer Sprache etwas Befehlsmäßiges. Auch wenn er sehr einnehmend war. Ich konnte nicht mal sicher sagen, ob er ost- oder südeuropäisch war. Doch ich mochte ihn.

«Also so ganz genau weiß ich das jetzt auch nicht mehr. Irgendwie, irgendwas mit Himbeersahne. Nach der er ganz wild ist. *Wirst du Himbeersahne haben für mich?* Oder so.»

«Himbeersahne?»

«Ja, ganz sicher. Das habe ich wirklich sehr häufig von ihm gehört.»

«Alles klar. Dann weiß schon.»

Sie griente zufrieden.

«Sie wissen schon?»

Anna-Lee schaute zu Jana. Die nickte belustigt, woraufhin die kleine Köchin losplauderte.

«Gut. Kann ich verraten dann. Aber erzähl nicht an große Glocke in Schule, ja?»

«Selbstverständlich nicht», log ich.

«Also, Direktor ist süßer Mann. Ganz süßer Mann. Auch bei Essen. Aber hat Cholesterin und Blutdruck und Zucker und Gewicht und Gelenke. Hat alles, was nicht gut. So haben Ärztin und Frau ihn gesetzt auf strenge Diät. Nur noch Obst. Fettarm. Nie Zucker. Also er will Himbeersahnetorte von mir.»

«Er geht in den Puff, um Torte zu essen?»

«Hier er kann Torte aussuchen. Ich backe, was er will. Ganz nach Geschmack. Was immer macht Gäste glücklich.»

«Aber das könnte ein Konditor doch auch. Und wahrscheinlich sehr viel billiger.»

«Dafür Gefahr von Erwischung viel größer. Direktor sagt, seine Frau gibt sich so große Mühe mit seine Diät. Ein Bordellbesuch sie würde vielleicht vergeben. Aber wenn erfährt, dass er Gesundheit gefährdet. Mutwillig. Mit dicke Torte. Das sie vergibt nicht. So er will, wenn sie herausfindet, lieber erwischt werden in Bordell. Ist besser als bei Konditor.»

Jana ergänzte: «Es gibt noch einen Vorteil. Wenn er seine Tortensucht ins Bordell verlagert, ist sichergestellt, dass er ihr nur einmal alle vierzehn Tage nachgibt. Und nicht ständig. Denn eigentlich will er ja möglichst gesund und lange leben.»

«Dafür passe ich auch auf», nickte Anna-Lee fröhlich.

Nicht ohne Erstaunen stellte ich fest, dass ich nun tatsächlich sehr viel mehr über meinen Schuldirektor erfahren hatte, als ich je hätte wissen wollen. Manchmal wünschte ich mir, ich könnte Daten, die ich gerade quasi versehentlich auf die Festplatte meines Gehirns heruntergeladen hatte, sofort wieder löschen. Aber das ging leider nicht. Ich hätte sie höchstens in einen Ordner mit dem Titel «Bloß nie wieder öffnen» ablegen und dann versuchen können, ihn eben nie wieder aufzumachen. Doch auch das war eher aussichtslos. Wahrscheinlich würde sich dieser Ordner nun, wann immer ich Herrn Liesegang begegnete, ganz von allein öffnen und zusätzlich sogar noch blinken.

Ich wechselte das Thema: «Und heute haben Sie auch noch Grillabend?»

«Ja. Kannst du nix machen. Hat sich ergeben kurzfristig. Wir haben reinbekommen größere Menge frisches Fleisch. Jetzt müssen wir einiges verbrauchen direkt, weil wir nicht alles können lagern.»

Obwohl ich Angst vor der Antwort hatte, musste ich noch mal nachfragen: «Sie haben eine größere Menge frisches Fleisch reinbekommen?»

Anna-Lee beschäftigte sich schon wieder ganz mit dem Grill.

«Ja. Letzte Nacht. Passiert manchmal. Machst du nix.»

Jana zog mich weg.

«Komm, wir müssen jetzt mal los.»

Willenlos trottete ich mit ihr vom Hof.

-12-

Es brauchte ein paar hundert Meter, bis ich mich endlich traute, meine Frage zu stellen: «Was genau hast du eigentlich heute Vormittag organisiert?»

«Ach, so viel habe ich gar nicht gemacht. Um das Wesentliche hat sich Maja gekümmert.»

«Wer ist Maja?»

«Die Chefin. Aber so nennen wir sie nur selten.»

«Verstehe.»

«Du verstehst?»

«Ja, ich fange langsam an, alles zu kapieren.»

Jana schaute mich verwundert an.

«Was meinst du denn damit?»

Ich zögerte, nahm aber schließlich meinen ganzen Mut zusammen. «Na, zum Beispiel, wieso ihr einen Grillabend veranstaltet! Du und die Chefin!»

Jana spielte aufrichtige Überraschung.

«Den hat eigentlich eher Anna-Lee organisiert. Aber was hat das denn mit unserem Problem zu tun?»

Nun platzte mir der Kragen.

«Jetzt tu doch nicht so!»

«Wie tu ich denn?»

«Als ob nichts wäre.»

«Ist denn was?»

«Ob was ist? Wir haben eine Leiche in einem Kofferraum, die wir verschwinden lassen müssen.»

Jana pfiff lautlos durch die Lippen.

«Ja, das stimmt. Das ist was. Aber das wissen wir ja nun schon seit gestern Nacht. Was hat sich geändert?»

«Was sich geändert hat?» Obwohl weit und breit niemand zu sehen war, versuchte ich trotz höchster Erregung, so leise wie nur möglich zu schreien: «Das ihr plötzlich einen Grillabend veranstaltet! Das hat sich geändert!»

«Ja und?»

«Wie ja und?»

«Ja und was?»

«Ist es ein Zufall, dass ihr plötzlich einen Grillabend veranstaltet?»

«Nein, das ist natürlich kein Zufall.»

«Du gibst es also zu.»

«Was gebe ich zu?»

«Na, dass … ihr eben einen Grillabend veranstaltet.»

«Ach das. Okay, ich gebe zu, wir veranstalten einen Grillabend.»

«Und warum?»

«Weil wir so die Blutflecken und Spuren an der Unfallstelle am besten überdecken können. Wenn an genau der Stelle gegrillt wird, haben wir dort Schweineblut, Rinderblut und Geflügelblut. Dazu noch jede Menge Fett, Ruß und Dreck, die jegliche kriminaltechnische Untersuchung sinnlos machen. Die beste Art, einen Tatort zu reinigen. Eben, indem man ihn so sehr verschmutzt, dass später nichts mehr nachzuweisen ist.»

«Deshalb grillt ihr?»

«Ja. Genau deshalb grillen wir. An eben dieser Stelle. Was dachtest du denn?»

«Na ja …»

Jana fasste mich an beiden Schultern. «Hast du im Ernst gedacht, wir würden die Leiche zerlegen und aufessen? Sogar noch an unsere Gäste verfüttern?»

Ich versuchte mich wegzudrehen. «Ach, ich weiß ehrlich gesagt gar nicht, was ich gedacht habe.»

«Was hast du denn für Phantasien, sag mal?»

«Das hat doch nichts mit meinen Phantasien zu tun.»

«Ich weiß nicht. Maja sagt immer, alles, wovor man sich fürchtet, was man anderen zutraut und unterstellt, kommt letztlich aus einem selbst.»

Ich schüttelte Janas Hände ab.

«Ja, aber so ist das bei mir nicht.»

«Und wie ist das denn bei dir?»

«Alles völlig normal bei mir.»

«Wünschst du dir das, oder glaubst du das?»

«Jetzt hör doch mal auf.»

«Sollte ich womöglich Angst vor dir haben?»

«Natürlich nicht.»

«Sicher?»

Ich atmete tief durch.

«Ich verspreche dir, du brauchst absolut keine Angst zu haben. Das ist nicht notwendig. Denn die Angst, die ich habe, reicht locker für uns beide.»

-13-

Auf dem weiteren Weg erläuterte mir Jana in groben Zügen den Plan, den sie mit Maja ausgearbeitet hatte.

Der tote Rocker war geschäftlich unterwegs gewesen. Je weniger ich von diesen Geschäften wusste, desto besser für mich. Nun musste die Leiche möglichst schnell verschwinden. Niemand sollte sie finden. Und wenn doch, war es außerordentlich wichtig, dass sich keine Verbindung zum Village Rouge herstellen ließ. Daher galt es, die Leiche möglichst weit wegzuschaffen und dann an unbeobachteter Stelle tief zu vergraben. Hernach mussten wir auch die Decke, den blutigen Stein, also quasi die Tatwaffe, und schließlich natürlich das Auto verschwinden lassen. An jeweils unterschiedlichen Orten, damit niemand irgendwelche Zusammenhänge herstellen konnte.

Die Decke würde sich vergleichsweise problemlos verbrennen lassen. Ähnlich wie die Kleidung. Die Sache mit dem BMW war schon komplizierter. Bislang gab es nur den Plan, nach der Entsorgung der Leiche über die Grenze zu fahren, um eventuelle Ermittlungen auch noch durch unterschiedliche Zuständigkeiten zu erschweren.

Ganz kurz überlegte ich, ob ich Jana fragen sollte, warum wir nicht die Polizei informierten und ihr erklärten, was passiert war. Aber irgendwie kam mir die Frage kindisch vor. So wollte ich nicht wirken. Zudem wusste ich ja immer noch nicht, was genau geschehen war. Ein Rocker war vermutlich aus freien Stücken aus dem Fenster gesprungen und so ungeschickt gefallen, dass er sich das Genick gebrochen hatte. War das glaubwürdig? Gut, ihn stoßen oder werfen hätte wohl niemand gekonnt. So riesig, wie er war. Er musste schon von sich aus gesprungen sein. Aber warum? Sollte ich Jana all das jetzt fragen? Oder warten, bis sie es mir von sich aus erzählte? Würde sie es mir irgendwann erzählen? So neugierig ich auch war, es bestand eine nicht zu unterschätzende Gefahr, dass sie, wenn ich jetzt Antworten verlangte, unsere ganze Fahrt abblasen würde. Und das wäre definitiv der Worst Case. Alles war ich bereit zu opfern, aber nicht das Abenteuer, das nun zum Greifen nah schien. Also wollte ich Jana lieber nicht zu sehr unter Druck setzen. Wahrscheinlich wusste sie das alles. Dass sie mir nur das Nötigste erzählen musste, um mich bei der Stange zu halten. Da ich nicht weiter fragen würde, aus Angst, sie könnte mich verlassen. Unglaublich, wir waren noch nicht einmal zusammen, und ich hatte schon Angst, dass sie mich verlassen könnte. Vermutlich ein gutes Zeichen. Wenn man keine Angst hat, ist es keine Liebe.

Versunken in solchen und ähnlichen Überlegungen, hätte ich beinah nicht bemerkt, dass wir den Schuppen schon fast erreicht hatten, als Jana plötzlich sagte:

«Wer ist das?»

«Wer ist was?»

«Wer ist das Mädchen, das vor der Butze sitzt?»

Mit verschränkten Armen und finsterem Blick erwartete uns Mareike. Ich versuchte mir nichts anmerken zu lassen.

«Was machst du denn hier?»

«Warten.»

«Worauf denn?»

«Na, auf die Polizei natürlich. Die ich gerufen habe, weil irgendein Hamburger BMW in unserem Schuppen steht.»

Mir blieb das Herz stehen. «Du hast was?»

Sie zog die Nase hoch. «Die Polizei gerufen. Wer weiß, was in dem Auto drin ist? Vielleicht droht Gefahr.»

«Und da rufst du einfach mal die Polizei?»

«Wen denn sonst?»

«Na, mich zum Beispiel.»

«Ich dachte, du hast zu tun. Und wenn du etwas über diese Sache wüsstest, hättest du mir ja bestimmt in der Schule davon erzählt.»

Ich stieß mit dicken Backen Luft aus. «Du hast das also nur aus Rache gemacht?»

«Wie, Rache?»

«Na, weil ich dir in der Schule nichts verraten wollte, rächst du dich jetzt, indem du die Polizei anrufst.»

«Das hat doch mit Rache nichts zu tun.»

«Womit denn sonst? Mit Erziehung vielleicht?»

Mareike schwieg. Ein paar Sekunden lang hörte man nur den Wald, bis Jana schließlich die Geduld verlor.

«In jedem Falle müssen wir sofort los.» Sie zückte den Autoschlüssel. «Also, hopp!» Ohne Mareike weiter zu beachten, rauschte sie an ihr vorbei und ließ die Zentralverrieglung aufschnappen.

«Es wird niemand kommen. Ich habe keine Polizei gerufen.» Nach wie vor ungehalten zwinkerte meine beste Freundin mir zu.

Ich bemühte mich zu lächeln. «Ich weiß. Wusste ich eigentlich schon die ganze Zeit.»

Jana hatte mittlerweile ihren Rucksack auf die Rückbank geworfen. «Ja, ich weiß das übrigens auch schon lange. Ich will jetzt auch gar nicht aus Angst vor der Polizei los, sondern weil ich mich davor fürchte, eurem Gespräch noch länger zuhören zu müssen.» Sie öffnete die Beifahrertür.

Mareike schien zufrieden und bewegte sich nun auch Richtung Auto.

«Also gut. Wo fahren wir hin?»

«Wir?» Fast zeitgleich kamen Janas und meine Reaktion.

Mareike blieb unbeeindruckt.

«Also, das Nummernschild habe ich mir natürlich gemerkt, und sauer bin ich immer noch. Aber wenn ihr mich mitnehmt und mir vielleicht ein bisschen was erklärt, würde ich mich vermutlich schnell wieder beruhigen.»

Ich kniff die Augen zusammen.

«Verstehst du denn nicht? Ich möchte nicht, dass dir was passiert.»

Mareike nickte.

«Natürlich verstehe ich das. Und ich möchte eben genau nicht, dass mir nichts passiert. Aber vielleicht geht ja beides.»

Ich schaute zu Jana. Doch der schien es egal zu sein. Emotionslos wandte sie sich an Mareike: «Kannst du Auto fahren? Also zumindest besser als Marco?»

«Klar, ich habe sogar einen Führerschein.»

«Einen Lernführerschein», korrigierte ich.

«Das ist mehr, als du hast.»

«Und trotzdem nicht genug. Du darfst nur begleitet fahren.»

«Ihr begleitet mich ja.»

«Du weißt genau, dass die Begleitung in deinem Führerschein eingetragen sein und Fahrerfahrung haben muss. Das trifft weder auf Jana noch auf mich zu. Oder sollen wir deine Mutter jetzt auch noch mitnehmen?»

Mareike machte eine Als-ob-Fratze. «Wenn deine Freundin ein bisschen alt guckt, könnte sie ohne weiteres als meine Mutter durchgehen.»

War das eine gewollte Spitze gegen mich? Also Jana meine Freundin zu nennen, um dann wie nebenbei festzustellen, dass sie viel zu alt war für mich? Dass sie quasi meine Mutter sein könnte? Was natürlich Quatsch war. Dann wäre sie ja mit sieben, höchstens zehn Jahren Mutter geworden.

Doch auch Jana war nun irritiert. «Wie soll ich denn alt gucken?»

«Na, so wie jetzt gerade. Damit kämen wir wahrscheinlich schon durch.»

Die Titelmusik von «The Walking Dead» erklang. Aus Janas Jacke. Ich staunte. «Ist das dein Klingelton?»

«Nein, das ist das Handy von unserem …» Jana zögerte kurz. «… Passagier. Das hat sich schon ein paarmal bemerkbar gemacht. Der SMS-Ton ist übrigens Norman Bates, wie er ‹Mutter!!!› ruft.»

«Wir haben noch einen Passagier?» Mareike wirkte jetzt etwas verunsichert.

Ich schaute sie so ernst wie möglich an. «Wenn ich dir diese Frage beantworte, gibt es kein Zurück mehr. Das ist jetzt wirklich deine letzte Chance, aufs Fahrrad zu steigen und mit allem hier nichts zu tun zu haben. Was ich dir eigentlich auch raten würde.»

Mareike atmete tief durch, schaute mich mindestens genauso konzentriert an und sprach mit fester Stimme: «Wir haben noch einen Passagier?»

Jana zog die Augenbraue hoch, dann antwortete sie ohne besondere Spannung: «Ja.»

«Ja?»

«Ja.»

«Das ist alles? Ja?»

«Ja.»

«Wer ist der Passagier?»

«Niemand, den du kennst.»

«Kann ich mit ihm sprechen?»

«Gern, aber er wird nicht antworten.»

«Wann kommt er?»

«Er ist schon hier.»

«Wo ist er?»

«Im Kofferraum.»

«Im Kofferraum des BMW?»

«Gibt es hier sonst noch einen Kofferraum?»

«Heißt das etwa, er ist …»

«Ja.»

«Warum?»

«Wie, warum?»

«Na, warum liegt da jemand geknebelt und gefesselt im Kofferraum? Wollt ihr ihn etwa umbringen?»

Nun antwortete Jana langsamer und bedachter als zuvor: «Nein, wir wollen ihn nicht umbringen.»

Das machte Mareike nur noch misstrauischer.

«Aber jemand anders will ihn umbringen.»

«Nein, auch niemand anders will ihn umbringen.»

«Okay.» Mareike kratzte sich am Kopf. «Das ist ja schon mal gut.»

«Wie man's nimmt.»

«Warum liegt er gefesselt und geknebelt im Kofferraum?»

«Er ist weder geknebelt noch gefesselt.»

«Nein?»

«Nein.»

«Aber er ist schon euer Gefangener?»

«Im engeren Sinne eigentlich nicht.»

«Das heißt, wenn ich jetzt den Kofferraum aufmachen

würde und er würde einfach weggehen, würdet ihr ihn nicht daran hindern.»

«Nein. Natürlich nicht. Er wäre frei zu gehen, wohin er will. Wir würden ihn nicht daran hindern.»

«Er will aber gar nicht gehen.»

«Das ist schwer zu sagen.»

«Schmuggelt ihr ihn nur weg von hier?»

Wieder überlegte Jana etwas länger.

«Das könnte man im Prinzip so sagen.»

Mareike verengte ihren Blick. «Kann ich mit ihm sprechen?»

«Das hast du schon gefragt. Die Antwort bleibt dieselbe. Er würde nicht antworten.»

Mittlerweile hatte ich den Eindruck, wir spielten ein Spiel. «Black Stories» oder «Zettel vorm Kopf», wo man durch Fragen und ehrliche Antworten ein Rätsel entschlüsseln musste. Ich wartete fast darauf, dass Mareike sagte: «Ich möchte lösen», aber sie bekam doch noch die Kurve, ohne den Fragemodus zu verlassen: «Darf ich vielleicht mal in den Kofferraum reinschauen?»

Jana blickte ihr tief in die Augen. Dann strich sie sich über die Nase und drückte auf den Autoschlüssel. Die Kofferraumklappe sprang auf und hob sich, einem Theatervorhang gleich, butterweich nach oben.

Mareike warf mir einen letzten flüchtigen Blick zu. Ich versuchte sie tonlos zu warnen, doch schon ging sie langsam zum Heck des Wagens und verschwand hinter dem Kofferraumdeckel.

-14-

Niemand sagte etwas. Auch Mareike schwieg. Mindestens eine Minute lang. Dann drückte sie auf einen Knopf an der Kofferraumklappe, woraufhin sich diese genauso sanft und fast geräuschlos, wie sie sich geöffnet hatte, wieder schloss. Erneut herrschte vollkommene Stille.

«Mutter!!!», schrie es aus Janas Jacke. Offensichtlich wieder eine SMS für unseren Passagier.

«Wart ihr das?», fragte Mareike leise.

«Teilweise», antwortete ich verlegen.

«Wie, teilweise?»

«Falls du wissen möchtest, ob wir ihn umgebracht haben …»

«Wir haben ihn nicht umgebracht», fiel mir Jana ins Wort. «Es war ein Unfall. Den er praktisch selbst verursacht hat. Wir haben ihn dann nur im Kofferraum verstaut, und jetzt müssen wir die Leiche verschwinden lassen.»

Mareike runzelte die Stirn. «Warum müsst ihr die Leiche verschwinden lassen, wenn es doch ein Unfall war? Warum geht ihr nicht zur Polizei?»

«Das ist eine lange und komplizierte Geschichte.»

«Kein Problem. Ich habe Zeit.»

«Aber wir nicht. Wir müssen jetzt los.»

«Gibt es denn nicht eine Kurzfassung?»

«Doch. Schon.»

«Und die wäre?»

«Is halt so.»

Jana und Mareike standen sich angespannt gegenüber.

Dann grinste Mareike. Wieder ihr berühmtes Lächeln, zu dem sie keck ganz leicht den Zopf schwang.

«Okay, das reicht mir erst mal. Vielleicht erzählt ihr es mir ja unterwegs.»

«Heißt das, du willst trotz allem mitfahren?»

«Was heißt mitfahren? Ich bin ja wohl diejenige, die fährt.» Demonstrativ öffnete sie die Fahrertür.

«Mutter!!!»

Mareike hielt inne. «Willst du nicht mal schauen, was das eigentlich für SMS sind, die da ständig kommen?»

«Geht nicht. Bildschirm ist gesperrt.»

«Werden die Nachrichten nicht im Sperrbildschirm angezeigt?»

«Nee. Wir müssten das Handy entsperren. Nur habe ich leider den Code nicht.»

«Was ist mit dem Fingerabdruckscanner? Vielleicht hat der Rocker den ja aktiviert.»

«Dafür müssten wir aber …» Jana stockte.

Alle drei schauten wir nun wieder zum Kofferraum.

-15-

Die beiden Frauen waren sich schnell einig, dass ich derjenige war, der mit der Hand des Toten das Handy entsperren sollte. Mich beschlich der Verdacht, dass genau das die zwei bis auf weiteres verbinden könnte: die gemeinsame Überzeugung, dass anstehende unangenehme Aufgaben am besten von mir erledigt werden sollten. Da ich mich aber irgendwie auch darüber freute, wie glücklich die beiden waren, mal in einer Sache so richtig einer Meinung zu sein, fügte ich mich.

Ich hatte zuvor noch nie die Hand eines Toten berührt. Zwar war ich schon bei drei Gestorbenen in der Leichenhalle gewesen, bei meinem Großvater, dem alten Grode und meiner Tante Hildgart. Aber deren Hand zu nehmen hätte ich nie gewagt. Allein schon aus Angst, sie könnte plötzlich nach mir greifen und mich nie wieder loslassen. Vor Jahren hatte mir Tobi erzählt, dass das mal irgendwo in Süddeutschland einem Jungen passiert sein sollte. So ein Leichenreflex. Den Jungen habe man damals nach örtlicher Betäubung mit Minischleifer und -bohrer ganz vorsichtig von der Leiche trennen müssen. Ein Zahnarzt soll das gemacht haben. Die Prozedur habe einen halben Tag lang gedauert. Meinte Tobi. Doch bis heute spüre der Junge manchmal plötzlich die kalte Hand der Leiche. Wie sie zufasst.

Ist lange her, und natürlich weiß ich längst, dass Tobi mich damals veräppelt hat. Aber Leichenhände hatte ich seitdem mal lieber nicht angefasst. Man weiß ja nie. Insofern war es schon ein großer Schritt für mich, die tote Hand des Rockers zu berühren. Habe ich mir aber nicht anmerken lassen. Auch das gehört ja wahrscheinlich zum Erwachsenwerden dazu.

Dass man sich seine Ängste nicht mehr anmerken lässt, sondern sie in sich hineinfrisst und verdrängt. Das haben sicher schon Generationen vor mir so durchgemacht. Hat denen schließlich auch nicht geschadet. Wobei, geschadet hat es ihnen vermutlich sehr wohl, aber da hatten sie ja schon gelernt, auch die Folgen dessen in sich reinzufressen und zu verdrängen.

Es ist erstaunlich, wie kalt Hände sein können. An eisigen Wintertagen fühlen sie sich ja schon manchmal wie gefroren an. Aber tot sind Körperteile noch mal kälter. Selbst an einem ziemlich heißen Tag im Mai. Das spürte ich bereits, als ich mich nur näherte. Dann endlich wagte ich es zuzugreifen.

«Mutter!!!»

Die Norman-Bates-Stimme brüllte mich genau in dem Moment an, als ich die tote Hand umfasste. Sofort ließ ich davon ab, aber die Leiche schien sich nicht von mir zu lösen, als würde sie zugreifen. Ich schrie. Jana und Mareike starrten mich mit aufgerissenen Augen an. Ich starrte zurück. Atmete langsam meinen Puls wieder etwas runter, löste mich schließlich doch von dem Toten und bemühte mich, möglichst entspannt und souverän zu sagen:

«Erwischt. Ha. Gebt es zu. Ihr habt euch ganz schön erschreckt, was? Haha!»

Ich muss unfassbar schlecht geschauspielert haben. Denn beide verzichteten aus Mitgefühl auf hämische Kommentare und lächelten nur gequält.

Ich nickte, ehe ich die Hand des Toten wieder zum Handy führte.

Im ersten Durchlauf funktionierte keiner der Finger. Allerdings waren sich Jana und Mareike schnell einig, dass ich viel zu verhuscht und unentschlossen vorging. Gar nicht richtig mit den leblosen Fingern auf den Sensor drückte. Stimmte wahrscheinlich sogar. Aber es ist eben auch unangenehm, mit Körperteilen eines Toten an dessen Handy rumzufummeln. Mareike zwang mich, bei einem zweiten Durchlauf fester zuzudrücken. Doch auch das half nicht.

Verärgert griff sich Jana das Telefon und die linke Hand der Leiche. Fast auf Anhieb, mit dem Zeigefinger, gelang es ihr, den Bildschirm zu entsperren. Die Apps leuchteten auf. Triumphierend schaute sie mich an.

Ich tat leidenschaftslos. «Das ist wahrscheinlich so ähnlich wie bei Schraubverschlüssen von Konservengläsern. Wo einer mit viel Kraft die ganze Vorarbeit macht, und eigentlich ist das Glas dann schon auf, nur etwas verkantet, und der Nächste kann ganz leicht ...»

«Wahrscheinlich ist das genau so», grinste Mareike. «Was haben wir denn jetzt?»

Jana reichte mir die tote Hand, als habe sie sich die nur mal kurz von mir ausgeliehen. Während ich versuchte, sie möglichst souverän wieder unter die Decke zu schieben, verschaffte sie sich einen ersten Überblick.

«Wäre gut, wenn wir das Gerät bald an eine Strombuchse brächten. Noch zwölf Prozent.»

«Was ist mit den Nachrichten?» Durch Ungeduld wollte ich von meinem Kampf mit dem steifen Leichenarm ablenken.

«Ich gucke ja schon. Hier sind einige von letzter Nacht und heute Vormittag. Alle vom selben Absender.»

Sie begann vorzulesen:

«Warum gehst du nicht ans Telefon?»

«Was ist los?»

«?»

«??»

«???»

«Ich fahr jetzt nach Torfstede.»

«Dein Auto steht weder bei Grode noch vor dem Village Rouge. Wo bist du?»

«Bitte sag nicht, dass du auf dem Weg nach Wolfenbüttel bist. Wir waren uns doch einig, dass sich alle erst mal beruhigen sollen.»

«???????????????????????????»

«Hallo!!!???»

Jana schaute zu uns auf.

«Das war die letzte SMS. Von gerade eben.»

Dann suchte sie weiter.

«Bei WhatsApp sind auch reichlich Nachrichten. Inhaltlich dasselbe. Jemand scheint unseren Rocker wohl doch zu vermissen. Und dann gibt es noch fünf Sprachmitteilungen.»

Jana schaltete den Lautsprecher ein. Eine raue, tiefe, gurgelnde Männerstimme:

«Warum gehst du nicht ans Telefon? Wenn du das hörst, ruf bitte sofort zurück. Ich werde langsam sauer.»

Jana ergänzte: «Das war gestern Abend, kurz nach neunzehn Uhr. Die nächste Sprachmitteilung kam dann schon deutlich nach Mitternacht.»

Erneut ließ sie die Aufzeichnung laufen.

«Wieso, bitte, meldest du dich nicht? Das ist gegen die Absprache. Grode, Möller und Fromm sagen, alles sei gelaufen wie verabredet. Maja meinte, du hättest nur schnell kassiert und seist sofort weiter.»

«Und die hier», Jana hielt das Handy hoch, als müsste sie

beweisen, dass da keine anderen Mitteilungen waren, «nur fünfzehn Minuten später»:

«Ich bin jetzt übrigens in Torfstede ... Will mich unseren Geschäftspartnern aber mal lieber nicht zeigen ... Nur so ein Gefühl ... Die Oberste Heeresleitung weiß bislang nichts von deinen Kapriolen ... Für die ist also noch nichts passiert ... Du kannst immer noch abbrechen, was immer du da tust ... Ich werde denen auch erst mal nichts melden, aber ich rate dir ...»

Die maximale Nachrichtenlänge war wohl erreicht, der Mann hatte seinen Text sehr langsam und mit vielen Pausen gesprochen. Jana startete gleich die nächste Voicemail. Die war wieder zügig und überlegt vorgetragen:

«Gut. Da ich nichts von dir höre, muss ich davon ausgehen, dass du nicht mit mir reden willst. Und das kann ja wohl nur bedeuten, dass du auf dem Weg nach Wolfenbüttel bist. Obwohl wir uns einig waren, dass du das nicht tun solltest. Dass wir erst mal zwei, drei Wochen abwarten und Ruhe einkehren lassen, bevor wir das mit kühlem Kopf klären. Aber du triffst natürlich wieder mal deine eigenen Entscheidungen. Ohne Rücksicht und Verstand! Wenn du wirklich auf eigene Faust zu den Lucys fährst, kannst du darauf hoffen, dass die dich totschlagen. Denn das ist nichts im Vergleich zu dem, was ich mit dir mache, wenn du wieder hier bist.»

Wir schauten uns nachdenklich an.

Mareike schmunzelte. «Na zumindest wissen wir jetzt, wo wir hinfahren.»

«Du willst nach Wolfenbüttel?» Mir war mulmig.

«Na klar. Offensichtlich sind da ja Leute, denen man den Tod von unserem Rocker in die Schuhe schieben kann.»

Ich schluckte. «Na ja. Das klingt jetzt aber nicht gerade so, als ob diese Leute, mit denen er wohl irgendeinen Streit hat, so wahnsinnig umgängliche Typen wären. Ich weiß nicht, ob ich wirklich zu denen fahren möchte.»

Jana winkte ab. «Wir fahren ja nicht direkt zu denen. Wir vergraben nur irgendwo in der Nähe die Leiche im Wald. Damit der Verdacht automatisch auf sie fällt.»

Mareike verzog das Gesicht. «Warum stellen wir denen nicht das Auto mit der Leiche im Kofferraum vors Vereinsheim und verschwinden?»

«Weil die dann sofort wissen, dass jemand sie reinlegen wollte. Wahrscheinlich würde es nur Stunden dauern, bis beide Gruppen im Village Rouge auf der Matte stehen und Fragen stellen, die wir nicht beantworten wollen.»

Ich stimmte Jana zu und sah darüber hinaus die Chance, etwas von meinem breiten Serienwissen anzubringen: «Außerdem könnte man dann vermutlich problemlos den genauen Todeszeitpunkt feststellen, Fingerabdrücke sichern und so weiter. Es ist in jedem Fall besser, wenn es erst mal keine Leiche gibt. Falls sie später doch gefunden wird, dann zumindest in der Nähe der Wolfenbüttler Feinde, also dieser Lucys. Möglichst schon einigermaßen verwittert. So führt garantiert keine Spur mehr zu uns.»

Meine Sicherheit in diesem Punkt schien Mareike nur noch skeptischer zu machen. «Haben wir das auch wirklich alles richtig bis zum Ende durchdacht?»

«Natürlich nicht», beruhigte ich sie. «Aber die besten Pläne wirken ja immer erst mal ein bisschen improvisiert und gewagt.»

«Das stimmt doch überhaupt nicht.»

«Hast du denn einen besseren Plan?»

«Mutter!!!»

Eine neue SMS. Jana las sie sofort vor:

«So, in Wolfenbüttel warst du also höchstwahrscheinlich noch nicht. Ich gebe dir jetzt noch genau drei Minuten Zeit, dich zu melden. Dann informiere ich die Chefs. Ich bin es leid, dich und deine Extratouren zu decken.»

Entsetzt glotzten wir das Telefon an.

Bis Mareike es kurzentschlossen aus Janas Hand fischte und anfing zu tippen. «Okay, ich mach mal einen Vorschlag, was wir antworten könnten.»

Jana war sichtlich überrumpelt.

«Ich weiß echt nicht, ob es klug ist zu antworten.»

«Irgendwas müssen wir tun. Er darf auf keinen Fall diese ominösen Chefs einschalten. Das würde alles nur noch schwieriger machen. Wir müssen Zeit gewinnen, um die Leiche vergraben zu können.»

Das leuchtete mir ein, beruhigte Jana aber nicht.

«Trotzdem ist das hammergefährlich. Wir sollten sehr genau überlegen, was und wie wir antworten.»

Mareike wirkte wie elektrisiert. «Klar. Das ist auch erst mal nur ein Entwurf. Als Diskussionsgrundlage.»

Sie reichte mir das Handy. Im ersten Moment wäre es mir fast aus der Hand gerutscht. Ich griff fester zu und hatte es dann doch sicher. Gleichzeitig ertönte unüberhörbar das Senden-Signal.

Jana riss mir das Handy aus der Hand. «Hast du das jetzt etwa verschickt?»

Mir wurde schlecht.

«Na ja. Genau genommen hat es das Handy verschickt. Ich habe wohl nur den Befehl gegeben, und auch das nicht richtig selbstbestimmt.»

Jana bedeutete mir zu schweigen und las die Nachricht. Dann blickte sie fassungslos zu Mareike.

Die tat unschuldig. «Mein Gott! Ich musste mich ja erst mal in ihn und seine Sprache reindenken, und wichtig ist doch vor allem, dass die Gegenseite denkt, unser Rocker würde noch leben. Die Inhalte, dachte ich, besprechen wir dann gemeinsam. Das sollte ja eben nur eine erste Diskussionsgrundlage sein.»

Jana starrte sie entgeistert an.

«*Fick dich, du bist nicht meine Mutter, du Wichser!* – Das ist deine Diskussionsgrundlage? Dir ist aber schon klar, dass der bislang in seinen Nachrichten nicht im Geringsten vulgär war?»

«Meine Güte, es war ein Entwurf!»

«Mutter!!!»

Jana schaute wieder aufs Smartphone.

«Immerhin antwortet er dir … Ach, guck mal …»

Sie las ungläubig vor:

«Schön, dass du endlich antwortest und es dir offensichtlich gut geht. Fick dich selber, du Schlampe.»

Ich konnte mich kaum erinnern, Mareike jemals so zufrieden gesehen zu haben. Wenn überhaupt, dann nur im Anschluss an unseren Streit vor rund acht Jahren hinsichtlich der Tragfähigkeit der Eisschicht auf dem Wiesenteich im Vormoor. Als ich seinerzeit schließlich eingebrochen war und bis zur Hüfte in der Eisschicht steckte, hatte sie ziemlich genau diesen Gesichtsausdruck. Doch wie damals sonnte sie sich nicht lange im Triumph, sondern nutzte ihren frischen Schwung zur Tat. So wie sie am Teich sofort zu einem langen Ast gegriffen hatte, um mich damit aus dem Loch zu ziehen, ergriff sie nun das Wort.

«Also, nach diesem gelungenen Einstieg schlage ich folgende Antwort vor: *Ich habe die ganze Nacht auf einem Parkplatz nachgedacht. Ich fahr da jetzt hin und regle das. Ein für alle Mal.*»

Da niemand Einspruch erhob, tippte Jana den Text ein und schickte ihn ab.

Die Antwort kam direkt: «Bist du dir sicher?»

Nun wechselten die SMS sehr schnell. Wir lasen gemeinsam die Antworten. Mareike diktierte, und Jana tippte ohne jede Widerrede. Die Herzen schlugen uns bis zum Hals, aber wir hatten jetzt eine Vorgehensweise gefunden und reagierten schnell.

«Klar, ich habe alles im Griff. Ich habe einen Plan.»

«Was für einen Plan?»

«Erzähle ich dir, wenn er geklappt hat.»

«Und wenn er nicht klappt?»

«Er wird klappen. Mach du, was du am besten kannst. Also auf deinem fetten Arsch sitzen und mich machen lassen. Ich melde mich dann.»

«Was ist mit dem Geld? Hat dir Maja wirklich drei Raten bezahlt?»

«Ja. Ich weiß auch nicht, wo sie die plötzlich herhatte. Aber soll nicht unser Problem sein. Ich sah keinen Grund, das Geld nicht anzunehmen.»

«Klar. Nimm es aber nicht mit zu den Kollegen.»

«Hältst du mich für bescheuert?»

«Ja.»

«Danke, gleichfalls. Ich lasse es im Wagen. Den parke ich gut versteckt in sicherer Entfernung. Schicke dann noch eine Nachricht, wo genau er steht. Nur für alle Fälle.»

«Für alle Fälle?»

«Wenn es doch ein Problem geben sollte, könnt ihr den Wagen und das Geld einfach abholen. Aber es wird kein Problem geben.»

«Sicher?»

«Sicher. Wie gesagt: Ich habe einen Plan.»

«Tu nichts, was ich nicht auch tun würde.»

«Ich kann doch nicht mein ganzes Leben lang nur essen und furzen!»

«Pass auf dich auf.»

«Sag das lieber den anderen. Aber halte die Chefs da raus. Ich fahre jetzt los!»

Wir warteten noch mehrere Minuten, ohne das Handy aus dem Auge zu lassen. Als wir sicher waren, dass keine Antwort mehr kommen würde, atmeten wir tief durch.

-16-

Rund eine Viertelstunde später waren wir endlich unterwegs in Richtung Wolfenbüttel. Jana hatte über ein Telefonat mit Maja herausgefunden, dass die konkurrierende Rockergang in einer Disco namens «Airport» am Stadtrand residierte. Es handelte sich dabei um die Lucifers, kurz genannt «die Lucys». Eine Gruppe, mit der laut der Bordellchefin wirklich nicht gut Kirschen essen war. Sie riet uns dringend, extrem vorsichtig zu sein.

Unser Plan war einfach. Wir würden die Leiche im Elm-Lappwald vergraben. Ein Mischwald-Naturschutzgebiet, nur wenige Kilometer von Wolfenbüttel entfernt. Jana kannte es von irgendeinem Ausflug, den sie in ihrer Schulzeit mal gemacht hatte. Klar, sie war in Hamburg aufgewachsen. Da ging es an den Wandertagen raus in die Natur. Damit hätte man uns Landkindern nicht zu kommen brauchen. Natur hatten wir zu Hause schon mehr als genug. Uns zog es bei Ausflügen zur Wolfsburger Autostadt, ins Weserstadion oder auf die Reeperbahn. Das war die Art von Dschungel, die wir an Wandertagen erleben wollten. Daher war das Stadtkind auch die Einzige von uns, die die Waldgebiete der Region kannte. Der Elm-Lappwald, meinte Jana, sei für unsere Zwecke perfekt. Tief, düster, verschlungen, wie Urwald, über weite Strecken komplett menschenleer. Ein richtiger Märchenwald. Sie habe den damals toll gefunden. Wisse auch schon, wo wir ungefähr in den reinfahren sollten.

Nachdem wir dort den Rocker verscharrt hätten, würden wir auf dem Parkplatz der Disco sein Handy entsorgen. Den Stein müssten wir in einem nahegelegenen See versenken, die Decken erst mal mitnehmen und später verbrennen. Das Auto könnten wir schließlich in einer Seitenstraße abstellen, in ordentlicher Entfernung zur Disco. Natürlich erst, nachdem wir es sehr sorgfältig gereinigt hätten. Die Wahrscheinlichkeit, dass die Gang den Wagen auf Fingerabdrücke und DNA-Spuren kontrollieren konnte, war sehr gering. Noch unwahrscheinlicher war es, dass sie die Polizei einschalten würde, aber wir wollten lieber auf Nummer sicher gehen. Über kurz oder lang würden diese Chefs Handy und Wagen orten, beides finden und eins und eins zusammenzählen. Damit war der Verdacht hinlänglich auf die andere Bande gelenkt. Den Rest würden die Rockergangs dann unter sich ausmachen. Wir und auch das Village Rouge wären jedenfalls fein aus der ganzen Sache raus.

Ein perfekter Plan. Plötzlich war alles wieder zu einem unbeschwerten, aufregenden Abenteuer geworden. Bester Dinge sausten wir Richtung Ostniedersachsen.

-17-

Mareike hatte sich sehr schnell in das Auto verliebt. Sobald wir uns ein paar Kilometer von unserem Dorf entfernt hatten, wurde ihr Fahrstil zunehmend sportlich. Die verspiegelte Sonnenbrille des toten Vorbesitzers stand ihr ausgezeichnet, und so düste sie mit runtergelassenem Fenster und wehendem Haar die Landstraße entlang. Jana, die auf dem Beifahrersitz saß, googelte währenddessen mit dem Handy des Toten irgendwelche topographischen Karten des Elm-Lappwalds. Ich hatte ihr meine Powerbank gegeben, sodass das Gerät nun wieder ausreichend Strom hatte. Den Fingerabdruckscanner hatte sie ausgeschaltet, den Code des Sperrbildschirms geändert.

Mareike forderte Jana zudem mehrfach auf, weitere Einstellungen zu verändern. Doch ihre Co-Pilotin meinte, jede Veränderung könnte zum Problem werden, wenn «Mutter!!!» und die «Oberste Heeresleitung» tatsächlich das Telefon fänden. Es dürfe dann auch nicht der geringste Verdacht bestehen, jemand anders hätte zwischendurch das Gerät benutzt. Ihre aktuelle Recherche machte Jana im Privatmodus. Das hinterließ keine Spuren. Also zumindest keine, die die Rocker später finden würden. Solange sie sonst keinen Verdacht hegten.

Mareike hatte an all dem natürlich ihre Zweifel. Sie hatte immer Zweifel. Das zeichnete sie aus. Meistens war sie aber doch im Recht. Wie damals, als sie nicht glauben wollte, dass man frische Wunden komplett desinfizieren kann, wenn man darauf pinkelt. Hätte ich auf sie statt auf die anderen Jungs gehört, wäre mir eine eklige Erfahrung mitsamt eitriger Entzündung erspart geblieben. Doch ich hatte daraus gelernt. Fortan vertraute ich nie mehr auf das Gerede anderer, sondern nur noch auf Mareike. Außer in fünf oder sechs Einzelfällen. Vielleicht auch zehn. Jeden davon habe ich später bereut.

Ich hörte, wie nun auch Mareike versuchte, Näheres zum toten Rocker aus Jana herauszubekommen. Da sie hartnäckiger und geschickter war als ich, brachte sie immerhin in Erfahrung, dass der Riese Drogen genommen hatte und das auch der Grund war, weshalb keine Polizei eingeschaltet werden durfte. Die Lizenz des Village Rouge stünde auf dem Spiel oder so ähnlich. Ganz genau bekam ich es nicht mit, weil das Radio so laut lief. Trotzdem war nicht zu übersehen, dass die beiden ganz schön rumzickten. Vergleichsweise höflich zwar, aber gepiesackt wurde sich. Vielleicht hatte sich Jana das mit den Drogen auch nur schnell ausgedacht, damit Mareike mit den Fragen aufhörte. Doch wenn dem so gewesen wäre, hätte Mareike es wahrscheinlich gemerkt. Sie merkte immer alles. Wenn sie sich also mit dieser Erklärung fürs Erste zufriedengab, hieß das für mich, dass ich mir keine Gedanken mehr machen musste. Das würde jetzt Mareike für mich übernehmen. Ein gutes Gefühl.

Also hielt ich mich aus all dem raus, saß auf der Rückbank und schaute den beiden Frauen beim Schönsein zu. Denn das konnten sie total gut. Fand ich. Soweit ich mich erinnerte, hatte ich noch nie etwas Tolleres gemacht. Ob ich wohl irgendwann eine Entscheidung würde treffen müssen? Zwischen den beiden? Das wäre schon irgendwo furchtbar gewesen. Andererseits, gibt es etwas Schöneres, als sich zwischen zwei großartigen Frauen entscheiden zu müssen?

Klar gibt es das. Nämlich, sich nicht entscheiden zu

müssen. Vielleicht, dachte ich, treffen die beiden eine Entscheidung. Das wäre eigentlich die formidabelste Lösung. Also zumindest, wenn sie dann so entscheiden, wie auch ich entschieden hätte. Aber woher wollen sie wissen, wie ich entscheiden würde, wenn ich es nicht mal selber weiß? Wenigstens hätte ich, wenn es nicht meine Entscheidung wäre, die Möglichkeit, mich zu beschweren. Das wäre ein schöner Vorteil. Bei meinen Eltern kann ich mit dieser Taktik seit Jahren feine Erfolge feiern. Meine Grundhaltung ist ohnehin zumeist, dass mir alles egal ist. Also vollkommen und komplett egal. Bis zu dem Moment, wo irgendjemand irgendeine Entscheidung trifft. Ab dann bin ich dagegen und meckere. Aber hier ist das was anderes. Das mit Jana und Mareike hat ja wirklich immense Bedeutung für mich. Zudem ist es heikel. Die beiden könnten, anders als meine Eltern, jederzeit sagen, ich soll mich zum Teufel scheren. Da will jeder Schritt wohlüberlegt sein. Oder zumindest nicht völlig überdreht und hirnrissig. Da muss so was wie ein Plan her. Durchdacht, Schritt für Schritt. Einer, der für alle gut ist. Aber für mich natürlich am besten. Ich darf nichts überstürzen. Obwohl Jana mich schon geküsst hat. Einfach so. Das hätte sie ja nicht müssen. Doch das darf ich, selbst wenn es mir schwerfällt, jetzt mal nicht überbewerten.

Als was hat die überhaupt im Village Rouge gearbeitet? Wie eine Prostituierte wirkt sie ja nun immer weniger. Wobei ich ja sonst gar keine Prostituierten kenne. Obwohl, jetzt schon. Bei Anna-Lee hätte ich normal auch niemals vermutet, dass sie eine Liebesdame ist. So wie ich ihr begegnet bin, war sie total eine Köchin. Allerdings wäre sie in Polizeiuniform wahrscheinlich auch voll die Polizistin gewesen. Ist das ihr besonderes Talent? Hat sie ja auch so gesagt: «Was immer macht Gäste glücklich.» Und Dinah? Na ja, Dinah kommt jetzt meiner Idealvorstellung einer Dirne sicher am nächsten. Doch auch nur so im Vergleich zu den anderen beiden. Was weiß denn ich, wie Prostituierte privat sind? Ich weiß ja nicht mal, wie die beruflich sind. Warum sollen die anders sein? Im Privaten. Nee, is wahrscheinlich ganz normal, dass die normal sind.

Insofern könnte Jana durchaus wieder eine sein. Ob ich sie einfach fragen sollte? Aber nicht, wenn Mareike danebensitzt. Vielleicht ergibt es sich ja demnächst ganz von selbst. Im Gespräch. Das man einfach so mal eher zufällig aufs Thema zu sprechen kommt. Dann könnte ich mich völlig unverfänglich erkundigen. Oder ich muss nicht mal fragen, weil Jana es von selbst sagt. Man müsste eben nur mal einfach so auf das Thema kommen. Doch wie soll das gehen? Kann ich, wenn es sich anbietet, das Gespräch unauffällig in so eine Richtung lenken? Aber wie …

«Marco!!!»

Janas Gesicht war plötzlich erschütternd dicht vor meinem. Sie sah wütend aus. O Gott, hatte ich etwa laut gedacht?

«Sag mal, hörst du schlecht?»

Nein. Gott sei Dank. Sie war wohl nur verärgert, weil ich nicht zugehört hatte. Das kannte ich von meiner Mutter. Damit konnte ich umgehen.

«Was? Nein. Warum?»

«Weil wir dich jetzt dreimal was gefragt haben.»

«Echt? Tschuldigung. Ich war gerade in Gedanken.»

«Was denn für Gedanken?»

«Oh. Das war … im Großen und Ganzen … nichts.»

«Wie, nichts?»

«Ich habe nichts gedacht.»

«Du warst in Gedanken und hast nichts gedacht?»

«Ja. In etwa so.»

«Du kannst gar nicht nichts denken! Das kann keiner. Also außer ein paar ewig meditierenden Mönchen in Tibet vielleicht. Aber dir fehlt dafür sicher die Meditationserfahrung.»

Mareike johlte. «Super. Du bist übrigens nicht die Erste, die ihm das erklärt. Aber glaub mir. Der begreift das nie.»

Während die beiden giggelten, versuchte ich mich zu rechtfertigen.

«Na gut, ich habe gedacht ...»

Sie verstummten. Ich spürte, wie mich nun nicht nur die zu mir gedrehte Jana, sondern auch unsere Fahrerin über ihren Innenspiegel genau beobachtete. Ehe ich Rücksprache mit meinem Verstand halten konnte, forderte dies schlagartig meinen Trotz und meine Abenteuerlust heraus.

«Ich habe darüber nachgedacht, ob ihr wohl schon eine Entscheidung gefällt habt.»

«Was für eine Entscheidung denn?», fragte Jana.

Egal. Jetzt gab es kein Zurück mehr. Ich nahm meinen ganzen Mut zusammen.

«Hinsichtlich der Frage ...»

Setzte mich gerade auf.

«... also dem Umstand ...»

Holte noch einmal Luft.

«... dass ihr ja nun ...»

Zögerte noch einen letzten kurzen Augenblick, um dann doch noch ein Zurück zu entdecken:

«... noch gar nicht darüber gesprochen habt, wie wir die Leiche eigentlich vergraben wollen. Wir haben doch nicht mal eine Schaufel oder einen Spaten.»

Erleichtert und enttäuscht zugleich wartete ich darauf, dass sich mein Atem beruhigte.

Jana drehte sich zurück und schaute nun wieder, wie Mareike, stur nach vorne auf die Straße. Unwillkürlich schaltete sie das Radio aus, wodurch es plötzlich unangenehm still wurde. Leise konstatierte sie:

«Da ist was dran. Passt aber auch gut zu unserer Frage. Wir müssen tanken. Hast du Geld dabei?»

Geld ist einer der relativsten Begriffe überhaupt. Natürlich hatte ich Geld dabei. Allerdings eher so im einstelligen Bereich. Das war sicher nicht das, was Jana mit Geld meinte. Ab welchem Betrag einzelne Euro zu Geld werden, ist ja von Person zu Person und auch von Situation zu Situation sehr unterschiedlich. Ich entschied mich für die präzisestmögliche Antwort und sagte:

«Nicht wirklich.»

Mareike nickte. «In etwa die gleiche Summe habe ich auch dabei.»

Jana fasste zusammen: «Dann haben wir, wenn wir alle drei all unser Geld zusammenlegen, insgesamt: ein Problem.»

Daraufhin redete erst mal niemand mehr, bis Mareike aussprach, was alle dachten:

«Die Leiche im Kofferraum hat bestimmt Geld.»

Nun wurde es noch stiller. Mehrere Minuten lang.

Jana machte das Radio wieder an. Es lief der Song «Thrift Shop» von Macklemore & Ryan Lewis. Wir hörten schweigend zu, aber am Ende des Refrains sangen plötzlich alle mit: «… this is fucking awesome!»

Wer schon einmal Schingschangschong darum gespielt hat, wer eine mittlerweile sechzehn Stunden alte, nicht gekühlte, an einem sehr sonnigen Frühlingstag im Kofferraum durch die Gegend kutschierte Leiche nach Bargeld durchsuchen muss, weiß, wie dramatisch dieses Spiel werden kann. Auch wenn ich es natürlich nicht beweisen konnte, war ich überzeugt, dass die anderen beiden mogelten. Wie auch immer sie das anstellten.

Ich weiß nicht, ob ich es mir einbildete oder ob der tote Rocker tatsächlich so heftig roch. Zumindest musste ich vor jeder der durchsuchten Taschen die Luft anhalten. Es fühlte sich an wie Tauchgänge, zwischen denen ich kurz auftauchte und frisch Luft holte, um dann erneut hinabzusinken auf der Suche nach Schätzen im gesunkenen Wrack.

Gefühlt dauerte es ewig, bis ich sämtliche Taschen und Täschchen der Klamotten am leblosen Körper durchsucht hatte. Erstaunliches kam zutage: Zigarillos, mehrere Feuerzeuge, Panini-Bilder, Supermarkt-Sammelherzen, ein Notizbuch, ein weiterer Schlüsselbund. Doch Geld war nicht zu finden. Entkräftet stieg ich wieder ins Auto, um mich enttäuscht auf die Rückbank fallen zu lassen. Mareike und Jana schauten sich das stumm protestierend an, ließen mich aber. Der Bequemlichkeit halber legte ich meinen Kopf seitlich auf das Polster und sah so unter dem Beifahrersitz die Sporttasche.

Nicht wirklich interessiert, mehr einem Reflex folgend, öffnete ich sie. Kurz darauf erblickte ich die größte Menge Bargeld, die ich jemals auf einem Haufen gesehen hatte. Das war zwar deutlich weniger eklig, aber nicht wirklich minder beängstigend.

-18-

Ich weiß nicht, wer schon einmal durch einen Baumarkt gegangen ist mit so viel Geld in der Tasche, dass man sich theoretisch alles kaufen könnte. In Windeseile füllte sich unser Einkaufswagen. Was immer uns zum Vergraben einer Leiche hilfreich erschien, wurde eingesackt: eine Schaufel, ein Klappspaten, eine Rolle Seil, drei Rollen Klebeband, Isolierband, Arbeitshandschuhe, ein Campingstuhl, damit man auch mal Pause machen konnte, eine Kühltasche mit Akkus, ein Brecheisen, noch ein Campingstuhl, falls zwei gleichzeitig Pause machen wollten, eine Baustellenlampe, zwei Akku-Leuchtstäbe, ein Erste-Hilfe-Kasten samt Verbandszeug, Reinigungsmittel für den Wagen, ein dritter Campingstuhl …

Bald wurde ich losgeschickt, um einen zweiten Einkaufswagen zu holen. Dann jedoch kamen wir, gerade noch rechtzeitig, zur Besinnung und luden nur die Dinge, die wir wirklich unbedingt brauchten, in den zweiten Wagen. Den anderen mit Campingkocher, Einweggrill, zwei Flaschenzügen und manch anderem seltsamem Gerät ließen wir im riesigen Baumarkt stehen.

Kurz vor der Kasse jedoch machte sich bei uns zunehmend Nervosität breit. Niemand wusste ja, was für Geld das in der Sporttasche war. Womöglich sogar Falschgeld? Wir hatten die Scheine eingehend untersucht. Extra noch gegoogelt, was besonders zu beachten war. Nämlich Struktur, Papierqualität, Hologramm und so weiter. Uns war bei allem nichts Ungewöhnliches aufgefallen. Dennoch blieben wir unsicher. Die Scheine sahen verdammt neu aus. Und sie waren so ordentlich gebündelt. Eben wie frisch aus dem Druck.

Als wir an der Kasse standen, schien Jana die Anspannung kaum auszuhalten. In einer Übersprunghandlung lud sie unermüdlich Gummibärchen, Müsliriegel, Schokowaffeln und anderen Süßkram in unseren Einkaufswagen. Eben all das Zeug, was der Baumarkt zusätzlich zu seinem eigentlichen Sortiment in erstaunlichen Mengen im Kassenbereich anbot. Selbst Cola, Limonade, Wasser und Klopapier gab es dort, was Jana alles gleichfalls äußerst großzügig mit auf das Band legte.

Irgendwann aber hatte die Frau an der Kasse unweigerlich das Einscannen der Waren abgeschlossen. Jana schaffte es einfach nicht mehr, ihr noch was hinzulegen, um das Zahlen hinauszuzögern. 288,37 Euro lautete das Urteil. Jana reichte der Frau sechs Fünfziger, die hielt einen der Scheine nur kurz ins Licht, schaute uns sehr streng, mit durchdringendem Blick an und sagte nach einer langen Pause:

«Tüte?»

Wäre Jana in dieser Sekunde in Ohnmacht gefallen, hätte mich das nicht überrascht. So blass war sie. Stattdessen aber antwortete sie überraschend cool:

«Kostet die extra?»

«Natürlich.»

«Warum?»

«Wegen Umwelt. Warum sonst?»

«Was kostet denn eine?»

«Fünfzig Cent.»

«Und eine zweite?»

«Wie?»

«Na, wenn wir zwei Tüten nehmen, kosten die dann einen Euro?»

«Nee, wenn Sie zwei Tüten nehmen, sind beide umsonst.»

«Echt?»

«Ja, in etwa so echt wie Ihre Haarfarbe.»

«Bitte?»

«Natürlich kosten, wenn eine Tüte fünfzig Cent kostet, zwei Tüten dann einen Euro. Was denken Sie denn?»

«Na, ich dachte, bei zwei Tüten gibt es vielleicht Rabatt.»

«Rabatt auf Umweltschutz?»

«Na ja, den Energiekonzernen räumt die Bundesregierung …»

«Wollen Sie eine Tüte?»

«Wir nehmen zwei.»

«Plastik oder Papier?»

«Plastik. Die halten besser. Übrigens ist es ein Irrtum, wenn Sie denken, Papiertüten wären umweltfreundlicher als Plastiktüten. Nur mal zur Information.»

«Ach. Und ein noch größerer Irrtum ist es übrigens, wenn Sie denken, das, was Sie denken, würde hier irgendjemanden interessieren. Gleichfalls zur Information.»

Mit einem schiefen Lächeln drückte die Frau an der Kasse Jana das Wechselgeld in die Hand, und wir schoben schleunigst unseren Wagen und Jana von ihr weg.

Während wir ein paar Meter weiter Süßigkeiten, Getränke und sonstigen Kleinkram in die Plastiktüten packten, schien Jana plötzlich vor Zufriedenheit zu platzen. «Na, wie war mein Ablenkungsmanöver?», flüsterte sie.

Mareike betrachtete sie in etwa mit demselben Blick wie die Kassiererin.

«Was denn für ein Ablenkungsmanöver?»

«Na, als die den Schein geprüft hat.»

«Die Prüfung war doch schon abgeschlossen, als sie dich nach der Tüte gefragt hat.»

«Das weiß man nicht.»

«Nein?»

«Vielleicht wollte sie mir da auf den Zahn fühlen. Sehen, ob ich mich verdächtig verhalte.»

«Du findest, du hast dich unverdächtig verhalten?»

«Und wie!»

«Bitte? Du hast dich total seltsam verhalten.»

«Genau das ist unverdächtig. Menschen, die etwas zu verbergen haben, wollen immer ganz normal wirken. Wer sich seltsam verhält, schräge, ungewöhnliche Dinge tut oder sagt, hat dagegen meistens ein reines Gewissen. Den Normalen gilt es zu misstrauen.»

Mareike schüttelte den Kopf. «Das ist doch vollkommener Schwachsinn.»

Doch Jana strahlte nur. Offensichtlich war sie besinnungslos vor Erleichterung, dass an der Kasse alles gut gegangen war. Sie flötete: «Nur weil es Schwachsinn ist, heißt das noch lange nicht, dass es nicht auch wahr ist.» Dann tanzte sie von dannen. Wir folgten ihr schiebend.

Hinter dem Ausgang sprach uns ein Schnorrer an: «Gebt ihr mir den Euro aus euerm Wagen?»

Aber auch er bekam von der nach wie vor ausgelassenen Jana nur eine überdrehte Antwort: «Was willstn damit? Zwei Papiertüten kaufen?»

Er lächelte. So wie mittelalte Männer eben lächeln, wenn eine schöne junge Frau sie anstrahlt. Völlig unabhängig davon, was gesagt wurde.

«Nee, ich hatte noch kein Frühstück.»

«Wir haben Süßkram.»

Ein kurzes Schnaufen entfuhr ihm. «Der ist doch bestimmt mit Palmöl hergestellt. Tut mir leid, aber das kann ich nicht mit meinem ökologischen Fußabdruck vereinbaren.»

«Und was kaufste dir mit dem Euro?»

«Erst mal Bier. Was sonst?»

«Bier? Zum Frühstück?»

«Klar. Frühstück ist das wichtigste Getränk des Tages.»

«Hamm die hier denn auch Bier?»

«Nee. Aber fünfzig Meter die Straße runter ist ein Penny. Früher habe ich ja direkt da gestanden und geschnorrt. Aber irgendwie ist mir das an der Ecke zu unseriös geworden. Diese Discounter locken oft seltsames Publikum an. Die Gegend ist runtergekommen. Viele Asoziale hängen dort rum. Da schnorre ich lieber vorm Baumarkt. Bessere Gegend, versteht ihr. Mehr so bürgerlich. Ist eher mein Ding.»

Ich stellte unseren Einkaufswagen ab und gab ihm den Euro. Er bedankte sich mit einem angedeuteten Knicks.

Wir waren schon ein paar Meter weg, als Mareike plötzlich auf dem Absatz kehrt machte, Schaufel und Klappspaten in eine Hand nahm, mit der anderen zwei Fünfziger aus ihrer Hosentasche fummelte und sie dem Schnorrer brachte.

«Hier. Selbst wenn du nur Alk dafür kaufst, legst du das Geld garantiert sinnvoller an als jeder andere, der es mal besessen hat oder besitzen wird.»

Dann ließ sie ihn mit offenem Mund stehen und rauschte triumphal grinsend an Jana und mir vorbei.

«Kommt jetzt. Wir haben noch viel zu tun.»

Jana holte sie ein und zischte: «Ist das deine Vorstellung von sich möglichst unauffällig verhalten?»

Mareike schaute stur geradeaus: «Mir hat kürzlich jemand erzählt, sich seltsam zu verhalten wäre das neue Unauffällig.»

«Ja, aber doch nicht so. Der Mann wird sich jetzt garantiert an uns erinnern, wenn er befragt wird.»

«So, wie sich die Kassiererin an die komische Frau mit den Plastiktüten erinnert?»

Jana schwieg. Beide stapften still nebeneinanderher. Ziemlich lange, denn wir hatten in der hinterletzten, einigermaßen blickgeschützten Ecke des gigantischen Parkplatzes geparkt. Um nicht aufzufallen. Der Gedanke, ob es tatsächlich das Unverdächtigste war, auf einem hektargroßen, vollkommen leeren Parkplatz so weit weg vom Eingang zu parken, kam mir eigenartigerweise erst jetzt. Auf dem ewig langen und schwer bepackten Rückweg. Schade.

-19-

Kurz bevor wir den Wagen erreichten, fiel mir auf, dass wir gar nicht mehr weit weg von dem Penny sein mussten. So runtergekommen sah die Gegend hier gar nicht aus. Sicher hätte ich darüber nachgedacht, ob wir dort noch schnell ein paar Kleinigkeiten besorgen sollten, hätte nicht eine andere, höchst beunruhigende Erscheinung schlagartig meine gesamte Aufmerksamkeit auf sich gezogen.

An unserem BMW lehnte ein absurd großer, ganz in schwarzes Leder gekleideter Mann mit wallendem Bart und wilden, krausen Haaren.

Ich drehte mich um und sprach so leise, wie ich bei noch akzeptabler Verständlichkeit nur konnte: «Ich glaube, es ist keine gute Idee, dahin zu gehen, wo dieser Mann ist.»

An den völlig perplexen Gesichtern der beiden Mädchen erkannte ich, wie tief sie in ihre wütenden Gedanken versunken waren. Offensichtlich hatten sie weder den Mann noch irgendetwas anderes auf unserem Weg wahrgenommen.

Mareike fing sich am schnellsten: «Aber er lehnt an unserem Auto. Wohin sollen wir gehen, wenn wir nicht zu unserem Auto gehen?»

Ich zuckte die Schultern. «Wir könnten so tun, als hätten wir was vergessen, und noch mal zum Baumarkt zurücklaufen. Um Zeit zu gewinnen. Neu zu überlegen.»

Jana schien irritiert. «Und dann? Was sollen wir überlegen? Meinst du, wenn wir uns von der anderen Seite her ans Auto heranschleichen, wird er uns nicht bemerken?»

Das klang logisch, aber so leicht wollte ich nicht aufgeben. «Vielleicht könnten wir jetzt einfach weggehen. Einfach so und alles vergessen. Warum nicht? Ich meine, womöglich hat er uns ja noch gar nicht bemerkt.»

Die beiden verdrehten die Augen, woraus ich schloss, dass sie mir nicht zustimmten. Allerdings hatte ihr Blick zur Abwechslung mal nichts Verurteilendes oder Verächtliches, sondern eher etwas aufrichtig Bedauerndes. Das ließ einen weiteren, höchst unangenehmen Verdacht in mir keimen.

«Ich nehme an, er kommt auf uns zu?»

Mareike raunte: «Er steht praktisch schon direkt hinter dir.»

«Gehört euch der dunkle BMW?»

Ein tiefer, dröhnender Bass. Ich drehte mich zu dem Mann um und hätte gerne etwas geantwortet. Doch leider war ich zu erschrocken darüber, plötzlich nicht mehr den Himmel erblicken zu können. Noch nie hatte ich so viel Mensch übereinandergetürmt in nur einem Körper gesehen. Den anderen beiden schien es ähnlich zu gehen, weshalb wir alle nur stumm nickten. Der Mann bemerkte unsere Verunsicherung und war wohl recht zufrieden damit. Er lachte, wenngleich es nicht wie ein Lachen klang, sondern mehr wie das Grollen einer nahenden Lawine.

«Ihr braucht keine Angst vor mir zu haben. Ich werde euch ganz sicher nichts tun. Ich habe nur eine kleine Bitte. Kommt. Ich helfe euch mit euren Einkäufen.»

Er griff nach den beiden Tüten in meinen Händen. Ich wollte sie nicht loslassen, aber sein fester werdender Griff und ein vielsagender Blick tief in meine Augen ließen mich dann doch sehr schnell nachgeben. Nun ging der Mann zügigen Schrittes zurück zum BMW, und wir trotteten ihm wie ferngesteuert nach.

«Ich muss mir mal euren Wagenheber leihen. Ich habe ein

Problem mit meinem Jeep, und da brauche ich euer Werkzeug.»

Mareike, immer noch mit Schaufel und Klappspaten in den Händen, tat interessiert. «Wo ist denn Ihr Fahrzeug?»

«Gleich da vorne.» Er zeigte auf den Parkplatzbereich vor dem Eingang.

«Und warum ausgerechnet unser Wagenheber?»

«Weil der was taugt. Mit den meisten Wagenhebern brauch ich bei meinem Allrader gar nicht erst anzufangen. Aber eurer ist super.»

Nun mischte sich Jana ein. «Ich fürchte, wir haben gar keinen Wagenheber dabei.»

«Doch. Doch. Der ist im Kofferraum. Bisschen versteckt, aber wenn man weiß, wo man suchen muss, findet man ihn. Öffnet doch den Kofferraum für mich. Dann seid ihr mich bald los. Versprochen.»

Am BMW angekommen, ließ der Mann die Tüten abrupt fallen. Er holte eine Zigarette aus einem Metalletui und zündete sie mit einem Zippo-Feuerzeug an. Wie das plötzlich in seine Hand gekommen war, erschien rätselhaft. War es die ganze Zeit darin gewesen? Zumindest verschwand es, sobald die Zigarette brannte, genauso wie von Zauberhand wieder. Dann hielt er uns das Etui mit Selbstgedrehten hin: «Wollt ihr auch?»

Mareike schaute missbilligend. «Ist da was drin?»

Der Mann grinste.

«Lustig. Genau das wollte ich euch gerade über euren Kofferraum fragen. Also, ob da was drin ist. Außer dem Wagenheber.»

Ich atmete durch und übernahm die Initiative. «Tut mir leid, aber in unserem Kofferraum ist kein Wagenheber. Und auch sonst nichts. Wir können Ihnen also leider nicht helfen. Sie müssen wohl doch jemand anderes fragen.»

Der Mann nahm einen tiefen Zug von seiner Zigarette. Irritierenderweise entließ er den Rauch aber weder durch den Mund noch durch die Nase. Es war, als würde er ihn komplett absorbieren.

«Ich versichere dir, Junge: Ihr seid die Einzigen, die mir helfen können. Zufällig kenne ich dieses Modell sehr genau. Ein wirklich guter Freund von mir fährt exakt denselben Wagen.»

«Aber das heißt ja noch nichts. Wir könnten den Wagenheber aus dem Kofferraum genommen haben.»

«Warum solltet ihr das tun?»

«Um Gewicht zu sparen.»

«Warum würdet ihr Gewicht sparen wollen?»

«Damit wir schneller fahren können.»

Wieder zog er lang an seiner Zigarette. Wie um sich zu beruhigen. Erneut verschwand der Rauch komplett irgendwo in seinem Körper.

«Ich weiß ganz genau, was ihr jetzt denkt. Ihr denkt, ich wäre ein Idiot. Ein völliger Trottel. Ein Dummkopf. Das denkt ihr.»

Jana schüttelte energisch den Kopf. «Wie kommen Sie denn darauf?»

«Ihr denkt, ich habe unbeabsichtigt *derselbe* Wagen gesagt. Obwohl es doch *der gleiche* Wagen heißen müsste. Ihr denkt, dieser Kerl beherrscht nicht mal richtig die deutsche Sprache.»

«Ich versichere Ihnen», sagte ich, «dass wir Ihnen diesbezüglich nichts vorwerfen.»

«Eure Herablassung könnt ihr euch sparen. Dieser Wagen

ähnelt dem meines Freundes nämlich dermaßen, dass ich in voller Absicht *derselbe* gesagt habe. Er hat sogar die gleichen Lackschäden. An den gleichen Stellen. Da fragt man sich doch, kann es so was geben? Dass zwei gleiche Wagen so gleich sind, dass sie sogar die gleichen Kratzer am linken Kotflügel haben? Kann es so einen Zufall geben? Oder sind die beiden Wagen nicht womöglich doch *derselbe* Wagen?»

Er nahm einen dritten gewaltigen Zug von seiner Zigarette. So gewaltig, dass sie sich praktisch komplett in Asche auflöste. Er sog, und der Glimmstängel verschwand zur Gänze zwischen seinen Lippen. Nicht die geringste Kippe blieb zurück. So wie auch ein weiteres Mal keinerlei Rauch irgendwo entwich. Die gesamte Zigarette war sozusagen platt in drei Zügen. Ein beachtliches Lungenvolumen.

Mittlerweile hatte ich mir eine neue Argumentation zurechtgelegt.

«Na ja, das kann aber doch schon sein, dass zwei Autos genau an den gleichen Stellen Kratzer haben. Das sind ja auch immer so typische Stellen, wo meist diese Kratzer hinkommen.»

Jetzt entließ er aus den Untiefen seiner Gestalt plötzlich eine gewaltige Wolke Zigarettenqualm, und er blies sie mir direkt ins Gesicht. Ich versuchte nicht zu husten, allerdings um den Preis, dass mir die Augen tränten.

«Dann willst du also behaupten, ich hätte doch einen Grammatikfehler gemacht, weil ich vom selben Wagen gesprochen habe.»

«Keinen Fehler. Das konnten Sie ja nicht wissen. Ich würde es eher eine kleine Unachtsamkeit nennen.»

«Unachtsamkeit? Du behauptest also, ich wäre achtlos mit der Sprache umgegangen?»

«Na ja, das ist ja nichts Dramatisches. So kleine Nachlässigkeiten passieren doch jedem.»

Wieder wandelte sich seine Stimmlage zu einem gewitterartigen Grollen. Diesmal jedoch war es definitiv kein Lachen, sondern ein offenkundig mühsam zurückgehaltener Sturm.

«Es gibt nichts, was ich mehr verabscheue, als sprachliche Nachlässigkeit. Mit der Verrohung der Sprache beginnt die Verrohung des Menschen und schließlich der gesamten Gesellschaft. Oder bist du anderer Meinung?»

«Ich weiß nicht.»

«Das weißt du nicht? Aber weißt du, was passiert ist, als ich einmal in einem Dass-Satz versehentlich *dass* mit nur einem *s* geschrieben habe?»

Irgendetwas in mir riet mir, diese Frage lieber nicht zu beantworten. Was für ihn aber kein Problem war. Er sagte es mir auch so.

«Zwei Stunden später habe ich meinen ersten Menschen umgebracht. Das geschieht mit uns, wenn wir sprachlich verrohen.»

«Ach ja?»

«Oh ja. Und jetzt denkst du, mir wäre wieder eine sprachliche Unachtsamkeit unterlaufen?»

Noch einmal holte er von irgendwoher in seinem Körperinneren eine Wolke Tabakrauch, um sie mir ins Gesicht zu blasen. Nun konnte ich das Husten nicht mehr unterdrücken.

«Vielleicht war es doch keine Unachtsamkeit.»

«Du meinst, es ist in der Tat derselbe Wagen?»

«Nein, das ganz sicher nicht, aber vielleicht ist *unachtsam* nicht das richtige Wort.»

«Aha!!!» Nun schien er zu triumphieren. «Das würde dann ja heißen, dass mir damit jetzt zwei sprachliche Lapsi unterlaufen wären. Kannst du dir vorstellen, was eine derartige Barbarisierung der Sprache für Konsequenzen haben könnte?»

Ich wusste, dass ich das, was ich sagen wollte, besser nicht sagen sollte. Aber leider hörte ich es mich schon aussprechen:

«Sind Sie sicher, dass Sie den Plural von Lapsus richtig gebildet haben?»

Er richtete sich vor mir auf und schien dadurch an Breite und Größe noch mal um jeweils einen halben Meter zu gewinnen. Jana rief noch: «Sie haben gesagt, Sie würden uns ganz sicher nichts tun», da packte er sie schon blitzschnell am Hals und stieß sie mit Wucht gegen den Wagen. Ich wollte ihr zu Hilfe eilen, aber ebenso schnell schoss seine linke Hand an meinen Hals. Er drückte zu und hielt mich am langen Arm auf Abstand. Während mir die Luft wegblieb, schlug ich mit den Fäusten Löcher in die Luft. Ich kam mir deprimierend lächerlich vor.

Der Mann schien sich nicht wirklich für meinen Angriff zu interessieren und rückte nun mit seinem Gesicht sehr dicht an Jana heran.

«Drei Dinge solltet ihr vielleicht über mich wissen. Erstens, ich lüge. Wann immer es mir einen Vorteil verschafft. Und auch sonst. Lügen halte ich für die höchste Form der Sprachkunst, ihr Banausen. Zweitens, ich foltere oder töte nur, wenn ich einen guten Grund dafür habe. Drittens, ein guter Grund könnte beispielsweise sein, dass mir einfach danach ist.»

Obwohl mir nun heftig Tränen in die Augen schossen, meinte ich zu erkennen, dass Jana etwas antworten wollte. Aber offensichtlich war sie dazu ebenso wenig in der Lage wie ich. Sie röchelte: «Weil … weil … weil …»

Der Bart des Mannes berührte wohl schon ihre Stirn, dennoch brüllte er mit unglaublicher Lautstärke: «Man beginnt keinen Satz mit *weil*!!! Verdammt noch mal! Habe ich euch nicht deutlich genug zu verstehen gegeben, was ich von sprachlicher Nachlässigkeit halte?»

Ich dachte verzweifelt, dass uns doch jemand hören müsste, wollte nach Hilfe schreien. Aber ich bekam keinen Ton heraus.

«Außerdem», donnerte unser Folterriese weiter, «hasse ich es, wenn Dinge kompliziert werden. Mein Kollege und ich, wir haben ein ganz einfaches Geschäftsmodell. Wir machen Leuten Angst. Die parieren und geben uns Geld. Das liefern wir bei der Obersten Heeresleitung ab. Dafür werden wir bezahlt und dürfen machen, was wir wollen. Ich will mir gar nicht ausmalen, wie wütend ich werde, wenn ich herausfinde, dass ihr das kompliziert gemacht habt. Ich will die Dinge einfach haben!»

«Dann wirst du das hier lieben», schrie plötzlich Mareike, «das ist nämlich supereinfach!»

Mit rasantem Schwung und kolossaler Wucht donnerte sie die große Schaufel auf den Hinterkopf des Mannes. Dumpf und ungut klang der Aufschlag.

Aufrichtig überrascht starrte der Mann Mareike an. Dann blies ihm eine enorme Menge Zigarettenqualm aus Nase, Ohren und Haarwurzeln. Ich spürte, wie sein Griff sich lockerte. Aus dem Inneren seines Körpers drangen rumpelnde, brodelnde Geräusche, die schließlich in ein kakophones Nasenschnodder- und Magensafthochziehen mündeten. Es endete damit, dass er einen monströsen Flatschen aus Blut, Rotze und Vorverdautem vor Mareike hinspuckte. Dann machte er, ohne von Jana oder mir abzulassen, einen beherzten Ausfallschritt auf Mareike zu und trat ihr die Schaufel aus der Hand.

Sie schrie, vermutlich gleichermaßen aus Überraschung wie aus Schmerz, und versuchte die Schippe wieder an sich zu bringen. Doch der Mann hatte längst seinen schweren Stiefel darauf geparkt. Sie ließ sich nicht mehr bewegen. Um keinen Millimeter.

Die Hand um meinen Hals drückte wieder fester zu. Wenn es eine kleine Chance gegeben hatte, dem Mann zu entwischen, so war sie nun definitiv vertan. Noch einmal zog er Diverses aus seinem Körper hoch, spie es aus und wandte sich an Mareike.

«Für ein Mädchen schlägst du gar nicht schlecht. Respekt. Aber ein Fehler war es trotzdem.»

Im Bartdschungel oberhalb seines Mundes erkannte man Fäden von Blut, das wohl aus der Nase geflossen war. Vermutlich hätte er sich gerne einmal übers Gesicht gewischt, aber er hatte ja alle Hände voll. Stattdessen dröhnte wieder sein Gewitterlachen.

«Ich habe einen Schädel aus Stahl. Haben meine Brüder früher immer gesagt, wenn sie beim Eisangeln mit mir ein Loch in die Eisdecke des Sees geschlagen haben. Also mit meiner Rübe, wohlgemerkt.»

«Ehrlich?», entfuhr es Mareike.

Das Röhren wurde noch rauer und zufriedener. «Nein. Natürlich nicht. Ich habe doch gesagt, ich lüge. Tatsächlich haben sie nur Zigarettenautomaten mit meiner Omme geknackt. Meine Brüder waren keine Tiere. Obwohl sie unserer Sprache schlimme Dinge angetan haben. Ihr bis heute weh tun. Integration beginnt mit der Sprache. Aber sie werden nie so sehr in der Mitte dieser Gesellschaft ankommen wie ich.»

«Lassen Sie die beiden los!» Mareikes Stimme wirkte schwach und flehend. «Mein Freund bekommt langsam wirklich keine Luft mehr.»

Vielleicht war es der Sauerstoffmangel, vielleicht auch der Panikmodus, aber ich war mir absolut sicher, dass ich Mareike noch nie in dieser Art *mein Freund* hatte sagen hören. Zumindest nicht, wenn es um mich ging. Keine Frage, das war eine ganz neue Qualität. Ich versuchte es in mir nachhallen zu lassen, doch der Bart schepperte schon wieder.

«Ich muss dir danken, Kleines. Durch deine Aktion ist mir klargeworden, dass ich einfach nicht genug Hände für drei Schmeißfliegen habe. Eine davon muss ich loswerden. Dann werden die anderen beiden vielleicht auch kooperativer.»

«Nein.»

Mareike sprang ihn an, um sein Gesicht zu attackieren. Doch er hob das Knie, und Mareike prallte daran ab. Sie stürzte zu Boden und lag für einen Moment benommen auf dem Rücken. Ausreichend Zeit für ihn, seinen Stiefel von der Schaufel auf ihr Schlüsselbein zu setzen und Druck auszuüben. Mareike strampelte und japste. Auch sie hatte nun offensichtlich mit der Luft zu kämpfen. Der Stand des Mannes war hierdurch wacklig, was für Mareike die Situation nur noch brenzliger gestaltete. Verlor er jetzt das Gleichgewicht, würde er ihr vermutlich die Kehle durchtreten. Das war Jana und mir klar, weshalb wir unseren Widerstand einstellten und praktisch wehrlos an seinen Armen hingen. Er stöhnte die folgenden Worte zu Jana hinunter, während Schweiß von seiner auf ihre Stirn tropfte:

«Du kannst entscheiden, meine Schöne. Welchem deiner Freunde soll ich den Hals zerquetschen?»

Jana begann zu weinen. Einfach zu weinen.

Aus dem Rauschebart wummerte wieder die kaputte, zerrende Bassbox. «Meine Güte. Willst du so eine wichtige Entscheidung denn wirklich mir überlassen?» Er atmete schwer. Eine Mischung aus Speichel, Rotz und Blut hing im wilden Gestrüpp seines Gesichtsurwaldes. «Also gut, dann nehme ich das Mädchen.»

Er drückte mir die Kehle nun richtig zu und gurgelte zufrieden. Wahrscheinlich ob seines Hammerwitzes, von wegen er nimmt das Mädchen, also mich. Mir blieb die Luft weg, und ich spürte, wie sich mein Bewusstsein langsam entfernte. Fast, als würde es mir zuwinken.

Noch nie hatte ich darüber nachgedacht, wie es sich anfühlt zu sterben. Also zumindest nicht so konkret. Klar, in Filmen, Serien, Spielen und Büchern hatte ich oft Tode mitverfolgt oder sogar selbst erlebt. Aber nichts davon war wirklich eine Erfahrung gewesen. Mein Vater findet einen Autor total lustig, der wohl in einem kleinen niedersächsischen Dorf, ähnlich wie unserem, aufgewachsen ist. Auf längeren Autofahrten liefen ständig seine CDs. Ich fand es immer seltsam, wie sehr sich mein Vater über die Geschichten von dem Typen bepisst hat. Doch irgendwie auch schön, ihn mal so lachen zu sehen. Deshalb war es für mich okay. Obwohl ich das Ganze grenzwertig fand. Aber eine Sache hatte mir mal gut gefallen. Da erlebt dieser Mensch eine Woche lang eine Katastrophe nach der anderen, und irgendwann ist er verzweifelt und überlegt, dass er sich jetzt eigentlich auch umbringen könnte. Schließlich macht er es aber doch nicht, aus Angst, dass dann sein ganzes Leben noch mal vor seinem inneren Auge an ihm vorüberziehen würde. Das könnte er nicht ertragen.

Den Gedanken fand ich ziemlich lustig. Aber jetzt zog gar

kein Leben an mir vorbei. Stattdessen konnte ich nur daran denken, wie Mareike gerade *mein Freund* gesagt hatte. Wie wäre mein Leben verlaufen, wenn sie das so schon vorher mal, vielleicht vor einem Jahr, zu mir gesagt hätte? Und ihres? Also unseres? Wir hätten uns den ganzen Quatsch mit anderen Jungs und Mädchen sparen können. Die Aufregung und die Angst. Aber mit wem hätten wir dann über uns reden können? Über die Dinge? Wenn wir selbst die Dinge gewesen wären, hätten wir ja nichts mehr zum Über-die-Dinge-Reden gehabt. Das wäre auch komisch gewesen. Es hätte verdammt viel verändert. Viel, was gut war, wäre dahin gewesen. Obwohl ich dann vielleicht überhaupt nie das Village Rouge beobachtet hätte. Nichts von alledem geschehen wäre. Also, der Rocker wäre schon aus dem Fenster geflogen, aber es hätte mich nicht betroffen. Und damit wäre es in meiner Wirklichkeit ja praktisch nicht geschehen. Weil ich nie davon erfahren hätte.

Warum musste ich erst sterben, damit Mareike mal so *mein Freund* zu mir sagte?

Ist es das, was wirklich kurz vor dem Tod geschieht? Dass gar nicht das bisherige Leben noch mal vorüberzieht, sondern eben das Leben, das man nicht geführt hat? Obwohl man es hätte führen können? Oder das, was noch vor einem gelegen hätte? Die Möglichkeiten, die man noch gehabt hätte und die quasi auf einen Schlag alle vertan sind, nur weil man stirbt? Ist das womöglich die Hölle, in die man gestoßen wird? Das Fegefeuer? Dass einem immer und immer wieder vor Augen geführt wird, was man alles mit seinem Leben hätte machen können? Aber nun nicht mehr, da man ja leider tot ist. Wo es natürlich wohlfeil ist von dem Unterbewusstsein, einem bis in alle Ewigkeit vorzuhalten, was man alles vermasselt hat.

Nicht hingekriegt. Nicht genutzt. Als wenn das dann noch was helfen würde. Ist das Unterbewusstsein wirklich so ein neunmalkluges, selbstgefälliges, nachtragendes Arschloch? Also, nachtragend ist es in jedem Falle, das Unterbewusstsein. Das ist ja quasi der Kern seines Wesens. Da hat es Spaß dran.

Ich hätte nie gedacht, dass einem beim Sterben so viel Zeug durch den Kopf geht. Trotz aller Panik, aller Angst und Verzweiflung. Zeugs, das keinem hilft und das keinen interessiert. Hört das denn nie auf? Dabei war das Einzige, was mich wirklich interessierte, wie Mareike *mein Freund* gesagt hatte.

Es wäre gut, wenn das Sterben eine Pausetaste hätte. Wie bei Spielen, wenn plötzlich das Handy klingelt, der Vater einen anspricht oder die Mutter ins Zimmer tritt. Wo man kurz noch mal auf Stopp drückt und sich neu sammelt. Einen Überblick über die Gesamtsituation verschafft. Vielleicht sollte ich das versuchen.

Zunächst galt es herauszufinden, wie wichtig mir das Weiterleben überhaupt war. Zu meiner großen Überraschung stellte ich fest, dass ich es extrem wichtig und wünschenswert fand. Wohl zum ersten Mal wurde mir klar: Es gab nichts Größeres, als zu leben. Um jeden Preis. Leben war geil. Ich hatte da totale Lust drauf. Hier. Jetzt. In meinem Leben. Meiner Welt. Leben war super!

Mareike hätte jetzt wahrscheinlich gesagt, ich rede wie eine Tamponwerbung. Aber sie hatte auch gesagt *mein Freund.* Wann, wenn nicht während des Sterbens, darf man denn peinlich sein? Endlich. Leben war der Hammer. So viele Möglichkeiten. Und das Beste: Einfach nichts zu machen war eine dieser Möglichkeiten. Nichts machen lag mir.

Schon immer. Allein dafür lohnte es sich zu leben. Um dann nichts weiter zu machen. Aber voll. Wie geil!

Das Bild vor meinen Augen wurde schlechter. Immer schlechter. Den Bart konnte ich, wenn überhaupt, nur noch schemenhaft erkennen. Auch er ächzte laut, schien so gut wie am Ende seiner Kraft.

Es gibt diesen Mythos von dem hellen, gleißenden Licht, in welches man fährt, wenn man stirbt. Zu sphärischen Klängen. Völliger Quatsch. Es wird dunkel. Als würde man in einem tiefen, düsteren See versinken. Ohne sich zu bewegen. Langsam ertrinken. Und riechen tut dieser See übrigens auch nicht sehr gut. Nach meinen Erfahrungen hat Sterben aber mal überhaupt nichts Romantisches, Sinnliches, Erhebendes. Sondern ist einfach nur völlig beschissen und vom Erlebniswert komplett verzichtbar. Auch vom Soundtrack her. Weder Chöre noch Stille, sondern brutaler Lärm. Sterben dröhnt wahnsinnig laut in den Ohren. Ein einziges Geschreie, Stöhnen, Schlagen, Brüllen, Klirren, Spritzen …

Ich sinke. Aber nicht ins Nichts. Sondern auf den Boden. Den verdammt harten Boden. Feucht. Splitter. Ein Geruch wie beim Schützenfest hinterm Bierzelt. Dazu die ganze Zeit dieses Schreien. Alles wird schwarz. Etwas sehr Großes, Düsteres kommt auf mich zu. Eine riesige dunkle Wolke, als wollte sie mich holen oder unter sich begraben. Zappenduster und schwer. Für eine Wolke viel zu schwer. Eine monumentale schwarze Wolke aus dichter Materie. Die mich trifft. Weicher als erwartet. Spüre immer noch was. Sterben zieht sich. Bekomme Luft. Zu viel.

Ist das Mareike? Wäre schön, wenn sie noch mal *mein Freund* sagen würde. Aber sie weint nur. Oder schreit. Oder beides. Jetzt ist auch Jana da. Blaue Haare. Aber genauso durch den Wind wie Mareike. Kann man nichts mit anfangen. Also so. Man versteht ja nichts. Der Bart tanzt. Im Hintergrund. Ist kleiner geworden, der Bart. Warum schreien alle nur so? Muss das sein? Will auch schreien. Bin mir nicht sicher, ob es geklappt hat. Zumindest keine Veränderung. Das ist gar nicht der Bart, der tanzt. Sieht aus wie der Schnorrer. Der da mit Bierflasche in der Hand herumspringt und jubelt. Ich halluziniere. Und zwar nicht sehr schön. Jetzt reicht es. Das bringt ja alles nichts hier. Obwohl ich auch atme. Wahrscheinlich halluziniere ich, dass ich atme. Während ich eigentlich ersticke. Ist doch alles sinnlos. Wenn mich der See jetzt noch mal nähme, würde ich ihn lassen. Bin müde. Sooo müde … sooo …

-20-

Meine Urgroßmutter war noch eine richtige Bäuerin gewesen. Ganz alleine auf dem kleinen Hof, mit den Kindern. Denn mein Urgroßvater ist im Krieg geblieben. Komische Formulierung: *im Krieg geblieben.* Das klingt immer so, als wäre der Urgroßvater seinerzeit umgezogen. Es hat ihn anderswohin verschlagen, wo er dann irgendwie hängen geblieben ist. Wie es denn so geht. Jetzt wohnt er halt im Krieg. Für immer. Oder er ist dort vergessen worden. Also ganz Deutschland ist in den Krieg gefahren und später aus dem Krieg wieder heimgekehrt, wenn auch nicht komplett freiwillig. Aber ein paar Leute hat man vergessen. Die sind dann eben im Krieg geblieben.

Die Vorstellung, mein Urgroßvater könnte immer noch in der Schlacht sein, finde ich furchtbar. Wo nun schon so viele Jahre Frieden herrscht. Ich hoffe, er ist nicht wirklich da geblieben.

Meine Urgroßmutter hat nicht noch mal geheiratet. Obwohl ihr Mann schließlich für tot erklärt wurde und sie wieder gedurft hätte. Aber es gab ja keine guten Männer mehr nach dem Krieg. Also zumindest nicht für sie. Denn die jungen Männer wollten keine so alte Frau wie meine Urgroßmutter. Auch wenn sie damals natürlich noch keine Urgroßmutter war. Doch vierfache Mutter, das war sie eben schon. Und dass das ein junger Mann mitgemacht hätte, dafür war der Hof dann eben doch bei weitem nicht groß genug. Was logisch war. Denn wäre der Hof groß genug gewesen, hätte ihr Mann ja wahrscheinlich gar nicht in den Krieg gemusst und wäre folgerichtig auch nicht dort geblieben.

Die alten Männer hingegen waren keine guten Männer. Hat mir später mein Großvater erzählt, der als ältestes Kind nun der Mann auf dem Hof war und auch gar kein Interesse daran hatte, dass noch mal ein alter Mann ins Haus kam. Meiner Urgroßmutter habe da nichts gefehlt, behauptete er immer. Im Gegenteil, sie habe später oft betont, wie froh sie im Nachhinein gewesen sei, dass die Auswahl seinerzeit so abscheulich war. Das habe ihr gewiss langwierige und zehrende Irrtümer erspart. Obwohl es, von der Arbeit und den Nachbarn her, oft wirklich nicht einfach gewesen sei. Was sie sich vor den Kindern allerdings nie habe anmerken lassen. Für meinen Großvater war seine Mutter eine Heilige. Was sie ja vielleicht tatsächlich auch in echt war. Zumindest haben alle ihre Kinder sie sehr geliebt. Nicht zuletzt wohl auch dafür, dass sie ihnen weitere, unnötige Väter erspart hat. Trotz großer Opfer.

Auf dem kleinen Hof meiner Urgroßmutter, wo mein Opa, meine Mutter und schließlich auch ich aufgewachsen sind, gab es damals nur zwei unumstößliche Regeln: Alle mussten zusammenhalten, und nichts durfte umkommen. Müll oder Abfall in jedweder Form war für meinen Großvater ein umfassendes ökonomisches und vor allem auch moralisches Versagen. Wurde eines unserer Tiere geschlachtet, musste alles, wirklich alles vom Kadaver einer angemessenen Nutzung zugeführt werden. Natürlich hatten wir Bettdecken und Kissen, die mit echten Federn gefüllt waren. Gegerbte Felle vor den Betten und Spielzeuge aus Kuhhufen. Überschüssige Federn, Haut, Krallen und Horn wurden an seltsame Händler verkauft. Ungenießbare Schlachtereste wieder an die überlebenden Tiere verfüttert. Wobei diese Reste eigentlich nicht der Rede wert waren, denn auf Anhieb fällt mir eigentlich nichts ein, was man nicht in die große Schlachteblutsuppe werfen konnte, die dann später zur Grütz- oder Punkenwurst eingedickt wurde. Das war übrigens alles andere als eklig. Diese tiefschwarze Punkenwurst wurde in Scheiben geschnitten und in der Pfanne angebraten. Mit frischem Apfelmus war das meine gesamte glückliche Kindheit hindurch mein absolutes Leibgericht. Das wäre womöglich heute noch so, wenn mein Großvater noch leben würde. Doch seit seinem Tod haben wir keine Tiere mehr. Und seit dem Tod seines kleinen Bruders, also meines Großonkels, gibt es auch im Landkreis niemanden mehr, der Hausschlachtungen durchführt. Daher stellt keiner mehr solche Punkenwürste her. Ich weiß nicht mal, ob außer meinem Onkel überhaupt irgendjemand auf der gesamten Welt je Punkenwürste in dieser perfekten Art fabriziert hat.

Der absolute Zwang meines Großvaters, niemals nichts umkommen zu lassen, erstreckte sich jedoch auch auf alles andere. Was immer ohne größeren Schaden essbar erschien, wurde an die Tiere verfüttert. Das ging von Speiseresten und -abfällen über Eier- und sonstige Schalen bis hin zu leichten Verpackungen aus Naturstoffen. Mein Großvater weichte die Verpackungen ernsthaft über mehrere Tage ein, ehe er sie auf seinem alten Holzofen kurz aufkochte, um sie schlussendlich dem Futtermehl für die Schweine beizumischen. Den Tieren hat es nicht geschadet. Mein Großvater war immer stolz darauf, die propersten und schmackhaftesten Schweine im ganzen Dorf, wenn nicht in der kompletten südlichen Samtgemeinde zu haben. Der Holzofen ließ sich natürlich nicht nur mit Holz anfeuern. Auch das half dabei, nie Müll zurückzubehalten. Wenngleich gewiss nicht jeder Brennstoff gesund oder legal war. Doch Illegalität war auf niedersächsischen Bauernhöfen zu Zeiten meiner Großeltern ja noch gar nicht erfunden. Damals gab es keine Verbote. Dafür fehlte den Menschen einfach die Zeit.

Wirklich gefürchtet allerdings war mein Großvater bei meiner Mutter, ihren Geschwistern und später auch bei mir für sein außergewöhnliches Talent, Gebrauchsgegenstände aus Verpackungen herzustellen. Aus heutiger Sicht wäre es wohl regelrecht schick und trendig, wie er aus Orangenkisten Nachttische gebaut hat. Holzpaletten waren sein Basismaterial für Betten, Regale, Bänke und einmal sogar eine Kühlschrankverkleidung. Die wohl einzige Holzkühlschrankverkleidung Norddeutschlands, wie ich vermute. Welche er gebaut hat, weil der Kühlschrank damit ja nicht nur schöner aussieht, sondern außerdem noch die Kälte besser hält. Er hat daran geglaubt.

Doch auch sehr viel weniger robuste Lebensmittelverpackungen wurden einem zweiten Leben als Gebrauchs- und Einrichtungsgegenstand zugeführt. Wo andere Zeitschriftenordner hatten, gab es bei uns verkleidete und beklebte Cornflakes-Packungen. Dafür ließen sich unter anderem Prilblumen vorzüglich nutzen. Aber auch die Aluoberfläche von Kaugummipapieren wurde als glitzernde Außenhaut von Büromaterialien sehr geschätzt. Aus Zigarettenschachteln entstand ein Regal mit Minifächern für Büroklammern, Reißzwecken und andere Kleinteile. Große Waschmittelpapptrommeln wurden zu Wäschekörben oder Schirmständern. Allerdings immer neu eingeschlagen und bemalt. Es sollte ja bei uns auch nicht aussehen wie im Supermarkt.

Menschen im Dorf deuteten mir gegenüber manchmal an, dass mein Opa erst mit dem frühen Tod seiner Frau so eigen geworden war. Ich habe meine Oma nie kennengelernt. Also, meine andere Oma und den anderen Opa natürlich schon. Doch die kamen aus dem Sauerland. Die waren ja schon von Natur aus eigen. Zudem traf ich Opa und Oma Arnsberg, wie ich sie nannte, auch nur ziemlich selten. Obwohl ich sie mochte. Sie sahen mit zunehmendem Alter immer weniger Gründe, nach Niedersachsen zu fahren. Wenn sie schon das Sauerland verließen, sagten sie oft, sollte sich das auch lohnen. Daher machten sie praktisch nur noch Fernreisen. Auch wir besuchten sie kaum mehr, weil sie ja selten zu Hause waren.

Meine Mutter, die in die Religion des Nichts-umkommen-Lassens ihres Vaters hineingeboren wurde, bastelte zwar keine Möbelstücke mehr aus Verpackungen. Doch sie verfeinerte die Philosophie meines Opas in anderer Form. Nämlich hinsichtlich von Erfahrungen. Jedes Erlebnis, dozierte sie von Zeit zu Zeit, müsse zur Gänze genutzt werden. Keine Empfindung, kein Gefühl, keine Unsicherheit dürfe unbemerkt bleiben. Sie wollte, dass ich jeder meiner Emotionen nachspürte. Sie zur Not neu beklebte oder bemalte. Sie zu Alltagsgefühlen machte, die mir vertraut wären. Ich sollte kein Erlebnis von Kummer, Schmerz, Freude oder Geborgenheit je unbeachtet lassen und nie etwas wegwerfen.

Glaube ich zumindest, denn ich konnte da nie was mit anfangen. Wie soll ich denn den Schmerz eines aufgeschlagenen Knies neu bekleben und als Schirmständer benutzen? Wie die Verletzung, zuvor allein und völlig hilflos drei anderen Jungs ausgeliefert gewesen zu sein, mit Holzpaletten verkleiden, damit sie die Kälte besser hält? Drei Jungs, die, warum auch immer, der Auffassung waren, ich bräuchte mal eine Lektion, und mich so lange rumgestoßen haben, bis ich stürzte und mir eben das Knie aufschlug. Welche meiner

Ängste war die größte? Dass sie nicht aufhören? Dass ich vor ihren Augen zu weinen anfange? Dass sie Ähnliches nun häufiger veranstalten? Dass andere davon erfahren? Dass meine Mutter das aufgeschlagene Knie bemerkt und mir die Geschichte, die ich für sie dazu erfinde, nicht glaubt? Wie sollte ich denn alle diese Ängste einweichen, aufkochen und an meine Nutztiere verfüttern?

Als ich mich einmal meiner Mutter gegenüber so über ihre Philosophie lustig gemacht habe, antwortete sie: «Wenn es dir nur gelingt, den Wust der Angst, der dich immer umgibt, in einzelne Teile zu schneiden und zu benennen, reicht das vollkommen. Für dich und für andere. Wenn du weißt, wovor genau du in einem bestimmten Moment Angst hast, hast du den meisten anderen schon etwas voraus.»

Ich wusste nicht mal, wovor genau ich Angst hatte, als der Bart mir die Kehle zugedrückt hat.

-21-

«Ich glaube, hier rührt sich was.»

War es das Gesicht des Schnorrers, das da über mir wackelte? Ich machte die Augen noch mal zu und wollte was Schlagfertiges antworten. War selbst gespannt, was ich sagen würde. Aber hörte mich nur stöhnen.

«Willkommen zurück bei den Lebenden!»

Das war Janas Stimme. Erstaunlich fröhlich. Ich versuchte es erneut. Diesmal schaffte ich immerhin ein Röcheln. Es tat höllisch weh.

«Willste was trinken? Trinken ist bestimmt gut. Ist doch immer gut.»

Vor meinen Augen kreiste eine Bierflasche.

«Es gibt auch Wasser. Wir haben eingekauft. Gleich kriegste erst mal was zwischen die Kiemen.»

Ich röchelte, gurgelte und hustete vor mich hin.

«Er muss sich aufsetzen. Schütt ihm bloß nichts rein, solange er liegt. Du hörst doch, wie er japst.»

Mareike. Die wirkte genervt. «Wir sind hier schon am Lappwald. Sobald wir einen Platz gefunden haben, wo wir den Wagen stehen lassen können, machen wir ein Picknick.»

Ich ächzte.

«Spar deine Kraft und deine Luft. Da Atem und Puls bei dir okay waren, haben wir angenommen, dass du bald wieder zu dir kommst. Es hat dich ziemlich erwischt, aber da ist nichts, was nicht von selbst wieder gut werden würde. Ich bin übrigens Dörki.»

Das Gesicht des Schnorrers schob sich erneut in mein Blickfeld.

«Eigentlich heiß ich Dirk. Aber wer heißt schon gerne Dirk? Deshalb nennen mich alle Dörki. Also zumindest alle, die ich darum bitte, dass sie mich so nennen.»

Was hatte er denn gegen Dirk? Dirk ist doch ein völlig okayer Name. In jedem Falle besser als Dörki.

«Ich hab mal Medizin studiert. Also nicht richtig. Aber so gut wie. Deshalb konnte ich das alles händeln mit deiner Ohnmacht. Kein Ding. In ein paar Minuten, wenn du erst mal was getrunken und gegessen hast, geht es dir wieder top. Als wäre nie was gewesen.»

Wie studierte man denn «so gut wie» Medizin? Indem man bei Germanistik sitzt, aber nur einen Hörsaal, sprich weniger Meter daneben hocken schon die Mediziner?

«Und nach dem Picknick», da war wieder die gutgelaunte Jana, «suchen wir im Wald eine schöne Stelle, wo wir heute Nacht in Ruhe die Leiche vergraben können.»

Ach ja, die Leiche. Ich grunzte. Meine Geräusche bewegten sich sehr gemächlich in Richtung Zurückgewinnung der Sprache. Wenn es so gut weiterlief, konnte ich bald mein erstes Wort versuchen. Oder auch nicht. Eigentlich war es mir mehr als recht, mich um nichts mehr kümmern und vor allem nichts mehr sagen zu müssen. Ich besann mich. Da war also nach wie vor diese Leiche, und wir reisten in diesem BMW. Der grobe Plan schien sich trotz aller Zwischenfälle nicht verändert zu haben. Trotz des Bartriesens. Wie war man dem entkommen?

«Dörki hat den Rocker mit seinen frisch von unserem Geld gekauften Bierflaschen beworfen.»

Ups – konnte Mareike jetzt meine Gedanken lesen?

«Ich komm aus dem Penny, hör Geschrei, geh mal gucken und denk, die kenn ich doch. Dann ruf ich dem Typen zu, er soll aufhören, aber der brüllt nur. Also nehme ich eine der Bierflaschen und werfe sie voll – daneben. Aber so was von!»

So gut wie getroffen, denke ich.

«Nehm ich die zweite Flasche. Wieder daneben. Und das Monster grölt. Schmeiß ich also noch eine. Und noch eine. Und noch eine. Und noch eine. Alles daneben. Der Bulle blökt vor Spaß. Johlt: *Das war die sechste Flasche. Ich habe mitgezählt. Dein Sixpack ist leer. Du hast keine Munition mehr. Hohoho!* Was stimmte, keine Pulle mehr übrig. Daher: atemlose Stille.»

Er machte eine Wirkungspause, um die Spannung für alle Beteiligten auf den Siedepunkt zu treiben.

«Und dann …»

Er machte noch eine Generalpause, um uns endgültig suspensetechnisch abzukochen, und rief dann:

«Bamm!!!!!!»

Das ließ für mich mehr Fragen offen, als es beantwortete. Mareike schien die Geschichte wohl bereits einmal zu oft gehört zu haben. Schlecht gelaunt ergänzte sie:

«Also Dörki hat sein Glas Gewürzgurken rausgeholt und es dem Bart an den Kopf geworfen. Der ist dann tatsächlich zusammengesackt und umgefallen.»

Der Schnorrer schien beleidigt.

«Wenn du mich hättest machen lassen, hätte ich die Geschichte sehr viel eleganter zu Ende erzählt.»

«Vor allem länger, meinst du.»

«Eine Geschichte kommt einem nicht lang vor, wenn sie spannend ist. Außerdem hättest du kurz erwähnen müssen, wie verblüfft er geguckt hat, als ihm das Gurkenglas an den Kopf geflogen ist. Weil er da natürlich nicht mit gerechnet hat, dass ich Gurken zum Bier besorge. Ich hätte auch Chips nehmen können. Über eine fliegende Chipstüte hätte der nur süffisant geschmunzelt. Doch Gurken zu kaufen, im Glas, das war schon genial von mir. Obwohl da natürlich auch Glück dazukam. Die standen eben direkt an der Kasse. Ich kaufe halt auch immer was Gesundes zum Bier dazu. Macht nicht jeder. Aber mir ist ausgewogene Ernährung wichtig. Gerade weil mir oft die Zeit zum Kochen fehlt. Und dass ich ihn dann perfekt treffe. Ihn damit tatsächlich außer Gefecht setze. Was für ein Wurf mir da gelungen ist. Eben genau an die Schläfe. Den neuralgischen Punkt. Seine Achillesferse. Den Fleck, wo unser Siegfried beim Baden das Blatt hatte. Und ich so voll der Hagen mit meinem Gurkenglas der Nibelungen. Wenn ihr versteht, was ich meine. Lernt man so was heute noch in der Schule? Und dann eben als Höhepunkt: Bämm!!! Das hätte man alles noch in die Geschichte integrieren müssen …»

Ich spürte, wie meine Ohnmacht zurückkehrte. Oder sehnte ich sie zurück? Dörki redete immer noch. Jana machte das Radio lauter, weshalb er seinen Kopf weiter zu mir heruntersenkte.

«Die Mädels haben gesagt, du heißt Marco.»

Ich versuchte zu nicken.

«Ist ja auch ein furchtbarer Name, oder? Aber keine Angst. Ich habe da schon drüber nachgedacht. Wir finden einen besseren Namen für dich.»

Ich bemühte mich, den Kopf zu schütteln. Aber nichts bewegte sich. Hielt er meinen Kopf fest, damit ich ihn nicht schütteln konnte?

«Was hältst du von Mago? Oder Magges? Oder nein, ich weiß: Maggi. Wie das Gewürz. Nur cooler. Maggi, das hat was. Findest du nicht auch?»

Drückte er jetzt tatsächlich gegen meinen Hinterkopf, damit es so aussah, als würde ich nicken?

«Mädels, was haltet ihr davon, wenn wir Marco von nun an Maggi nennen? Er findet's gut.»

Ich bündelte alle meine Kraft, wappnete mich gegen den zu erwartenden Schmerz und konzentrierte mich voll auf die Bildung meines ersten Wortes n. B., also nach Bewusstlosigkeit. Ich schrie:

«Neieieeeeeeiiiiiiiii…»

Dann wurde alles wieder dunkel. Ganz dunkel.

-22-

Als ich das nächste Mal erwachte, erschrak ich, weil ich allein im Wagen war. Dann wurde mir klar, dass der Wagen nicht mehr fuhr. Alle vier Türen standen offen. Meine Füße hingen über die Rückbank hinaus in der freien Luft. Von draußen hörte ich das Schmatzen der anderen drei.

Ich versuchte zu ergründen, wie ich mich fühlte. Müde und zerschlagen. Als hätte ich einen gewaltigen Kater. Bewegungsunfähig. Dies war keine momentane Schlappheit. Sondern eine für alle Zeit. Nie wieder würde ich aufstehen können. Mich in die Senkrechte zu bringen erforderte so viel Energie, wie eine Million Bitcoins herzustellen. Mich dort zu halten würde vermutlich alle Ressourcen des Planeten erschöpfen. Ich würde wohl den Rest meines womöglich noch sehr langen Lebens hier auf dieser Rückbank verbringen müssen und müde sein. Plus Übelkeit. Durchgehend. Über viele, viele Jahre. Nichts könnte mir die Kraft geben, mich jemals wieder zu erheben.

Davon war ich fest überzeugt. Für alle Zeiten oder genauer gesagt mindestens drei Minuten lang. Dann spürte ich etwas in mir hochsteigen. Etwas, das mir Angst machte. Etwas, das, wie ich fürchtete, durch nichts aufzuhalten war. Ich wuchtete so schnell den Oberkörper hoch, dass ich volle Kanne an den Innenraumhimmel stieß. Mit der Omme. Wodurch sich das, was da hochstieg, allerdings nicht bremsen ließ. Im Gegenteil. Ich wusste nicht, wer oder was meinem Körper nun Anweisungen gab. Jedenfalls hatte ich keinerlei Einfluss auf seine Aktionen. Ich beobachtete dennoch interessiert, wie alle meine Glieder plötzlich anfingen zusammenzuarbeiten. Weil sie ein großes, gemeinsames Projekt hatten: mich irgendwie aus dem Auto herauszubringen. Der ganze Körper beteiligte sich auf einmal daran, und ich konnte mich nicht erinnern, ihn jemals so leidenschaftlich bemüht beim Aufstehen erlebt zu haben.

Ehe ich mich's versah, befand ich mich draußen. Neben dem Auto. Ich stützte mich an der rechten Hintertür ab und versuchte den anderen zuzuwinken. Die sahen mich erstaunt an. Regelrecht perplex. Als wäre ich vergossene Milch, die es nun irgendwie doch wieder zurück in die Flasche geschafft hatte.

Dörki fand als Erster ein paar aufmunternde Worte für mich: «Boah ey, du siehst echt beschissen aus.»

Ich tat lässig. «Keine Angst. Das wird. Es geht mir echt schon wieder viel besser.» Dann sackte ich auf die Knie und übergab mich umgehend auf den weichen Waldboden. Stellte dabei erfreut fest: Waldboden eignet sich hervorragend zum Daraufspucken. Von der leicht federnden, krisseligen Naturoberfläche spritzt kaum was zurück. Ganz anders als zum Beispiel bei Kloschlüsseln. Viel angenehmer. Zudem muss man kein so schlechtes Gewissen haben, da sich in kürzester Zeit jede Menge Kleingetier einfindet, welches sich wohl ehrlichen Herzens am Erbrochenen ergötzt.

«Sehr gut!», jubelte Dörki. «Das war ein kluger Schachzug mit dem Reihern. Wirste sehen. Gleich lässt der Druck nach. Kriegst auch schon wieder Farbe.»

Ich erhob mich langsam und suchte verlegen nach irgendwas, womit ich mir den Mund abwischen konnte.

«Jetzt brauchste aber erst mal Elektrolyte!» Dörki hielt mir Gewürzgurken, Tütenbrot und Gummiwurst hin. In Plastik eingeschweißte Wurst gab es bei uns zu Hause nie. Da man die Packung ja zu nix wiederverwenden konnte. Überhaupt sollte ich seit neuestem eigentlich gar nix mehr mit Plastik kaufen. Wegen der Weltmeere. Da ähnelten sich die Sätze meiner Mutter und die meines Mathelehrers oft bis in einzelne Formulierungen.

Der leichte Wind hob die Folie ein wenig an, wodurch mir der feine Geruch der bereits mittelprächtig schwitzenden Lyoner in die Nase stieg. Es gelang mir gerade noch, mich einigermaßen vom Büfett wegzudrehen, ehe ich erneut auf die Knie fiel und einen weiteren Schwall überflüssiges Inneres formlos dem Waldboden kredenzte.

Nach einer kurz darauf folgenden dritten Entleerung jedoch ging es mir tatsächlich deutlich besser. Bald hatte ich sogar richtig Hunger, aber die anderen drei wollten aufgrund meiner Ausfälle nicht mehr an diesem Ort weiterpicknicken. Eine Gurke bekam ich, um den Kreislauf wieder in Gang zu bringen. Dann wurde zusammengepackt, der Wagen abgeschlossen und zu Fuß ein schönerer, unbelasteter Ort gesucht.

«Was für eine Leiche wollt ihr eigentlich heute Nacht vergraben?»

Mit dieser Frage beendete Dörki unsere fast ausgelassene Wochenendausflugsstimmung. Alle schauten ihn erschrocken an.

Er tat unschuldig. «Hat doch Jana vorhin gesagt. Dass wir einen Platz dafür suchen müssen.»

Erst jetzt fiel meinen beiden Frauen wohl auf, wie unvorsichtig sie in der Aufregung nach dem Kampf geredet hatten. Trotz des neuen Mitfahrers im Wagen. Schuldbewusst senkten sie die Köpfe.

«Ist die im Kofferraum, die Leiche?» Dörki schien nicht

sonderlich beunruhigt. «Bestimmt ist sie das. So wie ihr da ständig hingeschielt habt. Dazu wolltet ihr auf keinen Fall die Einkäufe in den Kofferraum tun und mich auch nicht nach einer Decke suchen lassen. Dachtet ihr, mir fällt das nicht auf? Außerdem frage ich mich natürlich, was der große Mann mit dem Bart eigentlich von euch wollte.»

«Der Bart glaubt, dass wir etwas haben, das ihm gehört.» Mareike schien sich spontan entschlossen zu haben, ein paar Informationen herauszugeben. Allerdings wirkte sie dabei wie ein US-Präsident, dem der Anwalt geraten hat, nur das zuzugeben, was ohnehin schon alle wissen. «Deshalb ist der so sauer auf uns.»

Das weckte Dörkis Interesse nur noch mehr.

«Und habt ihr etwas, das ihm gehört?»

«Wie man es nimmt.»

«Mal angenommen, man nimmt es genau. Was habt ihr?»

Mareike stöhnte, als wäre sie von der Antworterei bereits erschöpft.

«Wir haben etwas, das nicht uns gehört. Aber ihm gehört es im engeren Sinne auch nicht.»

«Sondern?»

«Noch mal einem anderen.»

«Und wo ist der?»

Schweigen.

Alle, wohl sogar Mareike selbst, waren aufrichtig gespannt auf die nächste Antwort. Doch keiner sagte was. Bis Jana den Geheimnisknoten zerschlug:

«Der ist tot.»

«Wie tot?»

«Na mausetot.»

«Ist das die Leiche, die im Kofferraum liegt?»

Wir schauten uns an, woraufhin Dörki die Augen verdrehte.

«Na super. Was denkt ihr, wie geheim eure Geheimnisse noch sind? Lasst mich raten. Der BMW gehört gar nicht euch, sondern dem toten Mann in eurem Kofferraum. Genauso wie die Tasche mit dem Geld.»

Jetzt tat ich geistesgegenwärtig überrascht.

«Was für eine Tasche mit Geld denn?»

«Die Tasche bei Jana im Fußraum. Nur richtig wichtige Taschen nimmt man nach vorne in den Fußraum. Solche, an die man ständig ranmuss oder in denen etwas sehr Wertvolles ist. Und da Jana noch nicht einmal in die Tasche reingeschaut hat, seit wir zusammen unterwegs sind, muss ihr Inhalt bedeutend sein. Das mit dem Geld hab ich geraten, weil ihr eigentlich gar nicht nach so viel Geld ausseht, wie ihr ausgebt.»

«Ach, tun wir das nicht?» Mareike wirkte fast ein wenig brüskiert. «Wonach sehen wir denn aus?»

«Schwer zu sagen. Eigentlich völlig normal irgendwie. Also zumindest nicht wie drei Teenager, die einen Mann töten, ihn in seinen eigenen Kofferraum legen und dann damit locker durch die Gegend kutschieren.»

«Wir haben den Mann nicht getötet», polterte ich dazwischen.

«Vielen Dank.»

«Wofür?»

«Dafür, dass du mir jetzt immerhin verraten hast, dass da wirklich eine Leiche in eurem Kofferraum ist.»

Mareike und Jana fixierten mich, als hätte ich einen Fehler gemacht. Ich spürte Wut in mir aufsteigen. Und da ich aus Diskussionen mit meinen Eltern wusste, dass man häufig nicht mehr klar denken kann, wenn man von so einer Wut übermannt wird, versuchte ich das zu tun, was ich in solchen Momenten auch immer bei meinen Eltern tat: erst mal auch alle anderen wütend machen, um Waffengleichheit zu schaffen. Ich wechselte in die Vorwärtsverteidigung.

«Entscheidend ist, dass wir niemanden umgebracht haben. Wir haben nur sozusagen einen Unfall beobachtet und uns dann bemüht, das Richtige zu tun. Was jeder getan hätte. Wir haben nichts falsch gemacht. Nur Pech gehabt. Hier und da. Du hingegen hast gerade einen Mann mit einer Bierflasche erschlagen.»

Es blitzte aus Dörkis Augen. Mit einem großen Ausfallschritt stellte er sich mir in den Weg und zischte:

«Jetzt mal angenommen, es war wirklich nur ein Unfall, den ihr beobachtet habt. Mit dem ihr quasi nichts zu tun hattet. Wie auch immer. Denkst du im Ernst, es wäre normal, das tote Unfallopfer dann in den Kofferraum seines eigenen Wagens zu legen und mit ihm kilometerweit zu fahren, um die Leiche im Wald zu vergraben? Außerdem noch sein Geld in Bau- und Supermärkten zu verprassen? Wenn ihr wirklich meint, jeder würde das so machen, können wir gerne mal in der Fußgängerzone von Braunschweig eine Umfrage machen, wer das auch so sieht. Vielleicht fragen wir als Erstes die Polizisten dort. Und nebenbei bemerkt: Ich habe den Mann mit einem *Glas Gewürzgurken* niedergestreckt. Das ist ein Unterschied. Aber vielleicht hast du vorhin nicht richtig zugehört. Oder warst noch halb bewusstlos, nachdem du von dem Kerl fast erwürgt worden wärst, wenn ich nicht mein Bier und meine Gurken geopfert hätte. Du hast eine lustige Art, dich zu bedanken, mein Freund.»

Fauchend stand Dörki vor mir. Also wütend war er schon

mal. Jetzt musste ich ihn nur noch verunsichern, dann würde bald niemand mehr recht haben, und ich hätte zumindest ein ehrenvolles, trotziges Unentschieden geschafft. Ganz, wie ich es bei meinen Eltern jahrelang trainiert hatte.

«Natürlich bin ich dankbar. Aber vielleicht hätte es eine Möglichkeit gegeben, besonnener zu reagieren. Ohne jemand anderes in Lebensgefahr zu bringen.»

«Besonnener?» Dörki nahm einen tiefen Schluck aus der Bierflasche, um sich zu beruhigen. Leider war er so aufgeregt, dass ihm einiges an Schaum links und rechts des Mundes durchs Gesicht lief. Dann rülpste er und überraschte mich mit einem aufrichtigen: «Entschuldigung.»

Während ich wartete, bis sich die Wolke aus Alkohol- und Magendunst einigermaßen aufgelöst hatte, nahm er einen zweiten, deutlich zivileren Schluck aus der Flasche. Der ließ ihn tatsächlich etwas zur Ruhe kommen.

«Entschuldigung, dass ich dir das Leben gerettet habe. Wird nicht wieder vorkommen. Versprochen.»

Er griente bitter. «Aber um deine größte Sorge zu zerstreuen: Dem Mann geht es gut. Ich habe natürlich Puls und Atmung gecheckt. War alles so weit okay. Ich kann das beurteilen, weil …»

«… weil du mal so gut wie Medizin studiert hast. Ich weiß.»

«Einen Scheißdreck weißt du. Ich kann das beurteilen, weil ich mal quasi fast als Rettungssanitäter bei der Feuerwehr gearbeitet hätte. Der Typ ist garantiert längst wieder putzmunter. Hat nur einen derben Brummschädel.»

«Und verdammt schlechte Laune wahrscheinlich.» Mareike lenkte den Blick zurück auf kommende Gefahren, während ich noch darüber nachdachte, was genau wohl *quasi fast als Rettungssanitäter bei der Feuerwehr gearbeitet* bedeutete.

Hieß das, er hatte sich eine Stellenanzeige im Netz angeguckt, oder war er selbst mal gerettet worden und hatte ein bisschen bei der eigenen Rettung mitgeholfen? Man wusste es nicht. Nicht mal er womöglich.

Jana hingegen hatte derweil schon wieder eine neue problematische Beobachtung im Angebot: «Merkt ihr, wie schnell das hier im Wald dunkel wird?»

Das stimmte. Niemand von uns hatte so richtig auf die Uhrzeit geachtet. Und die Dämmerung zog nun offensichtlich sehr zackig auf. Am Rande der kleinen Lichtung, auf der wir uns befanden, stand der Wald schon schwarz und schweigend. Schon nach wenigen Metern sah man nur noch Dunkel.

«Hat sich einer von euch gemerkt, wie wir gelaufen sind? Ich hab hier gerade kein Netz. Also mein Handy wird uns kaum helfen, den Weg zurück zu finden.»

Wir alle schauten auf unsere Smartphones. In einem besseren Moment wäre ich wohl überrascht gewesen, dass auch Dörki ein ziemlich großes Galaxy aus seiner Hosentasche zog. Niemand hatte Netz. Außer Dörki vielleicht. Der konnte das aber nicht so genau sagen, da er keine Batterie mehr hatte. Dafür war er zuversichtlich, mit dem Draht des Kekstütenverschlusses, der Alufolie vom Joghurtbecher und dem Deckel des Gurkenglases die Antennenleistung von Janas I-Phone verbessern zu können. Immerhin, meinte er, sei er mal mehr oder weniger so was Ähnliches wie IT-Rekrut bei der Bundeswehr gewesen. Ich beschloss, nicht mehr darüber nachzudenken, was das konkret hieß. Konnte mich aber nicht der Vermutung erwehren, dass er während seines Zivildienstes viele Folgen MacGyver geguckt hatte.

Mareike und Jana debattierten unterdessen sehr heftig

darüber, wer von ihnen eigentlich auf den Weg zu achten gehabt hätte und aus welcher Richtung wir in etwa genau genommen gekommen waren.

Ich beobachtete, wie sie sich zunehmend emotional gegenseitig ins Wort fielen, und fühlte mich gut unterhalten. Nicht nur, da kaum etwas einen eigenen Streit besser vergessen lässt, als anderen bei deren Streit zuzuschauen. Sondern auch, weil die zwei in ihrem Disput außerordentlich attraktiv wirkten. Das entging auch Dörki nicht, und auf einmal wurde uns beiden klar, wie schön die Welt doch eigentlich war. Wenn man die Augen schloss, klang das feurige Zwiegespräch der zwei Frauen fast wie ein zweistimmiger Gesang. Fein und anspruchsvoll gesetzt. Mit Pausen, Überlappungen, gerade noch traumhaft melodiös, dann wieder in hektischen, verblüffenden Disharmonien mitreißend verspielt. Wie ein raffiniertes Vorspiel für das langsam grollend, raunend anrollende Orchester. Und tatsächlich meinte man, sie schon zu hören, diese musikalische Urgewalt. Bald allerdings noch sehr viel wütender, wuchtiger und unrhythmischer als erwartet. Es knackte, brach und schrie im nahen Gehölz. Ein Kriegsgeheul, das sich sehr schnell und bedrohlich auf uns zubewegte. Wir starrten auf das Dickicht und spürten, dass da etwas Großes, Wildes und äußerst Zorniges angetrampelt kam. Vor dem es wohl kein Entrinnen mehr gab. So schien es. Weshalb wir still und stumm vor Schreck stehen blieben und dem unaufhaltsamen Unheil entgegensahen.

-23-

Es gibt wahrscheinlich nur sehr wenige Dinge, die furchteinflößender sind als ein extrem wütendes Wildschwein, welches mit vollem Karacho direkt auf einen zurast. Wer so etwas schon erlebt hat, wird das sicher bestätigen. Eine Sache allerdings, die definitiv noch mal beängstigender ist als ein extrem wütendes Wildschwein, das fette Palette angerauscht kommt, sind *zwei* extrem wütende Wildschweine, die mit richtig Schmackes direkt, aber doch eben auch beunruhigend schwankend auf einen zudonnern.

Vermutlich dachten wir alle vier dasselbe. Was haben wir falsch gemacht? Fühlen die sich von uns bedroht? Wegen ihrer Frischlinge? Sind wir unabsichtlich durch ihr Revier gelaufen? Haben Wildschweine Reviere? So wie Grundstücksgrenzen in den USA, bei deren Überschreitung man sich im Prinzip weder wundern noch beschweren darf, wenn man erschossen wird? Oder zumindest umgerannt? Warum greifen diese Tiere uns an? War es vielleicht die Tonlage, also der zweistimmige Sprechgesang von Jana und Mareike, die sie irgendwie hat wahnsinnig werden lassen?

Es ist immer wieder erstaunlich, wie viele Gedanken ein Gehirn im Moment völliger Panik gleichzeitig zu denken in der Lage ist. Tatsächlich fand mein offenkundig sehr schlicht gepoltes Unterbewusstsein trotz aller Aufregung noch die Zeit, den traurigen und, wie ich fand, sehr liebevoll warmen Blick, den Mareike mir rüberwarf, zu erhaschen. Was mich erneut im Wesentlichen daran denken ließ, wie sie heute bereits *mein Freund* gesagt hatte, und natürlich leider auch daran, dass ich nun schon zum zweiten Mal an diesem Tag sterben würde, ohne jemals Sex gehabt zu haben. Ich kam mir wie ein Idiot vor. Da war mir schon eine Gnadenfrist gewährt worden, und ich hatte sie wieder verplempert. Wie wenn bei einer Klassenarbeit, auf die man null vorbereitet ist, plötzlich der Lehrer erkrankt. Weshalb sie um einen Tag verschoben wird. Man über alle Maßen aufrichtig dankbar ist für diese zweite Chance. Um dann am nächsten Tag vollkommen überrascht festzustellen, dass man irgendwie wieder nur am Computer gezockt hat und erneut absolut erbärmlich vorbereitet ist. Dieses blöde Gefühl, von sich selbst so dermaßen enttäuscht worden zu sein, ist ohne Eltern oder Lehrer, denen man die Schuld dafür geben kann, nur schwer zu ertragen. Natürlich hätte ich immerhin das System oder die Regierung verantwortlich machen können. Aber dafür fehlte meinem Unterbewusstsein sowohl bei der Klassenarbeit als auch jetzt, bei den Wildschweinen, doch die Geistesgegenwart. Und zudem wohl die Routine. Stattdessen dachte es wieder nur an Sex. Und zwar bedauerlicherweise an den Sex, den wir leider nie gehabt hatten. Ein drittes Mal, verkündete es nun sehr entschlossen, ein drittes Mal würde ihm das nicht mehr passieren. Also wenn wir auch dieses Mal einen Aufschub von dem Tode erhielten, dann würden die Prioritäten mal grundlegend neu gesetzt und eine zügige Bearbeitung derselben eingeleitet. Höchstpersönlich, erklärte mein Unterbewusstsein feierlich, würde es sich dieser Sache annehmen. Es zur Chefsache machen! Und wenn das Unterbewusstsein was zur Chefsache macht, dann ist das ein Wort.

Alles Denken stehet still, wenn der Hormonhaushalt es will. Sagt mein Vater immer, wenn er lustig sein will. Das sind so die Witze meines Vaters. Gerne gereimt und ruhig holprig.

Er hat Spaß dran. Und ich eigentlich auch. Obwohl ich ihm das noch nie gesagt habe. Warum auch? Er hat ja auch so Spaß. In jedem Fall sind seine blöden Reime tatsächlich einprägsam. *Alles schweiget, keiner lacht, der Papa hat 'nen Witz gemacht.* Das sagt er wahrhaftig immer selbst, wenn einer seiner Gags nicht zündet. Also praktisch nach jedem seiner Gags. Mein Vater ist echt erstaunlich okay. Mehr als okay. Ob ich ihm das mal sagen sollte? Besser nicht. Schon Ehre genug, dass ich im Moment meines Todes so viel an ihn denke. Verblüffend eigentlich.

Mein Großvater hat in die Tür eines seiner selbstgebauten Schränke geschnitzt: *Wer des Todes nie denkt, hat das Leben verschenkt.* Der Schrank stand dann in meinem Kinderzimmer. Soll ein altdeutsches Sprichwort sein. Hätte mein Urgroßvater, der im Krieg geblieben ist, immer zitiert. Behauptete mein Opa. Der Spruch bedeute, erst wenn man einmal erfahren hat, wie dermaßen sterblich der Mensch ist, begreift man, was für ein Geschenk das Leben ist. Es gebe keine Alternative zum Leben, predigte er. Denn außer dem Leben existiere nur das Nichts. Mein Opa meinte, das sei die lebensfroheste Erkenntnis, die man überhaupt nur haben kann. Ich persönlich denke dazu: Na ja.

Als mein Großvater gestorben ist, habe ich drei Tage lang geweint. So stellte es meine Mutter stets dar. Das stimmt leider nicht, aber ich habe mich meistens gefreut, wenn sie es erzählt hat. Denn hätte ich gekonnt, hätte ich gerne zehn Jahre lang geweint. So traurig war ich über seinen Tod. So traurig bin ich bis heute. Doch es fiel mir schon immer schwer, mich aufs Traurigsein zu konzentrieren. Oft hatte ich deshalb ein schlechtes Gewissen.

Als ich meinen Großvater mal gefragt habe, warum er

seine Mutter manchmal eine Heilige nannte, hat er geantwortet: «Weil sie im Leben nichts geschenkt bekommen hat und trotzdem dankbar war.» Das sei auch sein Ziel gewesen und sollte dereinst auch meines sein. Aber ich wusste damals schon, dass ich das nicht mehr erreichen konnte. Denn ich hatte ja schon einiges geschenkt bekommen. Zum Beispiel die Eins-a-Ritterburg, die er mir aus alten Eierpappen und Streichhölzern gebaut hat. Und meinen Großvater selbst. Und Mareike. Und mein erstes Fahrradgestell aus Alteisenrohren. Die Reifen mussten dann doch gekauft werden. Von meinen Eltern. Noch zwei Geschenke. Wenngleich nicht immer einfache. Also meine Eltern.

Wer noch nie erlebt hat, dass Wildschweine auf einen zustürmen, dem sei gesagt: Man hält es nicht für möglich, wie groß die werden oder zumindest erscheinen, wenn sie auf einen zupoltern. Am Ende denkt man, man hätte Stiere vor sich. Kolossale Büffel, die einen gleich niederwalzen werden.

Keiner von uns bewegte sich. Vielleicht weil alle mal irgendwo gelesen oder gehört hatten, dass man bei einem Wildschweinangriff so ruhig wie möglich stehen bleiben soll. Damit das Wildschwein im letzten Moment ausweichen kann. Denn dem ist die Berührung mit dem Menschen ja auch unangenehm. Die würde es gerne vermeiden.

Aber ging es bei dem, was man da mal irgendwo gelesen oder gehört hatte, auch wirklich um Wildschweine? Oder nicht doch um was ganz anderes? Elektroautos zum Beispiel? Bei denen soll man doch, wenn sie auf einen zusteuern, ganz sicher möglichst ruhig stehen bleiben. Da das Elektroauto schneller und klüger als man selbst entscheiden kann, was zu tun ist. Falls man ihm traut. Diese Technologie macht ja vielen Angst. Was, wenn das Elektroauto wahrscheinlich ganz objektiv und korrekt errechnet, dass ein anderes Leben wertvoller ist als mein eigenes? Es also unvoreingenommen das Sinnvollste ist, mich über den Haufen zu fahren? Wer will denn schon Logik und Gerechtigkeit, wenn das bedeutet, dass man selbst dadurch am Arsch ist? Wenn Menschen die Wahl hätten, was auf sie zujagen soll, ein Elektroauto oder Wildschweine, was wäre ihnen wohl lieber?

Eventuell war es auch nur die Schockstarre, die uns alle wie angewurzelt stehen bleiben ließ. Doch immerhin fingen wir an zu schreien. Alle vier. Das hatten wir mit den Wildschweinen gemeinsam.

Sechs verzweifelte Wesen im Wald. Die brüllen, als gäbe es kein Morgen. Kreischen, so laut sie nur können. Zur Vorbereitung des unausweichlichen großen Knalls. Sechs schreiende Wesen, die immer lauter werden. Lauter. Lauter! LAUTER!!! Bis es rumst!

Ich hatte die Augen geschlossen und spürte nur einen scharfen Wind an mir vorbeizischen. Einen Wind, der mich aber wohl doch gestreift haben muss. Zumindest geriet ich ins Wanken, verlor das Gleichgewicht und landete nach kurzem Gewackel auf dem Waldboden.

Plötzlich war es ganz still. Oder doch nur vergleichsweise still. Denn man hörte schon noch, wie die Wildschweine auf der anderen Seite der Lichtung wieder ins Dickicht einbrachen. Ich schaute zu den anderen. Alle waren gestürzt und wussten nicht recht, wie ihnen geschehen war.

Jana berappelte sich als Erste wieder. «Schnell! Wir sollten Schutz suchen, bevor der nächste Angriff kommt.»

Wortlos richteten wir uns auf. Unschlüssig, wo denn Schutz zu finden wäre. Der Wald war schlagartig unheimlich geworden. So wie es nur Wälder in dieser Unbestimmtheit können.

«Ich glaube ehrlich gesagt nicht, dass die noch einmal angreifen.»

Dörki hatte praktisch den gesamten Inhalt seiner Bierflasche an den Boden verloren. Das schien ihn mehr mitzunehmen als die frischen Schürfwunden an seinen Unterarmen. Die Angst vor plötzlicher Dehydrierung war ihm geradezu ins Gesicht geschrieben.

«Die sind einfach weitergerannt. Die wollten wahrscheinlich gar nichts von uns. Vermutlich waren sie nicht auf Attacke aus, sondern auf der Flucht.»

Mareike zog eine Augenbraue hoch. «Aber das hieße dann ja, dass hinter ihnen …»

Ehe sie zu Ende reden konnte, richteten wir ruckartig die Köpfe auf das dichte Geäst, aus dem die Wildschweine gekommen waren. Denn von dort erhob sich ein neues Krachen, Knacken und Geheule. Eines, das zügig anschwoll und näherkam. Vielleicht nicht so rasant wie die Wildschweine. Dafür aber deutlich wahrnehmbar noch wütender und monströser. Ein Lärm, der dem gesamten Wald, selbst den Vögeln, Insekten und sogar dem rauschenden Wind in den Zweigen, Angst zu machen schien. Es war, als würde der komplette Forst verstummen. Nur noch das heranrollende Grollen war zu vernehmen. Wie in der berühmten Szene aus «Jurassic Park» mit dem zitternden Wasser im Glas wussten wir instinktiv: Da kam etwas auf uns zu, das ganz, ganz oben an der Spitze der Nahrungskette stand.

«Wölfe», flüsterte Jana. «Mit der Dämmerung kommt die Zeit der Wölfe.» Ich hielt Ausschau nach einem dicken Ast oder sonstigem Schlagwerkzeug. Auch Dörki umfasste nun wieder fest seine leere Bierflasche, als würde er sich für die letzte, alles entscheidende Schlacht wappnen.

«Das sind keine Wölfe.» Mareike schüttelte den Kopf. «Falls doch, hätten wir Glück, denn sie würden uns nichts tun. Aber es sind keine. Wölfe sind hervorragende Jäger und Anschleicher. Die hörst du nicht schon ewig vorher. Außerdem jagen sie im Rudel. Wenn die kommen, kommen sie also von allen Seiten und sehr leise. Wir aber haben es hier mit einem einzigen, riesigen Ding zu tun. Das aus nur einer Richtung kommt, extrem laut ist und die Wildschweine Reißaus nehmen lässt. Es kann nur …»

«… ein Bär sein!», brüllte Dörki. «Wir werden von einem wilden Bären angegriffen!»

«Im niedersächsischen Lappwald?» Jana war noch gefasst genug, um sich im Spott der Ungläubigen zu amüsieren. «Von wo soll der denn hier bitte herkommen?»

Da war was dran. Einerseits. Andrerseits erübrigten sich alle weiteren Spekulationen in der nächsten Sekunde. Denn in dieser sahen wir das imposante, Panik und Schrecken verbreitende Geschöpf aus dem mittlerweile tiefschwarzen Gehölz springen. Und egal, für wie wahrscheinlich Jana auch das Auftauchen von Bären in niedersächsischen Mischwäldern halten mochte: Das hier war einer. Riesig, zornig, angriffslustig. Das ließ sich trotz der äußerst dürftigen Lichtverhältnisse wahrlich nicht übersehen. Zudem wussten wir ganz genau, woher dieser Bär gekommen war. Denn es war ein sehr spezieller Vertreter seiner Art. Einer mit Bart, Lederjacke und blutigem Kopf. Einer, den wir eigentlich schon mit einem Gurkenglas besiegt zu haben glaubten. Der sich aber, nachdem er die Witterung einmal aufgenommen hatte, als äußerst hartnäckiger Jäger erwies.

-24-

«Weg hier!», schrie Dörki, warf die Bierflasche in Richtung Bär und verfehlte ihn. Er rannte los.

Zusammenbleiben, schoss es mir durch den Kopf. Wir mussten zusammenbleiben. Das kennt doch jeder zur Genüge aus Horrorfilmen. In dem Moment, wo die Jugendlichen sich trennen, beginnt das Sterben.

«Zusammenbleiben!», schrie Mareike.

«Genau!», kreischte ich. «Unbedingt zusammenbleiben!»

«Ja! Zusammenbleiben!», brüllte Jana.

Dann trennten wir uns. Mareike und Jana stürzten in entgegengesetzte Richtungen. Welcher der beiden sollte ich folgen? Ich entschied mich für die Mitte. Dörki war schon am düsteren Waldrand angekommen und verschwand mit einem Wimpernschlag. «Zusammenbleiben!», war das letzte Wort, das ich von ihm hörte.

Dann stand auch ich vor der finsteren Baumgrenze. Ich versuchte, links wie rechts Jana und Mareike zu entdecken. Unfassbar, wie weit wir auf die kurze Distanz schon auseinandergedriftet waren. Ich überlegte, wie ich uns alle wieder einsammeln könnte. Meinte aber im nächsten Atemzug, schon den polternden, blökenden Bart direkt hinter mir zu spüren. Angst schlägt Sorge. In gedankenfreier Panik sprang ich fast mit Hechtsprung ins schwarze Ungewisse.

Es war tatsächlich erneut, als wäre ich in einen dunklen, tiefen See eingetaucht. Schon zum zweiten Mal an diesem Tag. Aber anders. Alle Geräusche klangen plötzlich wie runtergeregelt. Gedämpft, eben fast wie unter Wasser. Es gab noch

Licht. Allerdings stark gedimmt. Wie die Notbeleuchtung in leerstehenden Gebäuden. Doch der Wald war nicht leer. Ich fühlte geradezu, dass Millionen anderer Organismen meine Ankunft bereits bemerkt hatten. Im besten Falle waren sie mir gegenüber gleichgültig. Viele dürften verängstigt, alarmiert oder gar feindselig gewesen sein. Womöglich sogar alles drei gleichzeitig. Ich würde sie und ihren Lebensraum nun stören. Auf beiden Seiten hörte ich, wie weitere Fremde in die Düsternis einbrachen. Jana und Mareike. Wohin sollte ich mich bewegen? Erst mal geradeaus, ins Innere. Und dann links halten. *Links halten ist nie verkehrt. Wer die Mitte bewahren will, muss sich heutzutage links halten*, hatte mein Vater vor kurzem am Frühstückstisch gesinnsprecht. So ein typisches Vater-Verb. *Sinnsprechen.* Sagt, glaube ich, nur er.

Noch jemand brach in den Wald. Wuchtiger. Gewaltiger. Verdammt nah. Egal. Erst mal rennen. Einfach rennen. Rennen ist gut. Warum Stolpern? Stolpern ist uncool. Aufs Knie. Sowie Ellenbogen. Wieder hoch. Rennen. Schneller rennen. Zweige im Gesicht. An den Beinen. Ein Schlag. In den Bauch. Weiterrennen. Etwas patscht mir in die Fresse. Wegwischen. Schwitzen. Überall Zweige. Ratschen. Umgucken. Gleichgewicht. Stolpern. Warum? Schmerzen. Walddreck. Jucken. Schwitzen. Zwicken. Piken. Noch mehr Jucken. Weiterrennen. Blut an der Hand. Warum? Weiterrennen. Überall Zweige. Spitz. Sticht. Ratscht. Augen gewöhnen sich an Dunkelheit. Aber Dunkelheit wird immer dunkler. Weiterrennen. Baum. Plötzlich Baum. Also viele Bäume. Aber einer kommt jetzt direkt auf mich zu. Als wollte er mich angreifen. Wieso? Ausweichmanöver einleiten. Steuerung blockiert. Trotzdem Ausweichmanöver. Notlenkung einschalten. Erfolg. Triumph. Aber neuer Baum plötzlich von rechts. Aus dem Nichts. Weiteres Ausweichmanöver unmöglich. Bremsen versagen. Evakuierung ausgeschlossen. Zusammenstoß unausweichlich. Kollision in fünf, vier, drei … Rumms!

Kollision erfolgte leider deutlich früher als berechnet.

Eigentlich stieß ich mit dem Baum nicht wirklich zusammen. Ich prallte mehr von ihm ab und wurde dann in ein äußerst stacheliges Gestrüpp fast zwei Meter weiter geschleudert. So als hätte der Baum mittels einer raffinierten fernöstlichen Kampftechnik die gesamte Wucht meines Angriffs gegen mich selbst gelenkt. Zumindest stand er im Nachgang aufreizend gelassen da. Ich könnte schwören, dass er mich sogar leicht spöttisch anlächelte.

Was mir alles weh tat und wo überall ich blutete, hätte ich gar nicht sagen können. Ich hatte Angst davor, mich aus dem Gestrüpp zu befreien. Überall stach und pikte es. Womöglich war das so, wie wenn man sich einen Messerstich eingefangen hat. Dann soll man schließlich auch auf keinen Fall das Messer herausziehen. Solange das Messer steckt und die Wunde quasi verschließt, ist alles gut. Relativ gesehen. Im Körperinneren sind die Dinge noch in ihrer natürlichen Ordnung. Nur eben mit zusätzlich beherbergter Stichwaffe. Erst wenn man die entfernt, ist die Aufregung bei den inneren Organen groß und alles purzelt durcheinander. Eventuell war es also das Sinnvollste, jetzt so, wie ich in das Gedorne reingestürzt war, darin zu verharren. Mich möglichst gar nicht mehr zu bewegen und das schroffe Buschwerk hier als mein neues Zuhause zu betrachten. Also zumindest so lange, bis mal ein richtiger Arzt vorbeikam und mich befreite. Oder ein Förster.

Es war nun vollkommen finster. Man sah gar nichts mehr.

Ich kam mir vor, als wäre ich verschüttet worden. Im düsteren Stollen des Waldes.

Erst jetzt fiel mir auf, dass auch nichts mehr zu hören war. Also, außer den Geräuschen der Natur. Die schienen sogar stetig an Intensität zuzunehmen. Doch von Jana, Mareike, Dörki oder dem Bart gab es keinen Ton mehr. Als hätte man sie aus dem Soundtrack des Waldes rausgefiltert.

Ich wusste beim besten Willen nicht, wie lange ich gerannt war. Geschweige denn wie schnell und in welche Richtung. Ich ahnte nur, dass ich richtig weit weg war von allem, was ich kannte. Ganz vorsichtig, ohne eine meiner Verbindungen zu dem garstigen Gestrüpp zu gefährden, fingerte ich mein Handy raus und hoffte auf Netz. Vergeblich. Kein einziger Strich. Noch nie in meinem Leben hatte ich mich so allein gefühlt.

-25-

Die Taschenlampe brachte immerhin etwas Licht in das Dunkel des Waldes. Allerdings war der Akku auf sieben Prozent gesunken. Es war nicht von der Hand zu weisen, dass meine Lage sich zusehends verschärfte. Zudem begann ich zu frieren. Ob es an den zur Nacht sinkenden Temperaturen, der Furcht, dem klammen Waldboden, meinen Verletzungen, der Erschöpfung oder dem langsam wieder fallenden Adrenalinpegel lag, ließ sich nicht sagen. Prinzipiell war das ja auch egal. Mir wurde einfach kalt. Im Auto hatte ich eine Jacke. Aber wo mochte das Auto sein?

Ich wusste, ich würde eine Entscheidung treffen müssen. Entweder löste ich mich doch aus dem Gestrüpp und riskierte in der Folge den Tod durch Verbluten. Oder ich blieb reglos darin hängen und lief Gefahr zu erfrieren, zu verhungern, zu verdursten oder an Langeweile zu sterben. Viermal tot gegen einmal tot. Da war es dann doch ein Gebot der mathematischen Vernunft, mich vorsichtig aus den Dornen herauszutrennen.

Ich schob ganz sachte den linken Unterarm schützend vor mein Gesicht, stützte mich auf den rechten und richtete vorsichtig, Millimeter für Millimeter, meinen Oberkörper auf. Einige kleine Zweige und Widerhaken hoben sich mit, zogen an mir, als weigerten sie sich, mich gehen zu lassen. Wie in einem Strauchdorf, das einen mit vielen winzigen Fesseln im sicheren Busch halten will. Wo das Durchtrennen einer jeden Verbindung mit Schmerz und kleinen Verletzungen einhergeht. Aber wenn man sich wirklich erheben, aufstehen und gehen will, ist der Strauch eben doch nicht in der Lage, einen aufzuhalten. Auch wenn er seine Spuren überall am Körper hinterlässt.

Als ich endlich wieder auf meinen Füßen stand, stellte ich beruhigt fest, dass ich zwar wohl praktisch überall unzählige blaue Flecken, Stiche und Schürfwunden hatte, aber wirklich lebensbedrohlich war offensichtlich nichts davon. Es brachte einen nicht um, sich vom Busch zu lösen. Nur schmerzhaft war es, aber eben nicht im eigentlichen Sinne gefährlich.

Doch wo sollte ich jetzt hingehen mit meiner neuen Freiheit? Jeder mögliche Weg schien in völliger Dunkelheit zu liegen.

An sich nichts Ungewöhnliches für mich. Ich wusste ja nie, wohin die Reise gehen würde, welche Ziele ich haben könnte, was ich mit meinem Leben anfangen sollte. Nur das Ungewisse war mir auf seine Art vertraut. Was grundsätzlich nichts Schlechtes sein muss. *Eine Zukunft, die bereits exakt vorgezeichnet ist, ist genau genommen schon Vergangenheit.* Hat in «Star Trek: Voyager» die ehemalige Borg-Androiden-Frau, also Seven of Nine, so mal zu Captain Janeway gesagt. Damals wusste Captain Janeway auch noch nicht, dass sie, die stolze Raumschiffkommandantin, mal als russische Köchin im Frauengefängnis von Litchfield landen würde. Also die Schauspielerin Kate Mulgrew natürlich. Doch so kann es gehen. Selbst Captain Kirk war ja zum Schluss nur noch ein Bostoner Anwalt in zu engen Anzügen.

Meine Eltern haben mich immer dazu angehalten, nach der Schule Torfstede unbedingt zu verlassen. Je näher das Abitur rückte, desto manischer wurden sie mit diesem Rat. «Bleib auf keinen Fall hier. Tu dir das nicht an. Geh irgendwo hin! Studiere. Oder auch nicht. Aber geh raus aus Torfstede.

Es gibt nichts auf der Welt, das du mehr fürchten musst, als die Möglichkeit, sie nicht gesehen zu haben!»

Manchmal hätte man das Gefühl haben können, sie wollten mich loswerden. So heftig, wie sie mich zum Entdecken anderer Orte drängten. Doch das konnte es nicht sein. Auf mein Zimmer waren sie gewiss nicht scharf. Wir hatten Platz genug. Außerdem mochten sie mich. Das stand außer Frage. Sie wollten mich wahrscheinlich schützen vor der Sicherheit, die mir Torfstede bot.

Wer vor der Zukunft Angst hat, fürchtet sich eigentlich vor der Gegenwart. War hingegen wieder einer der Sprüche meines Großvaters. Angeblich ein ukrainisches Sprichwort. Opa musste nur eine Landkarte sehen, und schon fielen ihm drei Weisheiten aus jedem Land ein. Er beruhigte meine Eltern zudem gerne mit dem Geständnis, dass ihm eigentlich nach wie vor die Vergangenheit sehr viel mehr Angst mache als die Zukunft. An sich könne es doch nur besser werden. Obwohl Opa mir fehlt, bin ich manchmal froh, dass er die aktuelle Gegenwart nicht mehr miterleben muss. Das wäre ihm sehr an die Nieren gegangen. Als Gauland kürzlich diese Rede gehalten hat, wo er die Nazizeit als Vogelschiss in der deutschen Geschichte bezeichnete, erschien mir ein anderer Satz von ihm noch viel seltsamer. Kurz vorher sagte er: «Wir wollen dieses Land so an unsere Enkel übergeben, wie unsere Großväter und Väter das für uns getan haben.» Das fand ich wirklich gruselig. Aber wahrscheinlich hat er ja wie immer seine eigenen Sätze nur aus dem Zusammenhang gerissen.

Der Wald klang nun wie ein großes schlafendes Tier. Desinteressiert an mir und meinen Gedanken. Ich hätte rufen können. Nach Mareike, Jana und Dörki. Doch dann hätte mich womöglich der Bärtige gehört. Was, wenn ich nur ihn anlockte? Ich musste einfach wohin, wo mein Handy wieder Empfang hatte. Nur laufen. In Bewegung bleiben. Auch wenn alles weh tat. Würde ich immer geradeaus laufen, musste ja irgendwann wieder Netz kommen. Hauptsache, ich hatte dann noch Akku. Ich durfte die Taschenlampe nicht benutzen. Nur im Notfall. Obwohl es so vollkommen duster war. Meine Augen würden sich schon daran gewöhnen. Ganz bald bestimmt. Ich sollte auch die automatische Netzsuche deaktivieren. Die verbrauchte zu viel Strom. Sie nur noch von Zeit zu Zeit manuell laufen lassen. Und alle anderen Funktionen abschalten. Batterie sparen. Geradeaus laufen. Bloß nicht im Kreis. Meine Schritte mit rechts mussten exakt so lang sein wie die mit links. Damit ich nicht im Kreis lief. Darauf wollte ich mich konzentrieren. Und natürlich darauf, wo ich hintrat …

Verdammt. Ich knutschte schon wieder den Waldboden. Ungewollt. An irgendetwas war ich hängen geblieben und abgeschmiert. Erneut rappelte ich mich hoch. In welche Richtung war ich jetzt unterwegs gewesen? Egal. Weiter. Wird schon. Ob ich wieder nach Netz gucken sollte? Noch fünf Prozent Akku. Lieber nicht.

Die Augen begannen, sich zu adaptieren. Ich konnte nun schon fast einen Meter weit sehen. In alle Richtungen. So blieben mir immerhin weitere Stürze erspart. Zumindest, wenn ich nicht noch mal rennen musste. Ich lief jetzt ziemlich sicher durchs Gehölz. In niedrigem, aber stetigem Tempo. Zudem konnte ich die Geräusche besser filtern. Der Wind, das Knacken, Zischen und Surren von Kleingetier und mein Schritt. Das Geräusch, das ich machte, als ich durch den Wald ging. Das hatte was. Wann hörte man sich schon mal selbst durch die Welt wandern? Welchen Klang man erzeugte. Gemessen an der Gesamtsituation, hätte ich eigentlich sehr viel mehr Angst haben können. Aber ich registrierte interessiert, wie ich Schritt für Schritt lernte, in der Nacht allein durch den Wald zu streifen.

Obschon, war ich wirklich allein? Je aufmerksamer ich der Natur lauschte, desto stärker wurde mein Gefühl, dass rechts von mir noch etwas anderes durch die Bäume schlich. In ziemlich exakt meinem Tempo. Links von mir eigentlich auch. Und hinter mir?

Ich blieb stehen.

Das leise Schleifen links, rechts und hinter mir verstummte.

Ich ging wieder los.

Kurz darauf setzte auch das Schlürfen um mich herum wieder ein.

Ich hörte mein Herz pochen. Wie eine Boom-Box, die sich von selbst eingeschaltet hatte.

Was genau hatte Mareike vorhin über Wölfe gesagt? Von wegen hervorragende Anschleicher und im Rudel jagen? Meine Angst war der Gesamtsituation nun wieder durchaus angemessen. Wenn sie nicht gar schon übertrieben war. Ich versuchte mich auf das zu konzentrieren, was Mareike noch gesagt hatte. *Wölfe würden uns nichts tun.* Aber galt das auch, wenn man verwundet war?

Frau Siegert, unsere Biolehrerin, hatte uns immer davon vorgeschwärmt, wie toll das ist, dass die Wölfe zurück in Deutschland sind. Was für eine wichtige Funktion sie in unserem Ökosystem haben. Wie Wölfe auf natürliche Weise Überpopulationen regulieren und dem Wald kranke oder verwundete Tiere entnehmen. So hatte sie das tatsächlich formuliert. *Dem Wald entnehmen.* Ich hätte jetzt auch total gern einem Restaurant ein Schnitzel mit Pommes entnommen. Oder Pizza. Völlig gleich. Mein Magen machte schon Geräusche vor Hunger. Wobei: War das mein Magen oder irgendwelche Mägen links, rechts und hinter mir, die dieses Geknurre von sich gaben?

Ohne dass ich es wollte, wurde ich schneller. Widerstand war zwecklos. Dadurch machte ich natürlich auch wieder mehr Lärm. Was immer um mich herum unterwegs war, erhöhte gleichfalls die Geschwindigkeit. Ob ich noch mal nach Netz gucken sollte? Vier Prozent. Da hatte ich höchstens noch drei bis fünf Versuche. Lieber jetzt keinen verbrauchen. Eventuell benötigte ich ja zudem noch Strom für den Fotoblitz. Um damit im Notfall Tiere zu verscheuchen. Wenngleich, würde so ein Blitz die Tiere verjagen, oder machte er sie erst recht aggressiv? Ich beschleunigte weiter. Konnte praktisch wieder nicht mehr sehen, wo ich hinlief. Zu zügig und hektisch war ich unterwegs. Wenn ich mich nur hätte erinnern können, was Frau Siegert alles über die Wölfe berichtet hatte. Zwei Doppelstunden hatte sie nur über Wölfe geredet. So begeistert war die. Hätte nie gedacht, dass ich in der Lage war, zweimal über so einen langen Zeitraum praktisch nichts von dem, was mir erzählt wurde, mitzukriegen. Das muss man auch erst mal können. Über so eine lange Strecke konsequent nicht zuhören.

Ich trat auf einen größeren Ast, der gewaltig krachte. Es klang, als würde der Lärm durch den ganzen Forst hallen. Eine Sekunde lang war alles, wirklich alles, auf Pause. Nichts bewegte sich, kein Geräusch war zu vernehmen.

Bis zwei kleinere Schläge folgten und ich hörte, wie etwas von hinten sehr schnell auf mich zujagte.

Ich lief los. Einfach los, so schnell ich nur konnte. Es knackte unter meinen Füßen, Zweige schlugen mir auf den Körper und ins Gesicht. Egal. Ich rannte. Ohne Sicht. Nur weg. Ins Ungewisse. Ich wetzte, was das Zeug hielt. Aber das, was mich verfolgte, kam trotzdem näher.

Einen Stoß an der Hüfte registrierte ich, kam ins Taumeln, flog ein Stückchen durch die Luft und schlug dann lang hin. Mit dem Gesicht nach unten. Ich merkte, wie das, was mich gejagt hatte, auch stehen blieb. Traute mich kaum aufzuschauen. Sollte ich mich tot stellen? Oder war das genau falsch? Wäre das ein Signal, dass ich kaputt war und man mich nun dem Wald entnehmen musste? Wahrscheinlich. Wenn ich leben wollte, musste ich meinen Blick heben. Den Kopf oben halten. Ich zwang mich aufzusehen.

Der Wald war ein wenig lichter und heller an diesem Ort. Oder verbesserte das durch den Körper donnernde Adrenalin meine Sehkraft? In jedem Falle konnte ich locker mehrere Meter weiter gucken und sah – nichts. Offenkundig hatte ich mir alles nur eingebildet. Eine Paranoia, die ich mir aber irgendwie verzeihen konnte.

Ich drehte mich auf den Hintern, um aufzustehen, und erblickte das nächste Trugbild. Allerdings wirkte es verdammt echt. Direkt vor mir stand ein Wolf. Maximal fünf Meter entfernt. Ein echter Wolf. Fuck!

Zu meinem eigenen Erstaunen stellte sich allerdings keine richtige Angst ein. Also mit Zittern und Panik. Ich blieb tatsächlich beunruhigend ruhig und dachte nur: Doch so groß.

Hätte ich nicht erwartet, dass Wölfe so imposant erscheinen, wenn man ihnen im nächtlichen, dunklen Wald begegnet. Wie es aussah, hatte Mareike mit dem Anschleichen recht. Wie der Wolf so direkt hinter mich gekommen war, blieb mir ein Rätsel. Ob er allein war? Vielleicht wartete, wenn ich mich erneut umdrehte, da mittlerweile schon der nächste. Ich beschloss, mich lieber nicht umzudrehen.

Der Wolf machte nichts. Null Aktion. Unglaublich, wie entspannt, wie gelassen er wirkte. Vielleicht überprüfte er jetzt ja wirklich, ob ich noch alleine laufen und überleben konnte oder ob er mich dem Ökosystem entnehmen musste.

Ich wollte aufstehen. Aufstehen, um ihm zu signalisieren, dass er mal besser von mir wegbleiben sollte. Aber ihm gleichzeitig auch nicht das Gefühl geben, ich könnte angreifen. Sondern nur eben so ganz normal, selbstbewusst aufstehen. Wie ich es gelernt habe. Von den Checkern.

«Die Checker» nannten wir eine Gruppe älterer Schüler von der Berufsschule in Nienburg. Die ständig irgendwo rumhingen. Vor dem Bahnhof, in der Zone, an der Weser. Ab und zu musste man an denen vorbei. Eigentlich kein Ding, denn sie waren harmlos. Solange man sie nicht provozierte oder ihnen das Gefühl gab, man würde darum betteln, abgezogen zu werden. Ein Dorfkind rochen die hundert Meter gegen den Wind. Doch wenn man ganz normal, selbstbewusst, mit Kopf oben, aber ohne sie anzugucken, an ihnen vorbeiging, passierte nichts. Ich glaubte, so ähnlich wie mit den Checkern lief es mit den Wölfen auch. Wenn ich Glück hatte. Hatte Frau Siegert nicht so was Ähnliches gesagt? Also ohne Checker natürlich, aber sonst so in etwa? Vermutlich.

Ich weiß ja alles, was ich weiß, immer nur so in etwa. Meistens reichte das ja auch in etwa.

Ganz vorsichtig ging ich erst in die Hocke, dann richtete ich mich extrem langsam und selbstverständlich auf. Ließ Gevatter Isegrim dabei aber nicht aus den Augen. Ob wirklich noch einer oder mehrere hinter mir waren? Beziehungsweise um mich herum?

Als ich endlich stand, drehte der Wolf sich halb weg und lief in einem leichten Bogen auf mich zu. Unmittelbar vor mir blieb er stehen. Ich konnte seinen Atem spüren. Er roch nach Hundefutter. Das allerdings abgelaufen war und noch dazu drei Tage geöffnet in der Sonne gestanden hatte. Dann lief er ganz nah an mir vorbei. So dicht, wie es nur eben möglich war, ohne mich zu berühren. Spielte er mit mir? Bevor er mich angriff? Oder lenkte er mich ab, damit ich es nicht merkte, wenn die anderen attackierten?

In einem kleinen Kreis lief er einmal um mich herum, dann bewegte er sich wieder weg. Vier, fünf Meter, bis er sich erneut mir zuwandte und guckte. Als wollte er mir etwas mitteilen. Eine Warnung, fürchtete ich. Eine dringende Warnung. Ich beschloss, mal lieber zu gehen. Machte vorsichtig ein paar Schritte rückwärts. Der Wolf kam zurück, lief noch mal in einem ziemlich kleinen Kreis um mich herum und schlich wieder zum Ausgangspunkt. Und wieder schaute er mich wach, aber entspannt an.

Womöglich wollte er nicht, dass ich in meine Richtung weiterlaufe. Ich machte einen anderen Versuch und ging in höchster Wachsamkeit ein paar Schritte in seine Richtung. Er drehte sich weg und strich gemächlich los.

Ich trottete ihm hinterher.

Der Wolf drehte sich kein weiteres Mal mehr um. Das musste er vermutlich nicht, weil er auch so sehr präzise hörte, wo ich gerade war. Ich schwankte tatsächlich einem Wolf hinterher. Durch den finsteren Wald. Da sollte noch jemand sagen, Dinge wie im Märchen gäbe es nicht. Führte er mich aus dem Wald heraus oder in eine Falle? Aber warum sollte er mich in einen Hinterhalt locken? Ich war ihm ja auch so schon vollkommen unterlegen. Andererseits war er vielleicht faul und schlau. Meistens sind es ja die Faulen, die schlau sind oder erfinderisch. Da sie ständig überlegen, wie sie sich Arbeit vom Hals schaffen können. Eventuell hatte dieser Wolf begriffen, dass er mich ewig durch den Wald zu seiner Familie zerren müsste, wenn er mich da, wo er mich gefunden hatte, riss. Also ließ er mich lieber noch selbst bis zu seinem Lager laufen und sparte sich so einiges an Mühe.

Man weiß eben nie, wem man trauen kann und wer einem am Ende doch hilft. *Wer niemandem vertraut, senkt die Wahrscheinlichkeit, betrogen zu werden, erheblich. Aber er gibt andererseits auch keinem die Möglichkeit, ihm zu helfen.* Noch so ein Satz meines Großvaters. Schon seltsam, dass ich mich daran erinnerte, aber nicht an das, was Frau Siegert mir über Wölfe erzählt hatte. Machte jedoch sowieso keinen Unterschied. Ich hatte längst beschlossen, diesem Wolf zu folgen, und wollte das jetzt auch durchziehen.

Wir waren gar nicht lange unterwegs. Höchstens fünf Minuten. Eher weniger. Da tauchte direkt vor uns eine Lichtung auf. Ich blieb am Waldrand stehen und überlegte, ob ich auf die Wiese gehen sollte.

Dann realisierte ich, dass der Wolf weg war. Einfach verschwunden. Als wäre er nie da gewesen.

Teil 3

-26-

Ich trat auf die Lichtung und entschied mich schnell, es noch einmal mit der Netzsuche zu probieren. Noch drei Prozent. Das war wirklich knapp gewesen. Ich deaktivierte den Flugmodus, und schon leuchteten drei Striche auf.

«Ja!», brüllte ich. «Ja! Endlich auch mal Glück. Nimm das, Schicksal! Ha!»

Dann ging das Handy aus.

«Waaaas?!» Ich schrie mein Telefon an. Obwohl ich natürlich wusste, dass es schon bewusstlos war und mich nicht mehr hörte.

«Ich hatte noch drei Prozent, du blöde Sau! Drei Prozent! Da kann man doch nicht einfach so ausgehen! Das darfst du gar nicht! Nimmst du deine eigenen Anzeigen überhaupt ernst?»

Tränen schossen mir in die Augen. Plötzlich fiel jede Hoffnung von mir ab. Ich war dem Erstickungstod entronnen, hatte einen Kreislaufkollaps überstanden, war dem Bärtigen entwischt, hatte Angriffe von Wildschweinen überlebt, war blind durch Bäume gerannt, hatte mich aus den Fängen des Dornenbusches befreit und mit einem Wolf zusammen abgehangen.

Nichts davon hatte mich entmutigen können. Aber das war jetzt definitiv zu viel. So vom eigenen Telefon verarscht zu werden schlug für mich dem Fass die Krone ins Gesicht.

«Ich hasse dich! Du Arsch-Phone! Gesichtserkennung, Mega-Cloud und Superprozessor, aber zu doof zum Dreirunterzählen. Du hast die zwei und die eins vergessen, du dummes Stück Sklavenarbeit! Von wegen *Zukunft ist jetzt*! Am Arsch, die Zukunft! Lern erst mal zählen, bevor du mit deiner Augmented-Reality-Scheiße anfängst! Eine Anti-Verarscht-Werden-App! Das wäre mal toll! Aber die wäre ja wohl für euch selbst geschäftsschädigend. Ich hatte noch drei Prozent! Drei Prozent! Das ist mehr, als ihr Steuern zahlt! Schick das mal der NSA!»

Dann sackte ich zusammen und blieb liegen. Schluchzend. Für immer. Ich würde hier einfach so heulend für alle Zeiten liegen bleiben. Daran gab es keinen Zweifel.

«Marco!»

Durch mein Geflenne konnte ich die Stimme zunächst nicht richtig hören.

«Marco, bist du das?»

Das war Jana.

Ich wollte antworten, verschluckte mich aber an der eigenen Rotze und den Tränen, weshalb ich nur husten konnte und schon wieder zu ersticken drohte.

Tatsächlich war ich nur gute hundert Meter vom geparkten BMW wieder aus dem Wald gekommen. Ich mochte nicht recht glauben, dass der Wolf mich absichtlich zu diesem Ort geführt hatte, wollte es aber auch nicht völlig ausschließen.

Jana war schon eine ganze Weile wieder dort. Nachdem sie ins Dickicht gesprungen war, hatte sie bald realisiert, dass der Bart ihr nicht folgte. Leider war ihr der Kontakt nicht nur zu mir, sondern auch zu Mareike und Dörki verloren gegangen. Mit viel Glück gelang es ihr, zum Auto zurückzufinden. Seitdem hoffte und wartete sie. Auf Anrufe, SMS oder WhatsApps hatte niemand reagiert. Vermutlich waren die anderen beiden immer noch ohne Netz. Dörki sogar ohne Akku, und obendrein hatten wir mit ihm nicht mal unsere Nummern ausgetauscht.

Ich schloss mein Telefon an die Powerbank an, und nachdem es wieder zum Leben erwacht war, stellte ich fest, dass ich auch drei WhatsApp-Sprachnachrichten von Mareike bekommen hatte. Wahrscheinlich suchte sie uns, oder sie saß irgendwo und wollte abgeholt werden. Wir atmeten erleichtert durch. Wenn sie uns ihren Standort sendete, würden wir sie schnell finden. Ich schaltete auf Lautsprecher, und wir hörten die erste Mitteilung ab.

Sie begann mit einem Grunzen. Eines, das leider definitiv nicht von Mareike kam.

«Hallo, mein Mädchen. Meine neue Freundin meint, du heißt Marco und so erreiche ich dich und deine Begleiter. Unserer Freundin hier geht es gut, und ich würde gerne sicherstellen, dass dies auch so bleibt. Deshalb wäre es ganz entzückend, wenn du zurückrufen oder schreiben würdest.»

Verdammt. Offensichtlich hatte der Bart Mareike erwischt. Die zweite Nachricht:

«Marco, lieber Marco. Wir sind in Sorge. Um dich und noch viel mehr um Mareike. Melde dich doch bitte schnell, damit ihr nichts passiert.»

Und die dritte Message:

«Das ist jetzt deine Schuld, Marco. Ich habe gesagt, du sollst schnell zurückrufen, damit Mareike nichts passiert. Also das ist jetzt wirklich deine Schuld.»

Jana schaute mich bestürzt an.

«Was, denkst du, hat er ihr getan?»

Ich konnte nicht antworten. In meinem Kopf dröhnte es.

Ein Wirrwarr von Geräuschen. Das röhrende Kichern des Barts, während er meine Kehle zudrückt, Mareike, wie sie *mein Freund* sagt, grelles Quieken von Wildschweinen, die uns über den Haufen rennen. Alles auf einmal.

Ohne weitere Besinnung oder Rücksprache mit Jana drückte ich auf Rückruf. Es wurde sofort abgehoben.

«Marco, mein Mädchen.» Es feixte kehlig am anderen Ende. «Warum hat das so lange gedauert?»

«Was haben Sie mit Mareike gemacht?»

«Nanana, kein Hallo? Keine Antwort auf meine Frage? Stattdessen nur eine unhöflich formulierte, gebellte eigene Frage? Bitte bemühe dich etwas um sprachliche Sorgfalt, mein Marco. Du weißt, wie ungehalten ich sonst werden kann. Und das wäre gerade für Mareike unerfreulich.»

Ich holte tief Atem.

«Hätten Sie bitte die Freundlichkeit, mir mitzuteilen, wie es meiner Freundin geht?»

«Sie ist kommod, im Rahmen des Erwartbaren. Aber das wird sie euch später alles selbst erzählen.»

«Ich will ein Lebenszeichen.»

«Bitte?»

«Ich meine, mit einem Lebenszeichen von ihr würden Sie mir eine große Freude bereiten.»

«Gewiss. Alles zu seiner Zeit. Zunächst einmal sieht es aber wohl so aus: Ich habe etwas, das ihr wollt. Und ihr habt etwas, das ich gerne zurückhätte. Wie wäre es, wenn wir tauschen?»

«Nur wenn Mareike wohlauf ist.»

«Gut. Auch recht. Dann gebt ihr mir ein Lebenszeichen von meinem Freund, und ihr erhaltet dafür eines von eurer Freundin.»

Ich schielte hilflos zu Jana. Die wusste Rat. Sie rückte nah ans Mikro des Handys.

«Ihr Freund ist bewusstlos. Er liegt im Kofferraum des BMW.»

«Wie ist das passiert?»

«Ein Unfall.»

«Was denn für ein Unfall? Etwa mit dem Chloroform?»

Jana zögerte.

«... ja, genau. Er hat sich mit dem Chloroform versehentlich selbst betäubt.»

Schweigen am anderen Ende der Leitung.

Doch der Bart schien Jana zu glauben. «So ein Idiot. Ich habe ihm immer gesagt, dass es Schwachsinn ist, die Chloroformsäckchen in der Geldtasche mit sich rumzuschleppen. Aber er lässt sich ja nichts sagen. Also gut, der BMW mit der Tasche und meinem Kollegen gegen eure Freundin. Außerdem bringt ihr noch ein Gurkenglas mit, das ich auf das Arschloch, das mich beworfen hat, werfen darf.»

«Der ist nicht hier.»

«Warum nicht?»

«Keine Ahnung. Vielleicht findet er uns nicht. Vielleicht hat er sich auch verkrümelt. Wir kennen den eigentlich gar nicht.»

Es bollerte gurgelnd in der Leitung.

«Na, macht nichts. Ich werde ihn garantiert finden. Und dann bekommt er ein schönes Gurkenglas von mir. Aber zunächst zu unserem Geschäft. Ich kann vorbeikommen, dann machen wir den Austausch.»

«Nein!» Jana schrie fast ins Mikro. Ich wusste nicht, was ihr Problem war, aber sie beachtete mich gar nicht.

«Wir machen den Austausch nicht hier. Wir treffen uns

vor dem Eingang des Airport in Wolfenbüttel, der Disco der Lucifers. Kennen Sie sicher. Dort bekommen wir Mareike, und Sie bekommen dafür den Schlüssel vom BMW.»

«Den Schlüssel des BMW.»

«Meinetwegen auch den.»

«Warum dort, mein Mädchen?»

Janas Stimme wurde hart.

«Damit Sie uns nicht wieder reinlegen und angreifen. Auf dem Territorium Ihrer Feinde werden Sie das nicht wagen.»

Ein langes, schlürfendes Luftholen.

«Also gut. Mir doch egal. Dann eben so. In genau einer Stunde vor dem Eingang des Airport. Versucht lieber keine Tricks. Euer nächster Fehler wäre sonst endgültig der letzte. Kapiert? Sollte was mit meinem Kollegen sein, das nicht wieder gut wird, oder Geld in der Tasche fehlen, sagt es mir lieber gleich. Ansonsten finde ich euch. Heiliges Versprechen. Ich finde jeden immer. Überall. Das zumindest sollte euch ja wohl mittlerweile klar sein. Es ist meine Superheldenfähigkeit.» Er grunzte fröhlich. «Solltet ihr noch einmal die Absprachen nicht einhalten, kann ich beim Nachverhandeln sicher keine guten Konditionen mehr anbieten. Wenn ihr versteht.»

«Tun Sie Mareike bitte nichts.» Nun war ich wieder am Mikro.

«Ihr müsst schon entschuldigen. Ich wirke zwar nicht immer so, aber ich versichere euch: Ich bin ein Ehrenmann.»

«Was heißt das?»

«Dass ich niemals etwas versprechen würde, was ich nicht halten kann.»

Der Bart giggelte abermals hohl. Mittendrin legte er schlagartig auf.

-27-

Der Routenplaner in meinem Handy gab an, dass wir ungefähr dreißig Minuten bis zur Disco brauchen würden. Wir machten uns sofort auf den Weg. Dörki würde schon klarkommen. Wahrscheinlich war er ohnehin besser dran, wenn er nicht dabei war. Ich fuhr. Jana saß auf dem Beifahrersitz und kramte in der Geldtasche nach den Chloroformsäckchen. Tatsächlich fand sie acht Stück davon. Außerdem noch jede Menge Pillen und ein Fläschchen mit K.-o.-Tropfen. In einer flachen Schachtel unter dem Geld.

«Also unser Toter hat zwar keine Wumme, dafür aber jede Menge anderes illegales Zeug. Ein Sympathieträger war er wahrscheinlich echt nicht.»

Ich deutete auf die K.-o.-Tropfen. «Er war garantiert ein Arschloch. Da halte ich jede Wette.»

Jana wiegte den Kopf. «Ich weiß nicht. In dem Notizbüchlein, das du in einer seiner Taschen gefunden hast, stehen nicht nur Zahlen, Namen und Adressen, sondern auch immer wieder sehr persönliche Einträge.»

«Hast du das etwa alles gelesen?»

«Klar. Als du bewusstlos warst. Er mochte die Serien ‹Downton Abbey›, ‹Victoria› und ‹The Crown›. Überhaupt hat er sich sehr für Königshäuser interessiert. Aber das Beste waren seine Reflexionen über Religion und den Tod.»

«Ach ja?»

«Grob zusammengefasst glaubte er, dass die Menschen die Religionen nur erfunden haben, weil sie Angst vor dem Tod hatten. Da sie die Vorstellung vom völligen Nichts nach dem Tod nicht ertragen konnten. Es sich nicht vorzustellen vermochten, dieses große Nichts. Also haben sie sich zum Trost etwas ausgedacht. Die Vorstellung vom Jenseits. Laut unserem Rocker waren Religionen nur ein Ausweg, um nicht an der Angst vor dem Tode zugrunde gehen zu müssen. Bis sie dann als Instrument zur Kontrolle, Macht und Besitzwahrung erkannt und genutzt wurden.»

«So was schreibt der?»

«Und noch jede Menge mehr davon. Er war von dem Thema regelrecht besessen. Unter anderem wollte er deshalb nach seinem Tod noch einen Sinn haben.»

«Was denn für einen Sinn?»

«Er wollte verfüttert werden.»

«Im Ernst?»

«Absolut. Das war sein größter Wunsch. Er hat das sogar mehrfach notiert. An irgendwen oder irgendwas verfüttert werden. Damit sein Tod noch eine Bedeutung hat. Das ist sein einziges Vermächtnis. Für seinen Seelenfrieden.»

«Ja, stimmt. So Leute gibt das. Habe ich auch schon von gehört. War das mit dem Kannibalen von Rotenburg nicht so was Ähnliches? Wo sein Opfer per Inserat jemanden gesucht hat, der ihn aufisst?»

«Kann sein. Oder zumindest so in etwa.»

«Reicht mir. Ich weiß sowieso alles immer nur so in etwa. Komische Leute gibt das.»

«Allerdings. Meine Mutter sagte immer: Die Außerirdischen kommen alle vier Jahre auf die Erde und nehmen diejenigen mit, die bei Verstand sind. Und warum merken wir nichts davon? Weil wir alle noch hier sind.»

«Versteh ich nicht.»

«Ich eventuell auch nicht. Aber meine Mutter hat es halt immer gesagt.»

«Wie bist du eigentlich ins Bordell geraten?»

«Bitte?»

«Na ja. Ich meine, ein Ausbildungsberuf ist das ja nun in dem Sinne nicht.»

«Hältst du mich für eine Prostituierte?»

«Ich habe dich kennengelernt, als du aus dem Village Rouge herausgerannt bist.»

«Und ich habe dich kennengelernt, als du eine Leiche in einen Kofferraum geschafft hast. Welchen Beruf sollte ich da bei dir vermuten?»

«Aber das war doch deine Leiche!»

«Wie kommst du darauf, dass das meine Leiche ist?»

«Warum wollten wir sie denn sonst im Wald vergraben?»

«Das ist kompliziert.»

«Oh, dann passt das ja super zu meinem Tag. Der war auch nicht gerade leicht. Ich bin ganz Ohr.»

«Eigentlich war ich nur zu Besuch im Village Rouge.»

«Wer ist denn zu Besuch in einem Puff?»

«Na ich. Ich frage dich ja auch nicht, warum du dich vor dem Club herumgetrieben hast.»

«Dürftest du ruhig.»

«Will ich aber vielleicht gar nicht wissen.»

Wie um mich zu bestrafen, schaute sie auf ihr Handy.

Ich war etwas wütend. Ihr musste doch klar sein, dass ich ihr vor allem geholfen hatte, weil ich auf eine Art verliebt in sie gewesen war. So in etwa eben. Das musste sie doch gewusst haben. Darauf hätte ich wetten können. Schließlich hatte sie mich geküsst. Mir einen echten, regulären Kuss gegeben. Was dachte die denn, wie oft ich von fremden wunderschönen jungen Frauen schon geküsst worden war? Logisch, dass ich das als Botschaft verstehen würde.

Das dachte ich und schämte mich dafür. Ich hätte lieber nur an Mareike gedacht. Daran, dass wir sie retten mussten. Ihr hoffentlich nichts passiert war. Der Bart nur bluffte. Aber es gelang mir einfach nicht. Das frustrierte mich.

Selbst als ich mir vor Augen führte, wie sie *mein Freund* gesagt hatte, war mein nächster Gedanke, dass nun in Kürze wohl schon wieder die nächste lebensgefährliche Situation anstand und ich immer noch keinen Schritt weitergekommen war. Also mit der Sache.

Meine dumme Hoffnung, dass es für Jana, wenn sie doch Prostituierte war, vielleicht gar kein so großes Ding sein würde, auch mit mir mal Sex zu haben, hatte sich ja nun wohl erledigt. Irgendwie hatte ich vermutlich darauf spekuliert, sie würde mir schon helfen. Mit meiner ganzen Angst, Unsicherheit und all dem. Wäre ja nichts Besonderes für sie gewesen. Auch für diese Gedanken schämte ich mich jetzt nachträglich wie Hölle. Wie doof kann man eigentlich sein? Selbst wenn sie Prostituierte gewesen wäre. Das hätte doch nichts mit uns zu tun gehabt. Ich war echt schon häufig dumm gewesen in meinem Leben. Aber im Moment war ich dabei, noch mal alle meine Highscores zu pulverisieren.

Andererseits war das jetzt eine Ausnahmesituation. Und Ausnahmesituationen verändern alles. Das wusste ich aus Filmen. Durch das Adrenalin, die Anspannung und die Angst sind unter extremer Belastung Dinge möglich und erlaubt, die man sonst nie wagen oder auch nur in Betracht ziehen würde. Da alle nur noch impuls- und triebgesteuert sind. Insofern war es jetzt vielleicht doch genau der richtige Moment, um die Sache anzugehen.

Wir hatten natürlich nicht viel Zeit. Aber bis wir auf dem

Parkplatz sein mussten, blieben fünfundvierzig Minuten. Für den Weg brauchten wir höchstens noch zwanzig. Da war ja ohnehin Zeit zu überbrücken. Also da konnte ich auch anregen …

«Woran denkst du gerade?»

Jana hatte mich angestupst. «Entschuldige, dass ich so garstig war. Ich mache mir nur solche Sorgen um Mareike. Und überhaupt auch Vorwürfe, euch in diese Sache reingezogen zu haben. Ich glaube, ich könnte mir nie verzeihen, wenn Mareike oder dir etwas passiert. Sei versichert, das Letzte, was ich wollte, war, unfreundlich zu dir zu sein.»

Sie lächelte. Unglaublich charmant und attraktiv. Blickte linkisch mit ihren warmen braunen Augen durch die hellblauen Haarsträhnen auf der Stirn. So wie sie mich auch schon in unserer ersten Nacht angesehen hatte. War das tatsächlich erst gestern gewesen? Ich schaute auf die von Mond und Scheinwerfer beschienene dunkelgraue Straße vor uns und murmelte:

«Ist schon in Ordnung.»

«Nein, ist es nicht. Wenn das Ganze hier vorbei ist, hast du etwas gut bei mir.»

Ich verriss kurz das Lenkrad. Sie erschrak.

«Was machst du denn?»

«Nichts, da war nur ein Frosch.»

«Du bist einem Frosch ausgewichen?»

«Klar. Warum soll der sterben, weil wir Stress haben.»

Überrascht drehte sie den Kopf jetzt ganz zu mir, kam etwas näher.

«Du bist wirklich etwas Besonderes. Weißt du das?»

Ich schluckte und antwortete geistesgegenwärtig:

«Ach.»

In meinem Kopf rasten die Gedanken. Ich versuchte mich aufs Fahren zu konzentrieren, aber etwas in mir brüllte, dass ich jetzt nur ein sehr kleines Zeitfenster hatte. Welches sich rasant schloss. Eine bessere Gelegenheit war wohl in absehbarer Zeit nicht zu erwarten. Noch während ich verzweifelt meinem eigenen Gegrübel folgte, hörte ich mich plötzlich reden:

«Es ist ja nun doch durchaus möglich, dass gleich alles schiefgehen könnte. Also, dass der Bärtige uns eine Falle stellt und alle tötet und so, und da dachte ich …»

«Ja?»

«Also, ich dachte oder ich meine, dass ist jetzt vielleicht nicht ganz der richtige Zeitpunkt. Einerseits. Andererseits aber vielleicht auch gerade. Also der richtige Zeitpunkt.»

«Der richtige Zeitpunkt für was?»

Jana schien aufrichtig interessiert. Wirkte offen und gespannt auf meinen Vorschlag. Den ich jetzt machen sollte. Aber wie?

Ich schwieg. Konnte es einfach nicht sagen. Auch nicht so in etwa. Nicht mal zum Stammeln war ich in der Lage. Nur zu quälender Stille. Das schaffte ich. Gefühlt drei Tage lang. Dreimal so lang, wie wir uns kannten.

Tatsächlich waren es aber wohl nur dreißig Sekunden. Dann schaute Jana mich noch liebevoller als zuvor an, strich mir über die Wange und sagte:

«Du weißt wahrscheinlich nicht, wie du nach dem Plan fragen sollst, was?»

«Nach welchem Plan?»

«Na, dem Plan, wie wir Mareike retten. Deshalb sind wir doch beide so durch den Wind.»

«Stimmt. Genau. Was ist eigentlich dein Plan?»

«Mein Plan?» Jana sah mich in gespielter Entrüstung an. «Na wunderbar, jetzt ist es natürlich wieder *mein* Plan.»

Sie echauffierte sich voll Wonne. So als hätten wir ein gemeinsames Kind. Ein Kind namens Plan. Und immer wenn das Kind, also Plan, Probleme macht, ist es das Kind des anderen. Froh, dass damit die heikle Situation überstanden war, ging ich auf das Spiel ein.

«Du hattest doch die Idee, den Tausch vor der Disco abzuwickeln. Da dachte ich selbstverständlich, du hättest dir schon was überlegt.»

Jana stöhnte auf. Die leise Albernheit schien wieder dahin.

«Ach. Am liebsten würde ich den Tausch auf einem Polizeirevier durchführen.»

«Warum machen wir das nicht einfach?»

Sie wechselte spielerisch in die Pose einer entrüsteten Disney-Figur.

«Weil der Bart dann vielleicht nicht erscheinen würde?»

«Nein, ich meine, warum fahren wir nicht jetzt sofort direkt zur Polizei? Uns ist das Ganze doch längst meilenweit über den Kopf gewachsen.»

«Das würde viel zu lange dauern. Bis wir denen alles erklärt hätten. Wenn sie uns überhaupt glauben würden. Außerdem, wer weiß, was die dann für Ideen hätten? Nein, wir müssen erst Mareike retten, dann können wir überlegen, ob wir die Polizei einschalten.»

«Aber was, wenn der Bart uns austrickst? Wenn er uns den Wagen mitsamt der Leiche abnimmt? Ohne uns Mareike zu geben.»

«Deshalb machen wir den Austausch ja vor dem Eingang der Disco. Wenn er irgendwas versucht, schlagen wir Alarm.

Daraufhin werden Türsteher und andere aufmerksam, und da dieser Club von seinen Feinden, den Lucys, kontrolliert wird, kriegt er dann garantiert richtig Probleme.»

«Und wenn ihm das alles egal ist?»

«Das wird ihm nicht egal sein. Er will an der Stelle sicher kein Aufsehen. Am wichtigsten sind ihm das Geld, der Wagen und sein Kumpel. Vermutlich genau in der Reihenfolge. Sobald er uns Mareike gegeben hat, geben wir ihm den Autoschlüssel und die Geldtasche. Nicht vorher.»

«Was, wenn er Mareike nicht mitbringt?»

«Dann sagen wir ihm, er soll sie holen. Keine Mareike – kein Geld und kein Auto.»

«Müssen wir das Geld durch die Gegend tragen?»

«Klar. Er muss die Tasche sehen. Wir sind ja deutlich zu früh. Er wird uns vor dem Eingang beobachten. Wenn wir die Tasche dabei haben, hält ihn das davon ab, das Auto zu suchen und aufzubrechen.»

«Das könnte er trotzdem tun.»

«Wir werden den Wagen ein bisschen verstecken. Und selbst wenn er ihn finden und durchsuchen sollte, wird er die Tasche wollen. Die bekommt er aber erst, wenn er uns Mareike gibt. Vor dem Club kann er uns nicht angreifen, da wir Rückendeckung durch die Lucys haben. Zu denen wir dafür nicht mal Kontakt aufnehmen müssen.»

«Okay. Mal angenommen, wir bekommen Mareike wirklich für Schlüssel und Tasche. Was machen wir dann? Er wird uns doch auflauern oder jagen. Erst recht, wenn er merkt, dass sein Kollege tot ist.»

«Sobald wir Mareike haben, rennen wir mit ihr in den Club. Dorthin kann er uns nicht folgen. Von da rufen wir stante pede die Polizei und erzählen der alles.»

«Echt alles? Das wird ziemlichen Ärger geben. Und du wolltest doch eigentlich nicht die Polizei rufen.»

«Mittlerweile ist das vielleicht der letzte Ausweg. Außerdem haben wir ja gar nichts wirklich Schlimmes gemacht. Zumindest haben wir kein Kapitalverbrechen begangen oder so. Wahrscheinlich kommen wir mit einem Haufen Sozialstunden davon. Wenn auch mit einem richtig großen Haufen.»

Ich gluckste. «Ehrlich gesagt meinte ich auch mehr den Ärger mit meinen Eltern. Das wird mit Sozialstunden nicht getan sein.»

«Sind deine Eltern streng?»

«Eigentlich nicht. Aber schnell mal enttäuscht. Darin sind sie ganz groß. Das ist die Hölle. Wenn ich die Wahl hätte zwischen einmal ordentlich Dresche kriegen und diesem ständigen Enttäuschtsein, wäre mir eine Tracht Prügel mittlerweile echt lieber.»

Jana schmunzelte. «So was sagt garantiert nur jemand, der noch nie richtig verdroschen wurde.»

«Vermutlich. Bist du früher verprügelt worden?»

«Nicht von meiner Mutter.»

«Deinem Vater?»

«Kein Vater.»

«Oh. Tut mir leid.»

«Mir nicht.»

«Hm.»

Wieder wusste ich nicht, wie ich fragen sollte. In solchen Momenten fühlte ich mich irgendwie immer ein bisschen schuldig, weil ich aus so klassischen, behüteten, ja, eigentlich perfekten Verhältnissen kam. Bei meinen Eltern hatte es nie großes Drama, existenzielle Probleme oder wirklich bösen Streit gegeben. Mein Vater und meine Mutter waren das langweiligste glückliche Paar, das man sich überhaupt nur vorstellen konnte. Manchmal war ich kurz davor gewesen, ihnen das vorzuwerfen. Dass sie mir da praktisch auch was vorenthielten. Aber ich hatte das Gefühl, sie würden das eher nicht verstehen. Meine Mutter wäre wahrscheinlich ausgerastet. Hätte gerufen, was sie immer ruft, wenn sie sich richtig ärgert, nämlich: «Verdammte Hacke!», und mich dann zusammengefaltet. Ich beschloss, das Elternding mal lieber nicht zu vertiefen, und wechselte stattdessen zu einem früheren, weniger persönlichen, konkreten Thema zurück.

«Wieso wolltest du die Leiche überhaupt im Wald vergraben?»

«Damit es keinen Ärger gibt.»

«Na, das hat ja super geklappt.»

«Ich versichere dir, wenn ich das alles geahnt hätte …»

«Schon gut. Was ist denn wirklich in der Nacht passiert? Hat er eine der Prostituierten angegriffen? Die sich dann gewehrt hat?»

«Nee. Gar nicht. Der war wohl regelmäßig einmal im Monat da. Hat sich aber nie für die Frauen interessiert. Er hat im Village Rouge Raten eines Kredits eingetrieben und sonst noch geschäftlich in der Ecke zu tun gehabt. Teil des, vorsichtig formuliert, etwas unkonventionellen Kreditvertrags war aber wohl auch, dass er jederzeit umsonst im Village Rouge übernachten durfte. Wahrscheinlich hätte er auch eine Frau haben können, wollte er aber nie. Also haben sie ihm eins der Zimmer gegeben. Dort lagerten indes noch getrocknete Pilze. Halluzinogene Pilze. Selbstgepflückt, aus der Region. Quasi total bio. Rita, eine der Frauen, geboren in Rumänien, kennt sich da extrem gut mit aus. Muss ein

Wahnsinnsstoff sein. Stammkunden kommen angeblich von sehr weit her wegen dieser Pilze. Man weiß aber nie ganz genau, wie sie bei jedem Einzelnen wirken. Nun wollte der Rocker die anscheinend unbedingt mal ausprobieren. Ist aber irgendwie gar nicht gut draufgekommen davon. Hatte wohl Angstzustände, Schweißausbrüche, hat rumgebrüllt. Bis er irgendwann sehr müde wurde. Sie haben ihn aufs Bett fallen lassen und Fenster auf wegen frischer Luft. Da hat er dann regungslos gelegen. Bis wir plötzlich diesen dumpfen Aufprall im Hof gehört haben. Rita meinte, er hätte sich vielleicht im nächsten Flash für einen Vogel oder gar einen Drachen gehalten. Das habe es schon häufiger bei diesen Pilzen gegeben. Er ist jedenfalls mit gewaltig Anlauf aus dem Fenster gesprungen. Um mit Schwung davonzufliegen. Charmanter Plan. Hat aber nicht geklappt. Den Rest der Geschichte kennst du.»

Ich zog tief Luft ein. «Aber wäre es dann nicht besser gewesen, einen Arzt und die Polizei zu rufen? Es war doch wirklich ein Unfall, und vielleicht hätte man ihn sogar noch retten können.»

«Du glaubst nicht, wie sehr ich gehofft habe, dass er noch lebt. Wie gerne hätte ich einen Arzt gerufen. Aber du hast doch selbst gesehen, wie dermaßen tot der war.»

«Also dann eben Polizei und Leichenwagen.»

«Die Polizei hätte unfassbar viele Fragen gestellt. Rita und ihre Pilze, der Rocker und der alles andere als offizielle Kredit. Die anderen Geschäfte des Rockers, die Leute im Hintergrund. Die mögen dich nicht mehr, wenn du die Polizei rufst. Die mögen dich aber auch nicht, wenn einer ihrer Leute bei dir stirbt. Die stellen ebenfalls Fragen, hören hingegen zu allem Überfluss gar nicht zu, wenn du ihnen antwortest. Die meinen, ihnen stünde eine Entschädigung zu. Eine kolossale Abfindung, wenn einer ihrer Leute stirbt, weil du deine Aufsichtspflicht vernachlässigt hast. Wenn es irgendeine Möglichkeit gibt, sich den Ärger mit denen komplett vom Hals zu halten, dann versuchst du das. Wir wollten sie nur glauben machen, dass ihr Mann bei bester Gesundheit abgereist ist und die Frauen vom Village Rouge mit nichts was zu tun haben. Dass er zudem gleich mehrere Raten kassiert und mitgenommen hat, war nur so eine blöde Zusatzidee von Maja. Weil die Gelegenheit so günstig schien, sich einen kleinen finanziellen Puffer zu verschaffen. Hätten wir nicht machen sollen.»

Ich nickte. «Hinterher ist man immer schlauer. Ist Maja gerne die Chefin vom Puff?»

«Vom Village Rouge, ja. Du hast keine Ahnung, was dieser eigene Laden, diese Selbständigkeit, für sie und ihre Frauen bedeutet.»

«Sicher nicht. Ist sie auch diejenige, die du ursprünglich besucht hast?»

«Kann man so sagen.»

«Und was machst du in echt?»

«Studieren. In Hamburg. Politikwissenschaft. Ende des Jahres habe ich meinen Bachelor. Wenn alles gut geht und wir so lange leben.»

«Klar werden wir das. Ich würde auch gerne in Hamburg studieren. Vielleicht kannst du mir dann ja Tipps geben.»

«Nur einen. Überleg dir jetzt schon, wo du wohnen willst. Es ist alles arschteuer und schwierig geworden.»

«Eventuell kannst du mir ja auch dabei helfen.»

«Eventuell. Ruf mich einfach an.» Dann schmunzelte sie wie zuvor. «Ich würd mich freuen.»

Ich betrachtete ihre Grübchen und war nun doch wieder fest überzeugt, alles richtig gemacht zu haben. Für einen kurzen Moment ging es mir unglaublich gut. Auf eine Art und Weise, wie ich es noch gar nicht kannte. Dann fiel mir Mareike ein, und ich hatte ein extrem schlechtes Gewissen wegen meiner unbedachten Glücksgefühle. Besser, ich wechselte das Thema.

«Woher kennst du eigentlich diese Maja?»

In Janas Augen schien es zu blitzen.

«Lange Geschichte. Wir sind gleich da.»

Daran, wie sie ihre Stimme hob, ließ sich unschwer erkennen, dass sie diese Geschichte jetzt nicht erzählen wollte. Vielleicht sogar nie. Wie um das zu unterstreichen, redete sie direkt weiter.

«Wir sollten nicht vor der Disco parken, sondern lieber zwei-, dreihundert Meter entfernt in einer Seitenstraße. Wenn er nicht weiß, wo der Wagen steht, ist das sicher ein Vorteil für uns. Und wie gesagt, wir schließen damit aus, dass er das Auto schon vorher findet und aufbricht.»

-28-

Unmittelbar vor dem Parkplatz der Disco wendete ich den BMW, dann suchten wir in den ruhigen Wohnstraßen der Umgebung nach einem Parkplatz. Erst rund einen halben Kilometer entfernt wurden wir fündig. Dort gab es mehrere freie Parkhäfen längs der schmalen Kopfsteinpflasterstraße. Kein Wunder, denn praktisch jedes der schmucken Einfamilienhäuser verfügte über eine eigene Garage. Meist stand allerdings das Auto davor. Aber eben auf dem privaten Grundstück hinter verschlossener Pforte. Oder man besaß hier zwei Wagen. Wenn nicht gar drei, denn ein paar Fahrzeuge standen ja sehr wohl in der Straße.

Nachdem ich den Motor ausgeschaltet, den Gang rausgenommen und die Handbremse angezogen hatte, schauten wir beide kurz in das nächtliche Vorortidyll. Es kam mir vor, als wären wir noch einmal ganz kurz zurückgekehrt in die behütete Welt, ehe wir uns gleich erneut in den Schlund von Verbrechen und Lasterhöhle stürzen würden.

Was unter normalen Umständen ein Freizeitvergnügen war, würde für uns zu etwas sehr Existenziellem werden. Jeder junge Mensch ist ein wenig aufgeregt, wenn er Freitagnacht in die Disco geht. Insbesondere, wenn der Lokalität Kontakt zur Halbwelt nachgesagt wird. Aber wir waren nicht nur nervös. Wir glühten. Immerhin sorgte die schummrige Straßenbeleuchtung für etwas Sicht. Zumindest besser als im Wald. Verlaufen würden wir uns hier nicht.

Jana nahm sich drei Chloroformsäckchen aus der Tasche.

«Hier, eins davon ist für dich. Man weiß nie. Vielleicht können wir im Notfall den Bart damit außer Gefecht setzen.»

Da es deutlich kühler geworden war, fischte ich noch unsere Jacken von der Rückbank, während Jana alle Reißverschlüsse der Tasche schloss. Dann steckte sie die Säckchen und das Notizbüchlein des Rockers in ihren Blouson und wollte die Tür öffnen. So wie ich. Doch instinktiv hielten wir beide inne.

Der Innenraum unseres Fahrzeugs wurde erleuchtet von den Scheinwerfern eines Autos, das recht zügig von hinten anrollte, in die Parkbucht bog und unmittelbar hinter uns zum Stehen kam.

Wir hörten, wie der Motor abgestellt wurde, die Strahler aber leuchteten nach wie vor zu uns herein. Wir trauten uns kaum zu atmen.

-29-

Im Gegenlicht ließ sich nichts erkennen. Zumindest nicht über die Rückspiegel, und mich umzudrehen wagte ich nicht. Wir hörten, wie eine Wagentür aufging, jemand ohne Eile ausstieg. Nur schemenhaft erkannte ich eine Gestalt im Spiegel. Von den Bewegungen her männlich. Wobei ich mir das auch einbilden konnte. Jana sagte nichts. Rührte sich auch nicht. Abgesehen von ihrer rechten Hand, die ganz behutsam eines der Chloroformsäckchen aus der Jackentasche fingerte. Jeder der Schritte des Mannes hallte in unserem Auto wider. Als würden sie von den Lautsprechern der Entertainmentanlage verstärkt. Dolby Surround. Dann hörten die Schritte auf, und es klopfte an meine Scheibe. Ich war wie gelähmt und starrte stur geradeaus. Es klopfte noch mal.

«Gehen Sie weg!», hörte ich mich rufen.

Es klopfte zum dritten Mal. Ich tippte auf den Fensterknopf, um die Scheibe herunterzulassen. Nur so weit, dass wir miteinander reden konnten. Höchstens einen halben Zentimeter. Das Fenster surrte, ich ließ den Knopf sofort wieder los, aber die Seitenscheibe fuhr weiter nach unten. Krächzend vor Entsetzen drückte ich alle verfügbaren Knöpfe der Fahrertür. Sämtliche Fenster ringsherum fuhren herunter. Ich versuchte, an den Schaltern zu ziehen. Die Scheiben zuckelten weiter abwärts. Dann plötzlich bewegten sie sich wieder hoch. Eine behaarte Männerhand drückte auf mein Fahrerfenster, als wollte sie die Scheibe aufhalten. Ich schlug auf die Knöpfe. Plötzlich blieben tatsächlich alle Fenster stehen. Leider deutlich mehr als zur Hälfte geöffnet. Warum, war mir ein Rätsel.

Aus irgendeinem Grund war ich erleichtert. Vielleicht, weil ich mittlerweile erkannt hatte, dass es ganz sicher kein Polizist war, der uns hier kontrollieren wollte. Gott sei Dank, dachte ich noch für kurze Zeit. Eben so lange, bis der Mann endlich sprach und ich die Stimme leider sofort zweifelsfrei zuordnen konnte.

«Ich wollte Sie nur fragen, ob Sie vielleicht noch ein kleines Stückchen weiter nach vorne fahren könnten. Sie haben da noch Luft, und wir würden dann nicht mehr mit unserem Heck vor der Einfahrt stehen.»

«Hm. Natürlich», brummte ich mit möglichst tiefer verstellter Stimme. Es klang furchtbar. Wie die Frauen, die sich in Monty Pythons «Life of Brian» als Männer verkleiden, damit sie zur Steinigung dürfen. Gleichzeitig drehte ich mein Gesicht weg, aber es war schon zu spät. Ich spürte, wie er seinen Kopf jetzt beinah in den Wagen steckte.

«Marco? Bist du das?»

«Welcher Marco? Ich kenne keinen Marco.»

Fing Jana jetzt tatsächlich zu kichern an? Klar, genauso gut hätte ich auch gleich «Frauen? Hier gibt es keine Frauen!» sagen können. Trotzdem sollte ihr doch wohl der Ernst der Lage klar sein.

«Was machst du denn hier?»

Lehrer Schröder wirkte gleichermaßen überrascht wie verärgert. Ich beschloss, in die Offensive zu gehen.

«Das Gleiche könnte ich Sie auch fragen.»

«Mich?» Schröder wirkte tatsächlich verlegen. Wurde er rot? Im Licht der Scheinwerfer war das schwer zu erkennen. Jana beugte sich vor.

«Hallo, kennen Sie mich noch?»

«Selbstverständlich.»

Es freute mich zu sehen, wie unglaublich verunsichert mein Lehrer plötzlich vor uns stand. So kannte ich ihn aus der Schule überhaupt nicht. Plötzlich war er total sympathisch. Ein Gedanke, der mich schaudern ließ. Wer hätte gedacht, dass Lehrer so normal sein können.

«Sie sind die junge Frau von gestern Abend.»

«Genau. Wir haben hier einen sehr wichtigen Kunden. Als Kuriere. Sie wissen ja. Es tut mir leid, aber wir begegnen uns schon wieder unter sehr unglücklichen Umständen. Parken Sie lieber woanders. Es ist letztlich in Ihrem Interesse.»

«Selbstverständlich», sagte Schröder erneut in exakt dem gleichen wackeligen Tonfall wie dreißig Sekunden zuvor. «Ist das hier nicht auch der BMW von gestern?»

«Natürlich.» Jana schien das Gespräch mit meinem Mathelehrer zu genießen. «Hat uns der Kunde für unsere Kurierdienste zur Verfügung gestellt. Er hat ja mehrere solche Autos. Und was machen Sie hier?»

Offensichtlich hoffte sie, ihn mit so einer Frage schnell loszuwerden.

«Die Disco. Ich gehe am Wochenende gerne tanzen. Ich bin ja noch jung. Aber der Parkplatz dort ist nicht bewacht und voller Betrunkener. Deshalb …»

Plötzlich verstummte er. Allerdings weniger, weil er nicht weiterwusste, sondern eindeutig vor Schreck. Vor mordsmäßigem Schock. Er hatte die Augen weit aufgerissen. Der Grund für sein Entsetzen war mir sofort klar. Die Beifahrertür seines Autos war aufgegangen. Logo. Er war natürlich nicht allein zur Disco gefahren. Deshalb hatte er auch eine gewählt, die so weit von Torfstede entfernt lag. Er wollte nicht mit seiner Begleitung gesehen werden. In der näheren Region wäre die Gefahr riesig gewesen, und auch zu den nahegelegenen Städten unternahmen viele Torfsteder immer mal wieder Fahrten. Für diese vergleichsweise poplige und ranzige Disco am Stadtrand von Wolfenbüttel fuhr dagegen unter normalen Umständen niemand dermaßen weit. Doch jetzt war ich hier. Und seine Begleitung ausgestiegen. Wenn er jetzt nicht sehr schnell reagierte, konnte ich etwas erfahren, an dem sicherlich extrem viele Leute in unserem Dorf ein großes Interesse hätten und das mir eventuell Macht über meinen Mathelehrer verleihen würde.

«Bleib doch im Wagen, Schatz, wir können hier leider nicht parken!»

Hastig ließ er von uns ab und rannte ihr geradezu entgegen. Ich drehte mich nach hinten und versuchte die Frau zu erkennen. Doch es hatte keinen Zweck. Die Scheinwerfer von Schröders Wagen ließen mich wieder nur Umrisse sehen. Sie hatte tolle Proportionen, sonst erkannte ich nichts. Zudem war Schröder schon fast bei ihr, verdeckte sie und würde sie wohl gleich in sein Auto zurückschieben. Dann eben nicht, dachte ich, drehte mich zurück und wollte gerade die Fenster wieder hochfahren lassen, als ich die Stimme der Frau hörte.

«Was soll das heißen, wir können hier nicht parken? Verdammte Hacke!»

Das konnte nicht sein. Aber ich war mir absolut sicher, dass ich diese Stimme noch besser kannte als die von Lehrer Schröder.

«Mama?», schrie ich, ehe ich darüber nachdenken konnte.

Schlagartig war es noch sehr viel stiller als sonst in der ruhigen Wohnstraße am Stadtrand von Wolfenbüttel. Aus dem Entsetzen in Janas Blick schloss ich, wie beängstigend ich wohl gerade aussah.

«Mama, bist du das?»

«Mein lieber Sohn, kannst du mir vielleicht mal sagen, was du hier mit dieser Frau machst? Um diese Uhrzeit? In diesem Auto? An diesem Ort? Verdammte Hacke!»

Flink, wie sie nun mal ist, war sie längst zum BMW gesprungen und hatte ihren Kopf durch Janas Fenster gesteckt. Ja, das war ohne Zweifel meine Mutter. Unglaublich, wie wahnsinnig schön sie aussah. Gerade jetzt. Trotz ihrer Wut. Oder vielleicht auch genau wegen ihrer Wut.

«Ficken.»

Da Herr Schröder und ich wie gelähmt waren, schien Jana nun gewillt, die Sache in die Hand zu nehmen. Womöglich auch, weil sie in dieser Sekunde, ganz anders als ich, allem ungeachtet noch in der Lage war, in erster Linie an Mareike zu denken.

«Wir ficken hier. In dieser Straße am Stadtrand von Wolfenbüttel. So wie Sie ja wahrscheinlich auch. Und jetzt möchte ich Sie dringend bitten, endlich wieder zu fahren. Denn ich weiß zufällig, dass es Marco total abtörnt, wenn ihm seine Mutter dabei zusieht.»

Am leisen, nur sehr mühsam beherrschten Zischen meiner Mutter erkannte ich, dass Jana in sehr viel größerer Gefahr schwebte, als sie selbst es sich vorstellen konnte.

«Dürfte ich fragen, wie alt Sie sind? Junge Dame?»

Es brodelte in meiner Mama. Ich wollte Druck vom Kessel lassen und lavierte: «Das ist nicht sehr hilfreich, Jana. Deine Witze.»

Dann schaute ich meiner Mutter tief in die Augen.

«Wir haben nichts miteinander. Sei mal realistisch. Jana ist älter, wunderschön und studiert in Hamburg. Was kann die von mir wollen?»

Meine Mutter entspannte sich. Das schien ihr einzuleuchten, was mich allerdings auch gleich wieder etwas beleidigte. Sie stemmte die Hände in die Hüften.

«Und was macht ihr dann hier?»

«Wir sind Ihnen nachgefahren. Sozusagen.»

Jana schien alles im Griff zu haben.

«Ihr Sohn hatte irgendwie Angst oder so ein Gefühl, Sie könnten eine Affäre haben. Deshalb haben wir Ihnen nachspioniert. Ich bin auch Privatdetektivin.»

Meine Mutter sah plötzlich unendlich traurig aus. «Dann ist das also auch der Grund, weshalb du gestern am Village Rouge warst?»

«Bitte?»

«Günter, also Herr Schröder, hat mir natürlich davon erzählt und mich auch gewarnt, ich solle lieber vorne rausgehen, weil du dich auf dem Parkplatz rumtreibst.»

Eine unfassbare Beklemmung drückte auf meine Brust. Ich stieß die Tür auf und sprang aus dem Auto. Kurzes, heftiges Hyperventilieren. Dann riss es mir den Boden unter den Füßen weg, weshalb ich mich am Autodach festhielt. Plötzlich erschien mir keiner meiner früheren Gedanken mehr so absurd wie der, meinen Eltern ihre glückliche Ehe vorzuwerfen. Ich hatte das Gefühl, alles, woran ich je geglaubt hatte, dessen ich mir je sicher gewesen war, löste sich gerade in Staub auf.

Meine Mutter schaute über das Autodach.

«Alles in Ordnung?»

Welch eine Frage!

«Was denkst du denn? Wie lange geht das schon so?»

«Etwas länger als ein Jahr. Aber im Village Rouge waren wir zum ersten Mal.»

«Und Papa?»

«Der weiß Bescheid. Wir haben das miteinander besprochen und geklärt.»

«Und wann wolltet ihr mir davon erzählen?»

«Das war ja das Problem. Torfstede ist klein. Außerdem ist Günter dein Lehrer. Wir dachten, wir erzählen es dir erst, wenn du dein Abitur hast und zum Studieren weggehst. Dann hätten wir das Ganze auch offiziell gemacht. Dein Vater möchte sowieso aus Torfstede weg. Schon lange. Aber er wollte die letzten Jahre mit dir in einem Haus nicht verpassen. Er liebt dich sehr. Also haben wir uns für diese Lösung entschieden. Alle drei zusammen.»

Nun stieg auch Jana aus. «Haben Sie eigentlich auch nur eine ungefähre Ahnung, wie krank sich das anhört? Was Sie da reden?»

Mama und Herr Schröder schauten aufrichtig bedröppelt. Ich wollte ihnen irgendwas möglichst Gemeines und Verletzendes sagen. Doch mir fiel nichts Gutes ein. Das machte mich nur noch wütender.

Wie angespannt wir alle waren, merkten wir jedoch erst so richtig, als wir feststellten, dass da plötzlich noch jemand Fünftes bei uns stand. Wegen unseres Dramas war es niemandem aufgefallen. Dabei konnte man den eigentlich gar nicht übersehen.

«Ich störe ungern Ihr privates Gespräch, aber es gäbe da etwas Dringendes, über das ich gerne mal reden würde. Ich suche einen Freund.»

Von wo genau der Bart aufgetaucht war, hätte keiner sagen können. Ebenso wenig, wie er uns in dieser verlassenen Ministraße gefunden hatte. Aber da stand er. Ohne Zweifel. Und er hatte in dem Moment, wo er zu reden begonnen hatte, einen Mörder-Handscheinwerfer eingeschaltet, der uns alle blendete.

«Verdammte Hacke, was soll denn das?» Meine Mutter hielt sich schützend die Hand vor die Augen. Instinktiv ging ich um den Wagen herum und stellte mich zu den anderen dreien.

«Verschwinden Sie!» Herr Schröder schien regelrecht glücklich, endlich jemanden zu haben, den er anschreien durfte. «Wir haben hier jetzt etwas zu besprechen!»

Das Lachen des Bärtigen wummerte durch die Straße. «Warum muss ich deswegen gehen? Das hier ist doch ein freies Land. Warum darf ich nicht stehen, wo ich möchte?»

«Weil wir zuerst da waren!»

Der Bart stöhnte, als hätte man ihm eine Verletzung zugefügt. «Dürfte ich Sie höflich darum bitten, keinen Satz mit *weil* anzufangen? Das mag unsere Sprache nicht.»

Ich schloss die Augen, denn ich wusste, was nun kommen würde. Eigentlich war Herr Schröder ja als Mathelehrer okay. Aber er war eben auch Studienrat. Sprich, die Klugscheißerei war ihm längst in Fleisch und Blut übergegangen. Der ließ sich nicht so einfach belehren. Auch nicht fachfremd, wenn es um Grammatik ging. Und schon gar nicht von einem dahergelaufenen Monsterrocker in einer Seitenstraße am Stadtrand von Wolfenbüttel. Ehe ich irgendetwas tun konnte, war es schon passiert.

«Wohl! Aber hallo geht das.»

«Das können Sie so auch nicht sagen. Das ist ja nicht mal ein Satz.»

«Sagt wer? Sprache verändert sich, mein Freund. Fürbass, wir parlieren nicht mehr so, wie anno der hundert Jahre fürderhin, deuchte mir.»

«Das ist vollkommen falsch. So hat man vor hundert Jahren nicht gesprochen.» Die Stimme des Bärtigen bebte. Es musste ihm unvorstellbare Disziplin abverlangt haben, Herrn Schröder nicht sofort zu töten.

«Ach ja», fuhr der jedoch unbeeindruckt in schlecht gespielter Zerknirschung fort. «Was weiß denn ich schon? Ich habe ja nur das Unterrichten studiert und praktiziert nun wohl schon an der über zwanzig Jahr. Was ist das schon gegen so einen ... einen ...»

Mit einer schnellen, überraschenden Bewegung drückte Jana meinem Mathelehrer eines ihrer Chloroformsäckchen fest auf Mund und Nase. Der Kampf dauerte nur kurz. Dann sackte Herr Schröder zusammen. Behutsam legte Jana ihn auf dem schmalen Bürgersteig nieder.

Meine Mutter wollte etwas sagen, war dazu aber offensichtlich nicht in der Lage. *Verdammte Hacke*, stand in ihrem Gesicht, doch es war absehbar, dass sie nur schreien würde. Oder sehr laut kreischen. «Es tut mir leid, Mama!», rief ich und drückte ihr mein Chloroformsäckchen ins Gesicht. Sie wehrte sich nicht, sondern schaute mich nur fragend an. Dann legte ich sie sanft neben ihren Freund.

«Das war knapp», sagte der Bart und machte seinen Scheinwerfer aus. «Hätten wir uns hier noch länger aufgehalten, hätte sicher bald jemand aus dem Fenster geguckt.»

«Wo ist Mareike?», fragte Jana.

«Wo sind wir?», war die Antwort. «Waren wir nicht eigentlich vor der Disco verabredet?»

Wir schwiegen.

«Eigentlich keine dumme Idee, den Wagen nicht auf dem Parkplatz der Disco abzustellen, sondern ein paar hundert Meter weiter. Das war clever. Richtig klug wäre es allerdings gewesen, wenn ihr dann auch vorher nicht erst zum Parkplatz gefahren wärt. Die Gefahr, dass ich da längst bin und auf euch warte, hätte euch doch bewusst sein müssen. Aber wie es aussieht, habe ich euch wohl euer Gehirn weggenommen, die kleine Mareike. Die ist wirklich schlau. Übrigens geht es ihr gut. Sehr gut. Ich habe ihr nichts getan. Ich bin kein Perverser. Ich bin ein vernünftiger Mann, mit dem man gut verhandeln kann. Doch man sollte nicht versuchen, mich zu verkackeiern. Sonst kann ich auch richtig fuchtig werden. Da erkenne ich mich manchmal selbst gar nicht wieder.»

Ich nickte. «Meine Mutter und ihr Freund haben Sie praktisch nicht gesehen. Die würden Sie niemals wiedererkennen. Wir können die hier liegen lassen.»

«Was bist du nur für ein schlechter Sohn.» Der Bart schien ehrlich entrüstet. «Niemals würde ich die beiden auf dem Bürgersteig liegen lassen.»

«Sie haben doch schon Mareike, und jetzt wohl auch uns. Wie viele Geiseln wollen Sie denn noch?»

«Wer spricht denn hier von Geiseln? Ich will weder die beiden noch euch oder Mareike. Ich will mein Geld, das Auto und meinen Kollegen. Sonst nichts.»

«Ihr Freund ist tot.»

Jana war anscheinend selbst erschrocken, dass sie das jetzt einfach so gesagt hatte.

Der Bart trat sehr langsam, sehr dicht vor sie hin.

«Was sagst du da?»

«Er ist tot, ihr Freund. Schon seit letzter Nacht. Er liegt im Kofferraum. Wir haben ihn nicht getötet. Wir sollten ihn nur im Wald begraben.»

Der Rocker kam ihr jetzt so nahe, dass er direkt auf sie hinuntersah.

«War das jetzt so schwer? Was hättet ihr euch und mir nicht alles erspart, wenn ihr das gleich gesagt hättet. Doch besser spät als nie. Ich wusste nach der ersten Textnachricht, dass da nicht mein Kollege schreibt. Während wir uns Nachrichten geschickt haben, war ich schon auf der Jagd nach euch. Denkt ihr im Ernst, ich kann das Handy und den BMW nicht orten? Haltet ihr mich für minderbemittelt? Mein Kollege und ich sind Profis. Also er war einer. Wir haben Vorkehrungen für Zwischenfälle getroffen. Sogar die Geldtasche sendet ein GPS-Signal. Ich habe euch immer interessiert zugehört. Alles, was ich bislang von euch gehört habe, war gelogen. Aber jetzt haben wir vielleicht endlich eine neue Basis gefunden.»

Er hielt kurz inne, dann fuhr er ruckartig herum und stierte mich an.

«Wir machen das folgendermaßen. Natürlich müssen wir ihn begraben. Das werden wir tun. Und ihr werdet das Loch ausheben. So viel Strafe muss sein. Deiner Mutter und ihrem Freund wird nichts geschehen. Ehrenwort. Damit ihr seht und vielleicht auch endlich mal begreift, dass ich kein schlechter Kerl bin, legen wir die beiden in ihr Auto. In ein paar Stunden werden sie aufwachen, und alles wird gut sein. Wahrscheinlich seid ihr bis dahin sogar schon wieder bei ihnen und könnt irgendeine Geschichte erzählen. Eine, die sie euch glauben und in der ich keine bedeutende Rolle spiele. Phantasie habt ihr ja.»

Er prustete. Unter normalen Umständen hätte ich nach dem Witz gesucht, aber in dieser Situation registrierte ich nur ratlos, dass er irgendwas lustig fand.

«Der Lehrer ist zwar ein Schmock und würde den Tod mehr als verdienen. Doch aus Respekt vor dir und vor allem deiner Mutter zeige ich, dass ich auch gnädig sein kann. Denn was macht große Männer aus? Nicht ihre Stärke, sondern ihre Gnade. Solltest du dir merken. Kleiner Tipp.»

Er war verrückt. Er war leider wirklich irre. Aber vielleicht konnte man zumindest Deals mit ihm machen. Viele Wahnsinnige lieben ja die Kunst des Deals. Möglicherweise konnte man so doch irgendwie mit ihm umgehen. Den Schaden reparabel halten.

«Also gut», fuhr er fort. «Mareike ist in meinem Wagen. Im Kofferraum. Allerdings putzmunter. Anders als Tonne hier in eurem.»

Tonne? Der tote Rocker hieß wirklich Tonne? Wer hieß denn Tonne? Was für ein Spitzname war das denn?

Der Bart dozierte weiter.

«Wir fahren jetzt zusammen zu meinem Wagen.»

Er wedelte mit seinem Autoschlüssel. Eine goldene Münze, vermutlich mit Habichtswappen darauf, glitzerte im Mondlicht.

«Ich sitze auf der Rückbank, damit ich euch im Blick habe. An meinem Jeep angekommen, wird sich Jana zu Mareike in den Kofferraum legen. Wenn ihr bis dahin brav seid. Sonst muss sie zu Tonne.»

Er gurgelte, hatte jetzt richtig Spaß.

«Dann fahre ich mit meinem Wagen vor und du, Marco, mir hinterher. Vorher gebt ihr mir aber vorsichtshalber noch eure Handys und auch das von Tonne. Ach ja, und ich weiß, es ist normalerweise nicht notwendig, aber ich möchte es zur Sicherheit erwähnt haben: Wenn ihr auch nur einen Furz tut, irgendwas versucht, euch in einer Kleinigkeit nicht an den Plan haltet, stirbt Mareike, sterbt ihr, stirbt deine Mutter, Marco, stirbt der Lehrer und es sterben auch eure Haustiere, falls ihr welche habt. Denn ich werde zu eurem Zuhause fahren und das kontrollieren, und wenn da Haustiere sind, werde ich sie töten. Aus Prinzip. Und essen. Man wird sonst nie wieder ernst genommen.»

-30-

Selbstverständlich machten wir es genau so, wie der Bart wollte. Welche andere Möglichkeit hätte es denn auch gegeben? Wenigstens war der Kofferraum eine Ladefläche. Denn der Bart fuhr tatsächlich einen riesigen SUV. Einen Jeep Cherokee, wie ich der Schrift auf der Heckklappe entnahm. Er hatte hinten einen Gepäckbereich wie bei einem Kombi, also nach vorne hin zum Sitzbereich offen. Der Kofferraum war somit kein kleines dunkles Frachtloch, sondern Teil des gesamten Innenraums.

Unter einer dunklen Decke lag Mareike. Ich konnte sie kurz sehen. So gut, wie der Bart behauptet hatte, ging es ihr sicher nicht. Sie war geknebelt und musste schon eine Weile im Kofferraum gelegen haben. Dennoch schien sie sich zu freuen, als sie mich sah. Wenn auch nur kurz.

Es machte mich fertig, ihr nicht helfen zu können. Ich kam mir wie ein Versager vor. Erst recht, als ich auch noch gezwungen wurde, Jana zu fesseln. Mit demselben Klebeband, mit dem auch schon Mareike fixiert worden war. Es war das Tape, das wir im Baumarkt gekauft und dann in der Tüte auf dem Parkplatz vergessen hatten. Hätten wir den Bart dort doch gefesselt. Als wir ihn am Boden hatten. Das wäre klug gewesen. Aber ich war ja nicht bei Bewusstsein. Die anderen hingegen hatten sich offenkundig von der Panik treiben lassen. Dem Fluchtimpuls. Wäre mir garantiert genauso gegangen. Insofern hatte ich mit meiner Ohnmacht ja fast Glück gehabt.

Aktuell wäre ich eigentlich auch lieber bewusstlos gewesen. Dann hätte ich nicht überlegen müssen. Nach keiner Lösung suchen. Nicht verzweifelt sein. Ich hätte mit all dem nichts zu tun gehabt. Ich wäre ja außer Gefecht gewesen. Zum ersten Mal bekam ich eine Ahnung davon, warum manche Menschen sich unter Druck betrinken. Womöglich gar zu Alkoholikern werden. Vermutlich haben sie meist verdammt gute Gründe dafür. So wie ich. Was hätte ich dafür gegeben, jetzt Alkoholiker zu werden. Um mich schnell besinnungslos zu trinken, und gut ist. Allerdings, was würde dann aus Jana und Mareike werden? Nein, wie immer war der einfache Ausweg eben keine Lösung. Schon wieder ein Satz von meinem Großvater. Unfassbar. Hatte der das alles womöglich vorausgesehen und mich deswegen schon in meiner Kindheit mit den nötigen Merksätzen versorgt? Zugetraut hätte ich es ihm. Ich hätte meinem Opa alles zugetraut.

Nachdem auch Jana gefesselt auf der Ladefläche lag, versteckt unter einer weiteren Decke, fuhren wir los. Der Bart voran, ich hinterher.

Über eine Stunde waren wir unterwegs, bis weit hinter Nienburg, Richtung Süstedt. Nachdem es von der B6 runtergegangen war, wurden die Straßen immer schmaler. Häuser sah man kaum mehr. Nur Felder und Wald. Trotz tiefer Nacht beleuchtete der funkelnde Himmel die Szenerie recht geschmackvoll. Ich hatte das Gefühl, die Gegend war noch abgelegener als Torfstede. Niemals hätte ich vermutet, dass so was überhaupt möglich war. Schließlich bogen wir in einen Schotterweg ein, auf dem wir noch mal rund zehn Minuten lang sehr langsam dahinrollten, bis wir endlich einen kleinen Hof erreichten.

Der Bart stieg aus, öffnete das Tor einer Scheune und wies mich an, den BMW darin zu parken. Nachdem ich den Wagen dort abgestellt hatte, parkte er seinen SUV davor, damit ich nicht mehr wegfahren konnte. Dann schloss er das Scheunentor, knipste eine von der Decke hängende Glühbirne an und befahl mir, den Kofferraum des BMW zu öffnen.

Einen Moment lang starrte er bloß, bis er die Decke mit der erotischen Tänzerin im Leoparden-Look zurückschlug. Er betrachtete die Leiche seines Kumpels. Beinah hastig. Ohne Andacht. So richtig doll schien ihn das wohl doch nicht mitzunehmen. Die Tasche mit dem Geld, den Pillen und den K.-o.-Tropfen hatte er bedeutend sorgfältiger untersucht. Noch bevor wir in Wolfenbüttel losgefahren waren. Sofort hatte er sie an sich genommen. Jetzt nahm er Schaufel und Spaten aus dem Kofferraum und drückte sie mir in die Hand. Ich fand es schon etwas pietätlos, dass die anderen beides augenscheinlich einfach so auf den Toten draufgelegt hatten. Aber der Bart verlor kein Wort darüber. Stattdessen informierte er mich über seine Pläne.

«Das hier ist der Hof von Tonnes Großeltern. Er hat sich gewünscht, hier begraben zu werden. Das hat er immer wieder gesagt. Diesen letzten Dienst werden wir ihm erweisen.»

Ich stutzte. «Er hat sich gewünscht, hier auf dem Hof seiner Großeltern begraben zu werden?»

«Das habe ich doch gerade gesagt. Hörst du schlecht?»

«Nein. Es ist nur …»

Eine innere Stimme riet mir dringend davon ab zu erwähnen, was Jana in Tonnes Büchlein gelesen hatte. Am Ende würde sein Kumpel Tonne sonst noch an uns verfüttern.

«Es ist nur irgendwie komisch, sich vorher so was zu überlegen.»

Der Bart grinste mich an.

«In unserem Metier denkt man viel über den Tod nach.

Den von anderen, doch auch den eigenen. Bringt der Beruf so mit sich.»

«Verstehe.»

«Glaube ich nicht. Aber egal. Hinten im Garten unter einer großen Buche ist so eine Art Familiengrab. Da müssen wir hin.»

«Die Großeltern sind hier im Garten vergraben? Ist das denn überhaupt erlaubt?»

«Du solltest dich nicht so viel drum kümmern, was erlaubt ist und was nicht. Hab ich auch nie. Und, hat es mir geschadet?»

Ich verkniff mir eine Antwort.

«Nur Verlierer fragen um Erlaubnis. Am Ende zählt nur, wer der Sieger ist. Wer gewinnt, hat immer recht. Das solltest du dir merken. Wenn du bereit bist zuzuhören, könnte ich dir viel beibringen. Übrigens sind nicht nur seine Großeltern im Garten begraben.»

«Was ist mit seinen Eltern?»

«Das waren Verlierer.» Er hielt kurz inne, als würde er versuchen, sich an etwas zu erinnern. Schien es dann jedoch aufzugeben.

«Wie ist er gestorben?»

Ich hatte nicht mehr damit gerechnet, dass er danach fragen würde.

«Es war wirklich ein Unfall. Genauer kann Jana das erzählen.»

Ich schaute zum SUV, wo die beiden Frauen sich unter den Decken bemerkbar machten.

«Ach.» Der Rocker winkte ab. «Ich hatte gedacht, wir lassen die erst mal noch da, wo sie sind. Es geht ihnen ja so weit gut, und sie haben es einigermaßen bequem. Diese ersten vorbereitenden Arbeiten schaffen wir locker zu zweit. Zudem haben wir so mal die Möglichkeit, ein bisschen zu quatschen. Uns ein wenig kennenzulernen. Mal ohne die Weiber. Männergespräch sozusagen. Ich bin übrigens Sense.»

Unvermittelt hielt er mir seine riesige behaarte Hand hin.

«Sie heißen Sense?»

«Spitzname. Den hat man mir schon als Kind gegeben, beim Fußballspielen. Hat sich irgendwie gehalten.»

«Marco», sagte ich und bemühte mich, seinem Handschlag standzuhalten. Er drückte kurz zu, etwas knackte, er ließ wieder los.

«Und warum nannte man Tonne Tonne?»

Sense schaute mich irritiert an. «Na, weil er so heißt. Warum denn sonst? Oder hieß, müssen wir ja wohl sagen. Also, wie ist es passiert?»

Ich holte tief Luft.

«Er hat sich wohl Pilze reingepfiffen. Und dann gedacht, er könnte fliegen. Er ist aus dem Fenster gesprungen. Mit ordentlich Anlauf. Dritter Stock.»

Sense oinkte vor Vergnügen. «Oh ja, das klingt nach Tonne. Aber so richtig. Der und seine Pilze. Oder Pillen. Wir haben mal die Zentrale in Stücke gehauen deswegen. Das war eine Sause! Der Chef war so was von stinksauer.»

Er gluckerte regelrecht, verschluckte sich, hatte einen riesigen Hustenanfall, spuckte aus, gurgelte dann weiter.

«Tonne hatte diese Pilze, von irgendeinem niedersächsischen Großmütterchen aus weiß der Geier was für einem gottverlassenen Dorf. Er bestand darauf, dass wir uns die schön zubereiten und lecker zusammen dinieren. Aber wir sind da so übel von draufgekommen. Das war das Heftigste, was ich je erlebt habe. Wir waren überhaupt nicht mehr zu bändigen. Zwei Stunden haben wir gewütet, alles kurz und klein geschlagen und uns schließlich fast gegenseitig totgeprügelt. Keiner hat sich getraut, da dazwischenzugehen. Die haben die Türen abgeschlossen. Ruhig gewartet, bis es vorbei war. Sie wussten nicht, was sie sonst tun können. Am Ende lagen wir glücklich da und mussten beide in die Notaufnahme. Das sind so Sachen, die vergisst du nie wieder. Das schweißt zusammen.»

Für einen Moment schien er sich an einem anderen, fernen Ort zu befinden. Er kehrte aber doch schnell wieder zu mir zurück.

«Obwohl Tonne nun wirklich wusste, dass Pilze nicht gut für ihn waren, konnte er absolut nicht davon lassen. So war er eben. Unbelehrbar. Wollte das am meisten, was am schlechtesten für ihn war. Bei den Drogen wie bei den Frauen. Nur beim Geschäft, da war er der Macher. Hatte es mit Zahlen. Dem konnte keiner was vorrechnen. Er hat alles immer haarklein ausgetüftelt. Wusste stets genau, was jeder zu zahlen hatte. Das hatte der im Blut. Meistens musste er nicht mal rechnen. Wenn einer widersprach, hat er schlechte Laune gekriegt. So schlechte Laune, dass am Ende doch alle eingesehen haben, dass er der bessere Rechner war. Dass nur Tonne genau wusste, was jeder zu zahlen hatte. Wenn du verstehst, was ich meine.»

Erneut verschluckte sich der Riese vor Johlen, um dann kleine Fetzen seiner Innereien hochzuwürgen, die er angewidert ausspuckte. Es schien ihn nicht weiter zu bekümmern.

«Ich dagegen», fuhr Sense fort, «war eher so der Feingeist. Mein Sujet war die Sprache. Tonne fand, ich übertreibe es manchmal etwas mit der Grammatik. Also wenn ich zum Beispiel Leute verdroschen habe, weil sie den Konjunktiv zwei falsch angewandt hatten. Aber er hat das respektiert. Wir haben uns gut ergänzt. Er war unschlagbar mit den Zahlen, und ich war der Kommunikator in unserem Team. Meine Stärke war es immer, mit den Leuten zu reden. Ich habe so eine Gabe, dass sich die Leute bei mir sicher fühlen, sich mir öffnen. Verstehst du?»

Ich nickte, denn bei den letzten Worten war sein Blick sehr intensiv geworden. Er lachte definitiv nicht mehr. Da war auch keinerlei Ironie in seinem zerschundenen Gesicht. Er hielt sich offensichtlich wirklich für einen charmanten und sensiblen Gesprächspartner.

«Ab in den Garten!», verkündete Sense abrupt und schulterte einen schweren Rucksack. Dann öffnete er eine kleine Tür hinten in der Scheune und signalisierte mir vorzugehen.

«Oben an der großen Buche ist die Stelle, wo Tonnes Großeltern begraben sind. Da müssen wir hin.»

Der helle Mond beleuchtete eine sanft ansteigende Streuobstwiese, an deren Ende ein mächtiger Baum stand. Langsam schritt ich über das Feld. Es war umgeben von dichtem Wald und nach unten begrenzt von der Scheune und dem Haupthaus, in dem wohl früher auch die Ställe gewesen waren. Bei den meisten alten Höfen in Torfstede war das nicht viel anders. Ein kleines verstecktes Idyll, fernab von aller Welt. Sogar eine winzige Gartenlaube mit Stühlen und einem Tischchen gab es nahe der Buche.

«Geh ruhig. Rauf zum großen Baum. Ich bin direkt hinter dir.»

Ich erklomm den kleinen Hügel. Umfasste fest die Schaufel und den Spaten. War das die Gelegenheit? Herumzufahren und ihm mit der Schaufel in die Fresse zu schlagen? Wenn ich ihn richtig treffen würde, hätte ich eine Chance, ihn niederzustrecken. Dann würde ich ihn fesseln. Die Fehler vom ersten Mal nicht wiederholen. Mareike und Jana befreien. Die Polizei rufen. Ich musste mich nur im richtigen Moment umdrehen und zuschlagen, so doll ich konnte. Ich ließ den Spaten fallen, packte die Schaufel noch entschlossener, hob sie an und …

«Dir ist der Spaten runtergefallen. Oh. Na, du bist wahrscheinlich müde. Logisch, tut mir leid.»

Sense klang jetzt wirklich mitfühlend. Ich ließ die Schaufel sinken.

«Klar, das war natürlich alles wahnsinnig anstrengend. Und ich hätte dich ja immerhin fast erwürgt. Entschuldigung dafür, aber wenn ich heiß laufe, verliere ich jegliche Beherrschung. Ich werde da zum rasenden Viech. War schon als Kind so, habe es aber leider nie unter Kontrolle gekriegt.»

Er bückte sich nach dem Spaten und hob ihn auf. Nun standen wir uns gegenüber. Er mit Spaten, ich mit Schaufel. Mir war klar, dass ich meinen Waffenvorteil wieder verloren hatte. Er wusste es auch.

«Keine Angst.» Sense röchelte wieder fröhlich. «Ihr müsst das Loch nicht allein ausheben. Ich helfe da gern. So körperliche Ertüchtigung, das hebt meine Laune. Macht mich ausgeglichener. Vielleicht mache ich es doch gleich selbst. Mir reicht völlig, wenn ihr mir dabei Gesellschaft leistet und wir ein bisschen plaudern.»

«Wie denn Gesellschaft leisten?»

«Das wird noch nicht verraten. Schau mal, dort am Baum wartet eine kleine Überraschung.»

Oben angekommen, stellte Sense seinen Rucksack in der Laube ab. Ich legte die Schaufel daneben und ging zur Buche. Im Schatten des Baumes ließ sich trotz des gleißenden

Mondlichts nicht sehr viel erkennen. Ich musste sehr genau hinschauen, um es zu entdecken: Vor dem Stamm lag etwas Rundes. Ein großer rostiger Metallring. Ich hob ihn an und stellte fest, dass er an einer schweren Kette hing.

Welchen Sinn hatte das denn?

Sense packte mich von hinten, verdrehte meinen rechten Arm und ließ erstaunlich geschickt eine Handschelle am Handgelenk zuschnappen. Dann drückte er mich zu dem rostigen Ring hinunter, und ehe ich etwas begriff, knackte auch schon das andere Ende der Handschelle um das linke Gelenk.

Sense ging schnell einige Schritte rückwärts und rief spöttisch: «Komm!»

Wie blöd rannte ich los, bis plötzlich die Kette spannte, an meinen Armen riss und mich nach hinten zu Boden warf. Es tat höllisch weh. Womöglich hatte ich mir was gezerrt. Vor allem aber registrierte ich, dass ich offensichtlich an diesem rostigen Ring hing, der wiederum mit der Kette am Baum befestigt war. Ich schrie. Vor Schmerzen. Vor Wut.

«Schrei ruhig. Das nächste Haus ist mehr als zwei Kilometer entfernt. Die Bewohner sind genauso alt, wie sie schwerhörig sind, und außerdem schluckt der Wald sowieso alles. Hier hört einen niemand. Wir haben das schon oft getestet.»

«Was soll das?»

«Was soll das schon sollen? Dein Satz ist unvollständig. Wenn du ein modales Hilfsverb wie *soll* verwendest, sollte auch ein Vollverb folgen. *Soll* ohne Vollverb ist kein schlimmes Vergehen, aber du machst deine Lage auch nicht besser damit.»

«Also gut: Was soll die Scheiße?»

«*Scheiße* ist kein Vollverb. Aber egal, es spielt keine Rolle. Was denkst du denn, was ich mit euch dreien hier anstellen werde? Nach allem, was ihr angestellt habt? Darüber kannst du mal in Ruhe nachdenken, während ich die anderen beiden hole.»

Zufrieden stiefelte er weg. Keuchte er da wirklich «Atemlos durch die Nacht»?

-31-

Erst brachte der haarige Koloss Jana zum Baum, dann Mareike. Beide schloss er mit Handschellen rücklings an den rostigen Ring. Wir saßen sehr dicht nebeneinander. Wie drei zusammengeschlossene Fahrräder. Unsere Hände berührten sich, doch das nützte nichts, da wir an den Metallfesseln nichts lösen, knacken oder sonst wie ausrichten konnten. Die Beine der beiden Frauen waren zusätzlich noch an den Knöcheln fest zusammengetapt. Darüber hinaus klebte Sense jedem von uns mehrere breite Streifen über den Mund. Offensichtlich wollte er doch nicht, dass wir die ganze Zeit schrien. Ob er fürchtete, dass uns tatsächlich jemand hören würde, oder nur nicht genervt werden wollte, blieb freilich unklar.

Provozierend zeigte er uns die drei Schlüssel der Handschellen. Dann steckte er sie in seine Jackentasche, nahm den Rucksack und setzte sich damit an den Tisch der Gartenlaube.

«Ihr müsst schon verzeihen», erklärte er, während er zwei große Würste, Käse, Brot, Schinken, ein Glas Bratrollmops, Senf und anderes Zeug auf den Tisch räumte, «aber ich habe heute praktisch noch nichts gegessen. Dabei ist mein Kalorienbedarf enorm. Ich hätte vorhin fast einen Unterzuckerungsschock bekommen, als ich euch an die Buche gekettet habe. Zudem wird mir nachgesagt, ich würde zunehmend unleidlich, wenn ich Hunger habe.»

Sein gurgelndes Husten ließ vermuten, dass er sich selbst amüsant fand. Ein charmanter Unterhalter eben.

«Es ist das erste Mal, dass drei Leute gleichzeitig an die

Buche gekettet sind. Premiere sozusagen. Zwei hatten wir schon, aber drei ist neu. Es ist wunderschön hier. Gerade am Nachmittag, in der milden Frühlingssonne. Wer einmal hier ist, will nie wieder weg. Glaube ich zumindest. Denn noch hat keiner von denen, die wir hierhergebracht haben, diesen Ort jemals wieder verlassen. Hier!» Er zeigte auf diverse Beete rund um die Buche. «Das sind alles Gräber. Acht Stück. Das letzte war ein störrischer Wirt aus Oldenburg. Also der Nähe von Oldenburg. Der meinte, Tonne hätte sich verrechnet. Die konnten sich einfach nicht einigen. Ging ewig hin und her.»

Er riss mit dem Mund ein enormes Stück vom Brot ab und spülte es mit einem ordentlichen Schluck Milch hinunter. Wo kamen denn die Milchpackungen her? Egal. Er trank viel zu hastig, weshalb ihm die Milch an beiden Seiten des Mundes durch den Bart lief und auf den Boden tropfte.

«Ständig wollte der Typ uns was vorrechnen, und irgendwann hatte Tonne die Schnauze voll und verpasste ihm einen. Woraufhin der Wirt sagte: *Das machste nicht noch mal!* Was Tonne natürlich provoziert hat. So ein frecher Satz. Ist ja logisch, dass er das dann noch mal gemacht hat. Schon aus Prinzip. Der Pädagogik wegen hat er ihm also noch eine reingehauen. Hätte in der Situation ja jeder gemacht. Allein um zu zeigen, dass ihm niemand was vorschreibt. Und schon gar nicht so ein miserabel rechnender Wirt.

Doch meint ihr, der Wirt wurde einsichtig? Im Gegenteil, noch unverschämter ist der uns gekommen. Meinte: *Es kotzt mich an, dass es immer Ärger wegen den Raten gibt.*

Sage ich: *Wegen* der *Raten.*

Versteht der gar nicht.

Erläutere ich ganz freundlich: *Genitiv, du Barbar!* Und

gebe ihm nur so einen mehr freundschaftlichen Schlag in die Fresse.

Schreit er blöde los: *Ihr seid ja wohl nicht ganz dicht. Irre seid wir. Das macht doch alles keinen Sinn.*

Und ich wieder ganz höflich: *Das* ergibt *keinen Sinn.*

Und er so: *Waaas?*

Ich darauf: *Bitte. Darüber hinaus muss es richtig heißen: Das* ergibt *keinen Sinn.*

Und er: *Richtig muss es heißen, ihr habt den Arsch offen! Ihr könnt euch mit euerm Genitiv in die Nase ficken!*

Welcher Richter würde mich dafür verurteilen, dass ich da kurz die Contenance verloren und ihn mit dem Kopf voraus in einen Geldspielautomaten gerammt habe? Was hätte ich denn sonst machen sollen? Leider haben das indes weder er noch der Automat überlebt. Obwohl …»

Er gluckste.

«… in dem Moment, in dem er auf den Automaten aufschlug, gab es tatsächlich den Jackpot. Volle Auswahl. Mit Musik, Münzen und allem. Das war der Hammer. Tonne und ich haben noch Monate später darüber gelacht.»

Er schnitt sich eine daumendicke Scheibe von der Salami und drückte jeweils rund eine halbe Tube Senf und Mayonnaise darauf. Dann biss er ab. Die Hälfte der Mayo-Senf-Masse blieb in seinem Bart.

«Dahinten haben wir ihn dann begraben.» Er zeigte auf eines der Beete. «So viele Erinnerungen hängen an diesem Ort. Ihr habt keine Ahnung, was ihr da kaputt gemacht habt. Kein Bewusstsein, welche Folgen eure Handlungen zeitigen.» Wieder riss er mit den Zähnen einen beachtlichen Brocken Brot vom Laib. Mit vollem Mund und sprühenden Krümeln räsonierte er weiter.

«Jetzt seid ihr also die Gräber neun bis elf. Dann hole ich mir noch den Spinner mit dem Gurkenglas, und Tonne wird die Nummer dreizehn sein. Der bekommt den Ehrenplatz. Direkt hier vor der Buche. Das beste Grab am Platze. Mit ihm wird es enden. Ausgerechnet dreizehn. Gut, dass wir alle nicht abergläubisch sind, was?»

Wieder prustete er los. Ein Schwall Lebensmittelfussel stob aus ihm raus und regnete auf den Boden. Also zumindest das, was nicht im Bart hängen blieb. Vor ihm erschienen die ersten Vögel, die nicht damit gerechnet hatten, dass ihnen mit Anbruch der Dämmerung solch ein reichhaltiges Morgenbüfett kredenzt werden würde. Ausgesprochen fröhlich und aufgeregt tschilpten und piepten sie ihre Freude heraus. Hustend legte Sense noch eine Wolke feuchter Krümel nach.

«Ihr fragt euch sicher, wie ich euch zu töten gedenke. Um ganz ehrlich zu sein: Ich weiß es auch noch nicht. Ich bin da eher so der spontane Typ. Vielleicht hole ich zuerst mal den Gurkenglasheini und lasse euch hier so lange angebunden sitzen. Es kommt nie jemand vorbei. Seit Jahren nicht. Und auch hören wird euch, wie gesagt, keine Sau. Von daher wäre das kein Ding. Wir haben häufiger mal Leute länger am Baum gelassen. Ohne Komplikationen. Einmal ist uns sogar einer verhungert. Ein aufsässiger Kleindealer aus Hamburg. Der meinte, er könnte private Geschäfte machen. In die eigene Tasche. Wir wollten dem mal eine Lektion erteilen. Ihm zwei, drei Tage Zeit zum Nachdenken geben. Also haben wir ihn hier angekettet. Aber plötzlich waren andere dringende Geschäfte zu erledigen. Dies und das und dann noch was. Bis uns Wochen später schlagartig einfällt: Wir haben ja noch einen vor der Buche sitzen. Das war schon ein bisschen peinlich. Aber Fehler passieren. Wir sind schließlich auch nur

Menschen. Die Oberste Heeresleitung war stinksauer. Heute können wir alle drüber lachen. Das war Grab Nummer fünf.»

Er hielt inne. Sogar mit dem Essen. Nun schien er wirklich ein wenig sentimental zu werden. Ich schaute zu Mareike und Jana. Längst war es hell genug, um zu erkennen, wie weit ihre Augen aufgerissen waren, während die Nasenflügel wild zitterten, da sie ja nun dank des zugeklebten Mundes das gesamte Atmen zu erledigen hatten. Ein gewaltiger Hieb aus der Milchpackung gab Sense derweil seine Redseligkeit zurück.

«Das ist jetzt alles vorbei. Wegen euch. Drei Jugendliche, die einfach so verschwinden. Das wird nicht lange unbemerkt bleiben, sich nicht vertuschen lassen. Da gibt es Nachfragen und Fahndung ohne Ende. Über den Dorfpuff und Tonne landen die schnell bei mir. Dann bin ich dran. Da wird mich auch die Oberste Heeresleitung nicht mehr schützen können. Man wird einen Täter brauchen, und das kann nur ich sein. Also muss ich verschwinden. Vielleicht Weißrussland. Oder Georgien. Da soll es schön sein. Angenehm warm. Jobs gibt es dort wohl auch. Für Leute mit meiner Ausbildung. Ich habe ein paar Kontakte, die mir helfen werden. Mir Empfehlungen schreiben sozusagen. Die deutsche Sprache wird mir fehlen, aber vielleicht finde ich auch da Leute. Wer weiß? Deutsche sind überall. Oder Österreicher. Besser als nichts. Es wird nicht einfach werden. Noch mal ganz von vorn anzufangen. Doch dafür werden mich die Bullen garantiert nie finden.»

Er griente. «Wie fühlt sich das an? Zu wissen, dass der Mord an einem niemals gesühnt werden wird? He? Was ist das für eine Empfindung?» Er stach mit dem Wurstmesser in unsere Richtung. «Wird man da verbittert? Oder ist einem das dann auch egal? Noch ist übrigens alles möglich. Jede

Geschichte nach wie vor erzählbar. Bislang habe ich meinen Chefs nichts weitergeleitet. Weder Tonnes Tod noch die verlogene Puffmutter oder eure Renitenz. Also, über euch weiß tatsächlich überhaupt noch gar niemand was. Für eure Wenigkeit kann ich mir noch ausdenken, was ich will. Ich könnte euch beispielsweise genauso gut verkaufen. Dann hätte ich ein Startkapital. Aber einfacher ist es, ich behalte das Geld, das ich schon habe, und behaupte, ihr müsst es irgendwie versteckt oder verloren haben. Vielleicht erzähle ich auch, ihr wärt weg. Von zu Hause abgehauen. Mir mit dem Geld entwischt. Ich kann alles Mögliche erfinden, solange es mir nützlich ist. Aber verdünnisieren muss ich mich trotzdem. Da wird nichts zu machen sein.»

Für ein paar Momente konzentrierte er sich nun ganz auf sein Frühstück. Bis er ruckartig aufstand und kauend verkündete:

«Ich weiß jetzt, wie ich es mache. Eure Bestrafung. Schlichte Eleganz.»

Er zog seine Jacke aus und hängte sie über einen Stuhl. Sein mit Blut, Rotze, Milch, Brot- und Salamifetzen übersätes ärmelloses schwarzes Shirt sah aus wie das Negativ eines Jackson-Pollock-Gemäldes. Langsam kam er auf uns zu. Mir fielen die Tattoos an beiden Armen auf. Links stand in Flammenschrift «Sense», was als Tattoo eher wirkte wie das englische Wort «sense». Erstaunlich, wie ein und dasselbe Wort in der einen Sprache «Sinn» oder gar «Verstand» bedeuten kann und in der anderen eben Sense. Rechts war ein blutendes Herz, durch das wie ein Pfeil das Wort «Genitiv» geschossen war.

Jetzt stand Sense vor uns.

«Ich werde einen von euch jetzt töten. Damit ihr schon

mal so einen Eindruck habt. Dann hole ich euren Gurkenglasfreund, während die übrig gebliebenen zwei hier schön Zeit zum Nachdenken haben und mir dann vielleicht sogar einen Vorschlag machen wollen, welche Geschichte ich über all das hier erzählen könnte. Es wird nicht lange dauern, aber wenn eure Erzählung erbaulich ist, könnte sie euch doch noch zum Vorteil gereichen. Wie bei Scheherazade. Doch als Erstes wird einer oder eine von euch sterben. Um euch noch mal zu beweisen, wie konziliant und gesprächsbereit ich bin, überlasse ich euch die Entscheidung, wer stirbt. Ich werde sohin jetzt das Klebeband entfernen, und in der Folge habt ihr genau zwei Minuten für eure Wahl.»

Mit einer schnellen ruckartigen Bewegung riss er mir das Tape vom Mund. Es brannte wie Hölle, weshalb ich einen Schrei nicht unterdrücken konnte. Noch im Nachhall hörte ich das Ratschen und die spitzen Schmerzlaute von Jana und Mareike. Für einen kurzen Moment starrten wir uns gegenseitig an. Tatsächlich war der panische Blick noch exakt derselbe wie kurz zuvor, als ich von den anderen beiden nur die aufgerissenen Augen und die bebenden Nasenflügel gesehen hatte.

Wie immer war es Mareike, die sich als Erste fand.

«Wenn Sie einen von uns töten, werden wir Ihnen ganz sicher nicht mehr helfen. Geben Sie uns zehn Minuten, und wir denken uns eine Geschichte aus, mit der Sie das Geld behalten können, niemals erwischt werden und nicht nach Weißrussland müssen.»

Sense beugte sich weit zu ihr runter. Bis zu mir drang der Kadaverdampf aus seinem Mund. Er erinnerte mich an den Geruch in unserer Waschküche, wenn Großvater früher vor Weihnachten zu Hause das Geflügel geschlachtet hatte.

«Ich weiß, du hältst dich für sehr schlau, mein Mädchen. Mutmaßlich bist du das auch. Selbstredend sicher schlauer als ich und die zwei Opfer neben dir. Kein Ding. Doch dieser Zug ist abgefahren. Entweder ihr entscheidet euch jetzt, wer von euch stirbt, oder ich muss jemanden bestimmen. Und das täte euch später hundertprozentig leid.»

«Töten Sie mich.» Jana sprach mit lauter und fester Stimme. «Ich bin an alldem hier schuld. Die anderen beiden wollten nur helfen. Töten Sie mich. Das ist das Gerechteste.»

«Auf keinen Fall.» Hörte ich mich sagen. «Das lasse ich nicht zu. Meine Stimme gebe ich mir selbst. Ich verlange, dass Sie mich töten.»

«Blödsinn.» Mareike klang wütend. «Wenn heute jemand getötet wird, dann bin ich das. Weil es mir sowieso egal ist, ob ich lebe oder nicht. Abgesehen davon, muss niemand sterben. Zumindest noch nicht. Wir können eine Option finden, die für alle besser ist.»

«Still jetzt!!!» Lange hatte Sense nicht mehr so laut geschrien. «Sonst klebe ich euch die Mäuler wieder zu. Das geht ganz schnell! Also jetzt noch mal ganz ruhig für die Langsamen hier. Es wird jemand krepieren. Von euch. Auf unnatürliche Art. Jetzt gleich. Das werdet ihr auch nicht verhindern, wenn nun jeder *Nimm mich!* blökt. Dieses eitle Märtyrergetue wird nicht funktionieren.»

Betont gelassen ging er zurück zu seinem Stuhl, setzte sich und schnitt eine arbeitsplattendicke Scheibe von der Edelsalami.

«Wenn ihr euch jetzt endlich einigt, wer sterben soll, verspreche ich dem oder der Erwählten einen feinen, humanen Tod.» Er belegte die Wurstscheibe mit einem tropfenden Rollmops, den er mit den Fingern aus dem Glas gefischt hatte.

Surf and Turf auf mittelniedersächsische Art. «Außerdem», er zog das Holzstäbchen aus dem Fisch und legte noch ein Gürkchen dazu, «würden eure Eltern erfahren, wo eure Leichen liegen. Darauf gebe ich euch mein Ehrenwort. Sobald ich in Sicherheit bin, werden sie informiert. Also haltet euch nun bitte an meine Vorgabe und nennt mir einen Namen. Ihr habt noch dreißig Sekunden.»

Der Bart öffnete sich, und es tat sich ein gewaltiger Schlund auf. Ein Abgrund, in den sogleich der Salami-Rollmops-Gurken-Burger gestopft wurde. Ohne Brötchen. In einem Stück. Die Luke schloss sich, und das Malmen begann. Das gewaltige Zerreiben. Es war, als würden auch wir schon mit zerquetscht werden. Noch mal öffnete sich der Mund, und ein wenig Senf und Mayonnaise wurde nachgedrückt. Dazu ein großzügiger Schluck Milch. Wieder flossen überschüssige Flüssigkeiten über die Mundwinkel in den Gesichtsurwald.

Wir sahen uns an. Wenn der Rollmops geschluckt war, mussten wir eine Entscheidung verkünden. Daran gab es keinen Zweifel mehr. Oder wollte er uns doch nur einen Schreck einjagen? War das seine Art von Humor? Recht derb, aber doch immerhin ungewöhnlich. Wollte er uns vielleicht nur eine richtig heftige Lektion erteilen? Man konnte sich bei ihm wirklich nicht sicher sein.

«Bitte nehmt mich.» Janas Blick hatte etwas Flehendes. «Ich könnte mir das sonst nie verzeihen. Wenn es noch eine Möglichkeit gibt, möchte ich, dass ihr die bekommt. Tut es für mich. Überlebt. Solange ihr könnt. Bitte.»

Sie schaute zu Mareike. Die schaute zu mir. Wohin ich schaute, weiß ich nicht. Ich habe einfach nur geguckt, ohne zu sehen. *Was ich erblickte, konnte man nur fühlen.* Hatte ich mal so oder so ähnlich auf einer Sinnspruch-Postkarte gelesen. Fand ich damals schon doof. Finde ich immer noch doof. Das fühle ich ganz sicher.

«Also gut, mir reicht es jetzt!» Der schmatzende Sense schien wirklich genervt. Ob nur von uns oder auch von dem wohl nicht kleiner werdenden Fleischfischklumpen in seinem Mund, war schwer zu ergründen. Aber ungehalten war er. Definitiv.

«Hört gut zu.» Es wirkte nun doch routiniert, fast kunstfertig, wie er in der Lage war zu artikulieren, ohne seine Kaubewegungen zu unterbrechen. Dabei sogar noch seine augenscheinlich unbändige Wut leidlich unterm Deckel halten konnte. Dennoch hupte er mehr, als dass er sprach. Eine sehr tieftonig röhrende Hupe, die stoßweise keuchend Signal gab.

«Ich zähle jetzt von drei runter. – Und wenn ich bei null bin. – Sagt jeder von euch einen Namen. – Wenn ihr alle drei denselben Namen sagt. – Ist alles gut. – Also außer für den, dessen Namen ihr gesagt habt. – Aber der oder die leidet auch nur kurz. – Wenn ihr aber nicht denselben Namen sagt. – Wird alles ganz furchtbar. – Für alle. – Das verspreche ich euch.»

Er beugte sich leicht vor und würgte etwas, um dann weiterzukauen.

«Drei!»

Trotz der mannigfaltigen, disparaten Geräusche, die sein Körper machte, schien er hochkonzentriert.

«Zwei!»

Zwischen Jana, Mareike und mir flogen Blicke hin und her. Jana würde in jedem Fall ihren eigenen Namen nennen. Welchen Sinn hatte es, ihr zu widersprechen? Würde Mareike das genauso sehen?

«Eins!»

Was, wenn Mareike auch ihren Namen sagte? Aus Trotz oder warum auch immer? Würde er dann nur sie bestrafen oder uns alle drei? Welchen Unterschied machte das?

«Nuuuullll!!!!»

Senses Null war mindestens doppelt so laut und dreimal so langgezogen wie die getröteten Zahlen zuvor. Wie Donner krachte sie in die friedlichen Geräusche des dräuenden Morgens. Für eine Sekunde war alles still. Keine Vögel, kein Wind, kein Rauschen, kein Schmatzen, kein Magengegrummel, kein Pfeifen, kein Wimmern, nicht einmal das vermutlich nur für einen selbst zu hörende Ploppen des aus der Pore austretenden Schweißtropfens. Einfach Stille. Stillstand. Vollkommen und ganz.

Alle drei schauten wir uns noch einmal an und sagten dann gemeinsam …

Nichts.

Wir machten nichts. Weder Ton noch Geste. Nichts. Stattdessen begannen die Vögel und der Morgen wieder mit ihrem säuselnd geschäftigen Lärm. Als wäre nichts gewesen. Doch es war was. Dieses Nichts war viel.

Ein Grummeln mischte sich in die Akustik. Dunkel, rollend, anschwellend. Von einem düsteren Berg her. Keuchend, schluckend, langsam immer größer werdend. Das blutverkrustete, zerzauste Antlitz des Zorns hatte jetzt jede Gemütlichkeit verloren. Keinerlei Impulskontrolle schien es mehr zu bändigen. Getrieben von einer unvorstellbaren Wut, wuchs Sense in unsere Richtung. Ohne einen Schritt zu tun, kam er näher. Alles drängte zu uns hin. Die vortretenden Augen, sich blähende Nasenflügel, der sich zum Panzer verhärtende Brustkorb. Ein gewaltiges Brüllen kündigte sich an. Als Auftakt zum zerstörenden, vernichtenden Sprung. Eine nicht zu stoppende Erregungsspirale, die immer mehr Blut in den bereits knallroten Kopf trieb. Was die ersten seiner Wunden wieder aufplatzen und von neuem bluten ließ.

Noch nie hatte ich solch eine Fratze, eine vergleichbare Gemütslage erlebt. Ein Gesicht wie destillierter Hass. Auf dem Körper eines großen schwarzen Tieres. Das nun zum Angriff überging. Einen Schritt zurück machte, als würde es Anlauf nehmen. Ein Stampfen, das den Boden beben ließ. Ein Monstrum, in dessen Augen ich tatsächlich den Entschluss, den Willen zum Töten zu erkennen meinte.

Jedoch gleichzeitig etwas anderes. Etwas wie Angst. Wahrhaftig Furcht. Schaudern vor der düsteren Tat. Der unkontrollierbaren Wut. Der Hilflosigkeit der eigenen Raserei gegenüber. Allgegenwärtige, umfassende Angst. Vor dem Sterben. Jedem Sterben. Ein grausiger Bammel, den er gleich mit gewaltigem Lärm vertreiben würde. Einem Brüllen des Zorns, der Gewalt, des Angriffs.

Ich schloss meine Augen und erwartete das Krakeelen der Apokalypse.

In der B-Jugend unseres Fußballvereins SV Friesen Torfstede musste ich mal einen Elfmeter schießen. Aber nicht irgendeinen. Es war das Elfmeterschießen im Pokalspiel gegen Arminia Hannover. Die Arminia Hannover, die drei Ligen über uns spielte, für exzellente Jugendmannschaften bekannt und uns in allen Belangen weit überlegen war. Allein diese Pokalrunde, das Spiel gegen dieses Team erreicht zu haben war schon eine Riesensensation für uns gewesen. Daher waren auch unendlich mehr Zuschauer gekommen. Unendlich, weil sonst niemand kam, aber jetzt waren es über fünfzig. Sogar meine Eltern standen an der Seitenlinie.

Wie wir uns mit absurdem Glück, unangebrachter Härte und würdeloser Mauertaktik in dieses Elfmeterschießen mogeln konnten, war allen, insbesondere uns selbst, ein Rätsel. Doch nun gab es eine reelle Chance zu gewinnen, die Arminia rauszuwerfen und das Finalturnier zu erreichen. Wo wir dann vermutlich tatsächlich auf Mannschaften wie Eintracht Braunschweig oder Hannover 96 treffen würden. Der mit Abstand größte sportliche Erfolg für Torfstede, seit mal ein Mitglied des nationalen Olympia-Ruder-Auswahlkaders im Dorf gewohnt hatte. Ein späterer Bronzemedaillengewinner! Da lebte er aber schon nicht mehr in Torfstede, sondern beim Leistungszentrum in Ratzeburg.

Ich weigerte mich, einen Elfmeter zu schießen. Allein schon wegen meiner Erfahrung mit dem Trompetensolo. Doch irgendwann hatten alle anderen geschossen, und es stand immer noch unentschieden. Da musste ich. Tatsächlich hatte der gleichfalls extrem nervöse, offensichtlich schon vorher mit den Tränen kämpfende letzte Schütze der Arminia bereits verschossen. Deshalb konnte ich nun mit einem Treffer alles entscheiden.

Ich weiß noch, wie ich versuchte ruhig zu bleiben und einfach zum Ball auf dem Elfmeterpunkt rannte. Beim Anlauf fast hingefallen wäre, mir aber nichts anmerken ließ und weiterrannte. Wie ich dann doch die Anspannung nicht mehr ertragen konnte und kurz vor dem Schuss die Augen fest zukniff, um mir nicht selbst zuschauen zu müssen. In diesem Moment zog seltsamerweise, anders als bei meinen späteren Nahtoderfahrungen, ein Teil meines bisherigen Lebens vor meinem inneren Auge vorbei. Mein Großvater –

die Trompete – meine Eltern – das Fahrrad – die Beerdigung meines Großvaters – die Ritterburg aus Eierpappen. Dann hörte ich meinen Fuß gegen den Ball klatschen, woraufhin der losflog. Mit geschlossenen Augen wartete ich auf den Knall. Den ohrenbetäubenden Jubel, wenn der Ball im Tor einschlägt. Den Schrei aus über fünfzig Kehlen!

Der Ton war eine Enttäuschung.

Ähnlich wie seinerzeit im Stadion des SV Friesen Torfstede hatte ich jetzt die Augen geschlossen und wartete auf den Urschrei des Rockers. Vergeblich. Von Sense kam nur ein Röcheln. Ein kieksiges, abgehacktes Schnarren.

Als ich aufblickte, erkannte ich, dass die Furcht in seinen Augen mittlerweile den Zorn dominierte. Da war schon noch Wut, ungeheure Wut sogar, doch nur als Begleiterin des Schreckens. Der Verzweiflung. Sense fasste sich an den Hals. Trommelte auf die Brust, den Magen, hilflos auf den Rücken. Der Kopf lief dunkelrot an. Sense schluckte, japste, hustete, bellte heiser, fast tonlos. Pfiff vor Entsetzen. Knarzte. Kippte sich Milch ins Gesicht. Nur wenig traf den Mund. Was hineingelangte, macht es nur noch schlimmer.

«Die Schlüssel!», brüllte Mareike. «Werfen Sie uns Ihre Jacke mit den Schlüsseln für die Handschellen zu! Ich kann den Heimlich-Griff! Kann Sie retten! Was immer in Ihrer Luftröhre steckt, werde ich rausstoßen. Aber ich brauche die Hände frei! Die Schlüssel!»

Sense torkelte zum Stuhl. Griff stolpernd und schrill keuchend die Jacke. Rappelte sich hoch. Wollte zu Mareike. Konnte nicht. Krümmte sich. Bog sich. Erstaunlich gelenkig, doch unentspannt. Die Augäpfel befanden sich mittlerweile außerhalb des Kopfes. Wie angeschossen sackte er zusammen. Warf mit letzter Kraft die Lederkutte in unsere Richtung. Sie landete ein ganzes Stück entfernt von uns. Er bemühte sich schlagend, röchelnd, bellend, zur Jacke zu kriechen. Fiel dann endgültig auf den Bauch. Der Körper dröhnte, fauchte, bebte, aber er erhob sich nicht mehr.

Mareike versuchte die Jacke zu erreichen. Keine Chance. Wie wild zerrte sie an der Kette. Doch es fehlten über drei Meter. Sie schrie. Jana und ich kreischten mit. Aber auch das half nichts.

Senses Stöhnen wurde stetig leiser und schwächer.

Dann hörte es ganz auf.

Nichts bewegte sich mehr. Gar nichts. Es war wieder so still wie gerade bei der Null.

Aus. Aus. Aus.

Das Spiel war aus.

Entkräftet sackten auch wir zusammen.

-32-

Das Spiel gegen Arminia Hannover haben wir übrigens am Ende trotzdem gewonnen. Die Mannschaft ist wirklich zum großen Finalturnier nach Hannover gefahren und wurde dort gewaltig eingeseift. Ein schöner Spaß soll es dennoch gewesen sein.

Ich war nicht dabei. Für mich hatte sich das mit dem Fußball nach diesem Elfmeterschießen irgendwie erledigt. Ich habe umgehend meine Karriere beendet. Allerdings ohne Rücktrittserklärung. Ich bin einfach nicht mehr hingegangen. Niemand, nicht mal Mareike, konnte mir hinterher sagen, wie weit ich eigentlich vorbeigeschossen hatte. Die Schätzungen schwankten zwischen fünf und fünfhundert Metern. Nur der gleichfalls kläglich gescheiterte letzte Schütze von Arminia Hannover hat sich später bei mir bedankt. Durch meinen Fehlschuss sei seiner nicht der entscheidende gewesen. Damit hätte ich ihm einen wirklich großen Gefallen getan. Glücklicherweise war es der Kapitän und fraglos beste Spieler von Arminia, der dann den letzten Ball verschossen hat. Bei dem hat sich keiner getraut zu meckern. Manchmal beweist das Schicksal eben auch Fingerspitzengefühl.

«Ich hätte dich übrigens auf jeden Fall verrecken lassen, du Arschloch.»

Mareike sprach überhaupt nicht laut in Richtung des Rockers. Jedoch sehr gut verständlich. Schneidend, mit hoher Intensität.

«Ich wollte nur die Schlüssel. Ich kann nicht mal diesen Heimlich-Griff. Ich hab gelogen, du Wichser!»

«Hat er dir was … na ja, angetan?»

Ich hatte keine Ahnung, wie ich diese Frage stellen sollte. Es aber nun irgendwie wohl doch getan.

«Du meinst angetatscht oder schlimmer?»

«So in etwa.»

«Nein. Nichts Sexuelles. Aber er wollte, dass ich größtmögliche Angst habe, dieses Stück Scheiße.»

Sie spuckte nach ihm, kam aber nicht weit genug, um ihn zu treffen. Beim zweiten Versuch war sie schon dichter dran. Unverdrossen zog sie noch ein drittes Mal, diesmal von ganz unten, die Spucke hoch, holte tief Luft, machte ein Hohlkreuz, als würde sie sich einem Bogen gleich spannen, und …

Der vermeintlich tote Sense schoss hoch. Wie von einem Katapult abgefeuert fuhr er mit einem heulenden Geräusch nach oben. Richtete sich auf, immer weiter, höher, bis seine massige schwarze Gestalt praktisch den gesamten Himmel verdunkelte.

Als würde er von Geisterhand geführt, bewegte er sich, einer fliegenden Kuh gleich, auf Mareike zu.

Um dann kurz vor ihr zusammenzufallen und krachend auf den Boden aufzuschlagen.

Ich war erstaunt, mit welchem Krawumm man auf einem weichen Streuobstwiesenboden auftreffen kann. Die ganze Szenerie schien einzufrieren. Wie gelähmt starrten wir eine gefühlte halbe Ewigkeit lang auf den nun aber hoffentlich endgültig toten Sense.

«Boah ey, wie im Horrorfilm», sagte ich.

«Aber voll», nickte Jana. «Nur dass man da ja irgendwie schon immer vorher weiß, dass so was wahrscheinlich noch mal kommen wird.»

«Genau», stimmte Mareike zu und spuckte jetzt regelrecht

lässig treffsicher auf Senses kahlste Stelle am Hinterkopf. «Ist halt immer ein verlässlicher visueller Schockmoment. Funktioniert aber auch nur in Bildern. Also im Film. In Büchern findet man so was zu Recht nie.»

-33-

Vom Monsterrocker kam keine Reaktion mehr. Nicht mal ein Zucken. Das war es dann wohl endgültig. Ich merkte, dass ich am ganzen Körper zitterte. Jana und Mareike offensichtlich genauso. Wahrscheinlich hatten auch sie noch nie jemanden wirklich sterben sehen. Einfach so.

Es hatte überhaupt nichts Erlöstes oder Friedvolles. Sterben war augenscheinlich ein einziger Scheiß. *Vermutlich wäre es das Beste, wenn man den eigenen Tod gar nicht mehr erleben würde.* Von wem ist dieser Satz noch mal?

«Gibt es irgendeine Möglichkeit, an die Schlüssel, also an die Jacke, zu kommen?»

Mareike schaute Jana an, als hätte die gefragt, ob sie ein Eis haben kann.

«Siehst du vielleicht eine Möglichkeit?»

«Wir bräuchten irgendwas Langes, einen Ast oder so, mit dem wir uns das Teil angeln können.»

«Mal abgesehen davon, dass das mit hinter dem Rücken zusammengeschlossenen Händen ohnehin schwierig ist: Liegen hier irgendwelche Äste rum?»

«Vielleicht hinter dem Baum. Immerhin können wir uns ja mit diesem Kettenring rund um die Buche bewegen.»

«Wenn es uns denn gelingt, Rücken an Rücken, alle drei gleichzeitig, zu laufen», brachte auch ich mich nun ein.

Allein beim Versuch aufzustehen fielen wir fünfmal übereinander. Beim ersten Mal waren wir genervt. Beim zweiten Mal sehr genervt. Beim dritten Mal wütend. Beim vierten Mal beschimpften und beleidigten wir uns wüst und gehässig. Beim fünften Mal fing Jana an zu kichern, und ab dann gab es kein Halten mehr. Vielleicht war es der Druckabfall, eventuell Ermüdung, Unterzuckerung, Dehydrierung oder nur nervöse Hysterie. Jedenfalls konnten wir nicht mehr aufhören zu lachen. Johlend, wild, zügellos. Wir torkelten und polterten durcheinander. Stießen, rieben, kratzten uns gegenseitig, wie drei Bekiffte, die sich im nicht enden wollenden Lachflash an der eigenen Ungeschicklichkeit und Doofheit berauschten.

Tatsächlich kamen wir stürzend, schlagend und rumpelnd auf die andere Seite des Baums. Vier Meter in dreißig Stürzen. Dort blieben wir alle drei keuchend und vollständig ermattet liegen. Eine Weile giggelten wir noch, ehe Mareike relativ nüchtern feststellte:

«Hier ist nirgends etwas Langes, mit dem wir nach der Jacke fischen könnten. An den kleinen Baum da drüben kommen wir nicht ran.»

«Neeein!», brüllten Jana und ich, woraufhin wir uns nochmals alle vor Frohsinn ausschütteten. Dies ging in ein allgemeines Nach-Luft-Japsen über, bis wir schließlich still wurden. Sehr still.

Von plötzlicher Nachdenklichkeit erschlagen, lagen wir übereinandergestapelt vor der großen Buche und schauten in den Himmel.

«Es spricht sehr viel dafür, dass wir hier an diesen Baum gekettet gemeinsam verhungern werden.» Jana klang bemerkenswert sachlich.

«Wohl eher verdursten», korrigierte Mareike.

«Es könnte regnen», gab ich zu bedenken.

«Also gut», fasste Mareike zusammen, «unter normalen Umständen verdursten wir. Falls es jedoch regnen sollte, könnte es auch auf Verhungern hinauslaufen. Es sei denn, es regnet Äpfel oder so.»

«Schade, dass er uns nicht an einen Apfelbaum gekettet hat», bedauerte ich.

«Selbst dann hätten wir erst mal bis zur Erntezeit im Herbst durchhalten müssen.»

«Womöglich bleibt uns am Ende nichts anderes übrig, als dass sich einer von uns die Hände absägt, um aus den Handschellen zu kommen.»

«Siehst du hier etwa irgendwo eine Säge?»

Jana fing an, um Hilfe zu schreien. So laut sie nur konnte. Mareike und ich stimmten ein. Laut, wild, kreischend. Das war ähnlich befreiend wie der Lachflash, doch nach sehr kurzer Zeit gerieten wir völlig außer Atem und saßen hechelnd da.

«Meinst du, uns könnte doch jemand hören?»

Jana zuckte die Schultern. «Was weiß denn ich? Welche andere Möglichkeit haben wir schon? Allerdings geht das Schreien total auf die Stimme und strengt wahnsinnig an. Findet ihr nicht auch?»

«Vielleicht sollten wir uns abwechseln», schlug ich vor.

«Oder singen», sagte Mareike. «Laut zusammen singen kann man stundenlang. Wir sollten um Hilfe singen.»

-34-

Es war ziemlich warm, als ich wieder erwachte. Die Sonne stand hoch, doch die Buche spendete uns freundlich Schatten. Jana und Mareike schnarchten noch leise vor sich hin. Wie herabgefallene Blätter lagen sie fast regungslos ineinandergefächert und atmeten ruhig.

Viele, bestimmt zwanzig Lieder hatten wir gesungen. Angefangen mit «Help!» von den Beatles über «S.O.S.» von ABBA bis zu Ed Sheerans «Shape of You».

Krawallig war unser Gesang. Verzweifelt, dann aber auch albern fröhlich mit Volksliedern wie «Im Frühtau zu Berge», auf das Mareike textete:

Gefesselt vorm Baume sind wir, fallera,
und würden so gerne weg von hier, fallera.
Wir bräuchten einen Netten,
zu retten uns von Ketten,
dem wären wir dankbar total, fallera.

Worin wir begeistert und glucksend einstimmten. Doch dann wich unsere überdrehte Partystimmung mehr und mehr einer realistischen Entmutigung aufgrund der offenkundig vollkommenen Sinnlosigkeit unseres Lärmens. Immer leiser und lustloser wurden wir, bis wir schließlich ganz aufhörten und schwiegen. Einfach nichts mehr sagten, weil wohl jeder seinen eigenen Gedanken nachhing.

Ich musste an meine Mutter denken. Ob sie und Herr Schröder schon wieder bei Bewusstsein waren? Was würden sie tun? Nach uns suchen? Die Polizei verständigen?

Unwahrscheinlich. Schließlich hatte Sense mich noch gezwungen, auf Mamas Mailbox zu sprechen. Dass es mir gut gehe. Den Umständen entsprechend. Ich erst mal Zeit für mich bräuchte. Um das alles zu verarbeiten mit ihr, Papa und Herrn Schröder. Das mit dem Chloroform tue mir leid, aber sie solle sich keine Sorgen machen. Es gebe für alles eine ganz normale, langweilige Erklärung. Ich käme am Sonntagabend heim. Dann könnten wir reden. Am Ende hatte ich ihr noch versprochen, mich sofort zu melden, falls ich doch Schwierigkeiten bekommen würde. Darüber hinaus hatte Sense, nachdem er uns angekettet hatte, noch mit meinem Handy eine WhatsApp an meine Mutter geschrieben: «Es geht mir okay. Alles gut. Bis morgen.»

Das Telefon lag nun neben denen von Mareike und Jana auf dem kleinen Tischchen in der offenen Laube. Demnächst würde es wahrscheinlich immer mal wieder brummen, wenn meine Mutter mich zu erreichen versuchte oder Nachrichten schrieb. Aber ich war mir doch recht sicher, dass sie schlussendlich mit Herrn Schröder heimfahren und bis morgen Nachmittag warten würde. Sie vertraute mir.

Über all diese Gedanken musste aber nach den adrenalinlastigen Ereignissen der Nacht zuletzt doch die bleierne Müdigkeit gesiegt haben. Irgendwann waren wir alle drei weggedöst. Ich vermutlich als Erstes. Vielleicht auch nicht, doch aufgewacht war ich nun in jedem Falle vor den anderen beiden.

Wie befürchtet, hatte ich ungeheuren Durst. Doch dies war gar nicht mein größtes Problem. Leider musste ich auch wahnsinnig dringend pinkeln. Da wäre es jetzt eigentlich von Vorteil gewesen, dass die zwei Frauen noch schliefen.

Allerdings waren ja meine Hände auf den Rücken gefesselt. Zudem noch über einen eher kleinen Metallring an die Hände der anderen beiden gekettet.

Sosehr ich mich auch bemühte und verdrehte, ich kam nicht mal in die Nähe des Hosenknopfes. Ich intensivierte meine Bemühungen bei gleichbleibender Erfolglosigkeit. Überlegte, ob ich mir die Hose einfach so runter- und später wieder hochziehen könnte. Begann schließlich, hektisch auf dem Boden herumzurutschen.

«Was ist denn?»

Mareikes verschlafene Stimme klang verärgert und erotisch zugleich.

«Nichts.»

«Echt nichts? Und deshalb zappelst und wackelst du uns hier wach?»

«Ich muss mal.»

«Was?»

«Pinkeln. Ich muss mal pinkeln.»

«Ja, dann geh halt.»

«Wie denn?»

Ich zog einmal am Metallring, um Mareike das Problem zu veranschaulichen.

«Oh. Ach je. Ich verstehe.»

«Wir können uns ja wegdrehen», sagte Jana, die ich mittlerweile offenbar auch geweckt hatte.

«Das ist nicht mein Hauptproblem», jammerte ich. «Mit den Händen auf dem Rücken schaffe ich es ja nicht mal, meine Hose zu öffnen. Noch sonstige Vorbereitungen zu treffen.»

Betretenes Schweigen. Als hätte ich etwas Peinliches gesagt.

«Heißt das, du willst, dass wir dir die Hose aufmachen und sozusagen auch noch Hilfestellung geben?»

Den Vorwurf in Janas Stimme fand ich wirklich unangebracht.

«Ich will gar nichts. Ich habe nur mein Problem geschildert. Ich kann doch auch nichts dafür, dass wir hier aneinandergekettet sind.»

«Na ja. So wahnsinnig ungewöhnlich dürfte diese Aufgabenstellung für dich ja nun auch wieder nicht sein.» Mareike bekam etwas unangenehm Schnippisches, als sie sich zu Jana wandte. «Vielleicht nicht mit auf den Rücken geketteten Händen. Obwohl, ich weiß ja gar nicht, was alles üblich oder in deinem Service inbegriffen ist.» Angriffslustig verengte sie die Augenbrauen, erntete jedoch nur einen mitleidig fragenden Blick.

Ich versuchte zu deeskalieren: «Jana ist keine Prostituierte.»

«Ach, und warum arbeitet sie dann im Village Rouge?»

«Sie arbeitet da nicht.»

«Nein? Was macht sie denn da? Freiwilliges Soziales Jahr?»

«Sie hat jemanden besucht.»

«Im Puff?»

Jana atmete laut hörbar und genervt aus.

«Maja, die Chefin, ist meine Tante. Oder auch nicht. Meine Mutter, sprich ihre Schwester, ist lesbisch. Meinen Vater habe ich nie kennengelernt. Künstliche Befruchtung, komplett anonym, hat Mama mir stets gesagt. Maja war immer schon Hure gewesen. Sagt sie zumindest selbst. Sie verbrachte viel Zeit bei uns und war für mich mindestens so präsent wie Mama oder ihre Partnerinnen. Ich habe nie einen Vater vermisst. Als ich vierzehn war, habe ich aber doch gefragt.

Allerdings nicht nach meinem Vater, sondern nach meiner leiblichen Mutter. Denn ich hatte nachgedacht und war schließlich nicht blöd. Klar war es für meine Mama leichter, ein Kind großzuziehen und mit den Ämtern zu verhandeln, als für Maja. Die beiden waren überrascht von meiner Frage und haben die Entscheidung dann letztlich mir überlassen. Ich durfte mir also aussuchen, wer von den beiden meine leibliche Mutter sein sollte, und wie immer ich mich auch entscheiden würde, es wäre für sie okay. Und so war es auch. Ich habe mich für beide entschieden und bin damit sehr zufrieden.»

Jana wirkte weder aufgewühlt noch so, als würde sie uns ein Geheimnis anvertrauen. Obwohl ihre Familienverhältnisse ja nun alles andere als gewöhnlich waren. Zumindest nach Mareikes und meinen Maßstäben. Aber was war schon noch gewöhnlich? Selbst ich, der aus der langweiligsten Vater-Mutter-Kind-Konstellation kam, die nur vorstellbar war, hatte demnächst wohl meinen Mathematiklehrer als Stiefvater. Gott bewahre. Eigentlich total nett von meinen Eltern, dass sie mir das erst verraten wollten, wenn ich aus dem Haus sein würde. Also das Elend sozusagen nicht mehr mit ansehen musste.

Unglaublich, dass sie vorgehabt hatten, sich mehr als zwei Jahre lang zurückzunehmen, nur um mir Kummer zu ersparen. Sich lieber selbst quälen wollten. Auf wie viel Glück sie wohl schon meinetwegen verzichtet hatten? War das womöglich bereits mein ganzes Leben lang so gegangen? War ich ein einziger Dornenstrauß für sie? Sie hätten eigentlich auch ruhig mal fragen können, ob mir das überhaupt recht ist, dass sie solche Opfer für mich bringen. Vielleicht wollte ich das ja gar nicht. Eventuell wäre es mir viel lieber gewesen, wenn sie mir mal ein bisschen zuleide gelebt hätten. Womöglich hätte mir dieses Unglück, dieses harte Schicksal, ganz gut gefallen. Dann hätte ich mal was gehabt, worüber ich mich zu Recht beklagen konnte. Was ich ihnen mit gutem Gewissen hätte vorwerfen dürfen. Wofür einen Mädchen auch gerne mal trösten, weil man es ganz objektiv nicht leicht hat. Das hätte unter dem Strich möglicherweise einige Vorteile für mich gebracht. Ich fragte mich, ob sie mir nicht sogar ziemliches Leid zugefügt hatten, indem sie stets dafür sorgten, dass es mir gut ging. Vielleicht konnte ich jetzt endlich mal aus richtig nachvollziehbaren Gründen verdammt wütend auf meine Eltern sein. Ich beschloss, wenn sie sich trennen würden, sie dafür zu hassen. Und auch dafür, dass sie so lange zusammengeblieben waren. Gleichzeitig begriff ich in genau dem Moment, wie wahnsinnig lieb ich die beiden hatte.

«Dann hast du also praktisch so was wie Familienferien im Puff gemacht?»

Auch wenn sie Jana nicht mehr direkt attackierte, war das Schnippische noch nicht so ganz aus Mareikes Tonlage gewichen. Jana ignorierte das.

«Na ja, Ferien ist nicht ganz der richtige Ausdruck. Ich habe recherchiert.»

«Recherchiert? Im Puff? Was denn? Stellungskunde oder Prostitution im Wandel der Zeit?»

«Eher die Manifestation der Geschlechterhierarchie durch die Ökonomisierung der Lust. Das ist der Titel meiner Bachelorarbeit in Politikwissenschaft. Maja hat mir da sehr bei geholfen. An sich hätte ich lieber Publizistik studiert. Aber mein Notenschnitt hat nicht für den NC gereicht. Also mache ich es jetzt so und versuche, durch unbezahlte Praktika hier und da den Einstieg zu schaffen. Wenn ich mal mit einer gut aufgearbeiteten, richtig großen Story käme, könnte das mein Sprungbrett zu einer echten Karriere sein. Sprich, wenn es super läuft, könnte sogar eine Stelle als extrem schlecht bezahlte freie Mitarbeiterin in irgendeiner Zeitung rausspringen. Ein Traum.»

Mareike blieb ungnädig. «Kannst du nicht vielleicht mal den ganzen Mittelteil überspringen und einfach erzählen, was du im Village Rouge wolltest?»

«Maja hat mir von diesem Eier- und Geflügelfürsten bei euch im Dorf erzählt. Von seinen dunklen Geschäften.»

«Onkel Horst macht dunkle Geschäfte?»

«Horst Grode ist dein Onkel?»

«Je kleiner der Ort, desto überschaubarer der Genpool.»

«Da kannst du mir ja vielleicht helfen.»

«Wobei denn?»

«Ganz genau kenne ich die Zusammenhänge noch nicht. Aber es geht um Geldwäsche und illegale Beschäftigung. Von der Rockerbande, der auch unsere beiden toten Bachelors hier angehört haben, kommt Falschgeld oder auch schmutziges Geld aus kriminellen Geschäften. Dein Onkel kauft das sozusagen zu einem guten Kurs gegen sauberes Geld ein und bezahlt mit dem schlechten Geld seine halblegalen Arbeitskräfte aus Osteuropa. Denen schärft er ein, dass sie dieses Geld erst in ihren Heimatländern ausgeben dürfen. Sie bringen es also für ihn außer Landes. Die armen Billigarbeiter können sich weder beschweren noch etwas verraten, da sie sonst erheblichen Ärger bekämen. Sie müssen nehmen, was kommt, und hoffen, dass alles gut geht. Wegen dieser Geldtransaktionen kommen die Rocker regelmäßig ins Village Rouge. Maja und die anderen Frauen schnappen da öfters mal was auf. Mittlerweile investieren die Rocker übrigens auch in ganz andere, angesehene, legale, gutbürgerliche Unternehmen. Vor allem im Immobilienbereich. Diese Unternehmen möchten aber nicht, dass ihre Zusammenarbeit mit Rockergangs bekannt wird. Auch deren Transaktionen werden im Bordell verhandelt, wo die Rocker dann mit den Anwälten sprechen, die für sie in die Betriebe gehen. Es müssen aber nicht immer Sexläden sein, wo das stattfindet. Auch Discos oder Spielhallen eignen sich sehr gut.»

Mareike verzog das Gesicht. «Warum denn das alles? Mit diesen zwielichtigen Läden? Warum können die nicht normale Büros nehmen? Ist das so eine Art Folklore?»

Jana wiegte den Kopf. «Sicher hat das auch ein bisschen mit Tradition und ihrer Vorstellung von Gemütlichkeit zu tun. Der wesentliche Grund allerdings ist: Diese Halbweltatmosphäre des Illegalen und Kleinkriminellen dient quasi als Tarnung für die anscheinend sauberen Geschäfte. Wenn bekannt und vor allem bewusst werden würde, in welchen legalen Geschäften aus der Mitte der Gesellschaft diese Rockergangs oder auch Familienclans ihre Finger haben, wäre das sehr schlecht für diese Unternehmensbereiche. Speziell die Immobilienbranche bekäme große Glaubwürdigkeitsprobleme. Deshalb müssen die Gangs und Clans ihre kriminelle Fassade aufrechterhalten, damit die Öffentlichkeit denkt, sie hätten damit ihr vieles Geld verdient. So wie früher Mafiabosse auch noch einen Gemüseladen hatten, mit dem sie ihre Einnahmen erklären wollten. Nur dass es jetzt eben andersherum ist. Also dass Verbrecherbanden sich nach außen kriminell geben, um damit ihre legalen Geschäfte zu verschleiern.»

Nun staunte Mareike doch.

«Und das hast du wirklich alles so recherchiert?»

«Na ja. Also die richtigen Beweise fehlen mir leider noch. Bis jetzt ist es eben mehr eine Theorie.»

Ruckartig fuhr Mareike zu mir herum.

«Kannst du vielleicht mal mit diesem Gejuckel aufhören?»

Das fand ich verletzend.

«Entschuldigung. Ihr habt es vielleicht vergessen. Aber meine Blase nicht. Meine Blase vergisst leider nie, wenn sie auf Toilette muss.»

«Toilette ist gut.»

«Wahrscheinlich ist es das Beste, wenn ich einfach in die Hose pinkele. Alles andere wäre ja …»

«Ach was.» Schroff schnitt mir Mareike das Wort ab. «Dir wird schon nichts abfallen, wenn wir dir helfen. Wir können es ja nicht mal sehen. Unsere Hände sind ja hinter unserem Rücken.»

Ehe ich protestieren konnte, versuchte sie bereits, mit den Händen an meinen Hosenbund zu kommen. Es war komplizierter als erwartet. Der erste Versuch endete an meinen Knien, woraufhin sie einen zweiten Anlauf unternahm. Obwohl mir das alles wahnsinnig unangenehm war, spürte ich doch eine erhebliche Erregung. Die sich zu meinem Entsetzen auf nicht zu leugnende Weise manifestierte. Das trieb meine Scham weit über jeden messbaren Bereich hinaus. Andrerseits sorgte es aber auch dafür, dass der Harndrang etwas nachließ, wie ich nicht ohne Erleichterung feststellte. Mareike jedoch nahm meine Körperreaktion zwiespältig auf.

«Nee, ne? Nich jetzt im Ernst, oder?»

«Ja, was denkst du denn, was passiert, wenn du in dem Bereich unterwegs bist? Das ist doch logisch.»

«Stimmt eigentlich.» Sie lächelte. «Alles andere wäre ja nun auch irgendwie beleidigend gewesen. Auf eine Art.»

«Glaub mir. Nichts liegt mir im Moment ferner, als dich verärgern oder kränken zu wollen.»

Ich versuchte, Mareike, die ja wie erwähnt weder ihre Hände noch meinen Reißverschluss oder Hosenknopf sehen konnte, zu dirigieren. Das war leider sehr komisch. Weshalb ich als Übersprunghandlung zu allem Überfluss auch noch ununterbrochen blöde lachen musste.

«Findest du das lustig?»

«Ehrlich gesagt, irgendwie ja.»

Mareike prustete auch los.

Unser Giggeln bekam etwas Befreiendes, wodurch unsere Wirbelsäulen direkt elastischer wurden und Mareike der Sache deutlich näher kam. Erschwert wurde das Ganze allerdings noch durch den Umstand, dass auch Janas Hände an den Ring gefesselt waren und sich da befanden, wo wir rumhantierten.

Jana selbst bemühte sich, unbeteiligt zu tun, und wechselte demonstrativ das Thema.

«Wenn das hier ein Film oder ein Buch wäre, würde jetzt gleich Dörki auftauchen und uns retten.»

«Warum das denn?» Trotz all des aufregenden Gefummels konnte ich meine reflexartige Nachfrage nicht verhindern.

«Weil das in Filmen eben so ist. Wenn da eine Person plötzlich verschwindet, dann meistens nur, um später unerwartet noch mal aufzutauchen. In höchster Not. Um eine ausweglose Situation überraschend zu klären.»

«Das hier ist aber kein Film.» Ungeachtet unserer spätpubertären Fröhlichkeit erhielt sich Mareike das genervte Timbre ihrer Stimme. «Wäre es einer, müsste Marco ja wahrscheinlich auch nicht pissen. Außerdem sind wir über hundert Kilometer entfernt von der Stelle, wo wir ihn verloren haben. Wie sollte er uns hier finden?»

«In einem Film oder einem Buch würde man eine Erklärung hinkriegen. Vielleicht ist er bei der Flucht auf Senses SUV gestoßen. Ist dem unauffällig gefolgt. Hat einen Sender oder sein Telefon versteckt oder sich am Unterboden des Wagens festgehalten.»

«Dörkis Akku war leer. Und so, wie Dörki körperlich drauf war, könnte er sich maximal längere Zeit an einem Rolltreppengeländer festhalten. Aber niemals unter einem fahrenden Auto.»

«Ich sage ja auch nur, wie es im Film oder Roman wäre. Da verschwinden Personen nicht einfach so ohne jede weitere erzählerische Funktion. Da weiß man, dass die schon noch mal auftauchen werden. Sonst hätte man sie ja auch rausstreichen können.»

«Die Wirklichkeit hält sich aber an kein Drehbuch.»

«Nicht an ein Drehbuch. Aber manchmal gelingt es der Wirklichkeit ja doch, die Realität aus Filmen, Serien oder Romanen ziemlich authentisch nachzubilden.» Jana grinste, offenkundig zufrieden mit ihrem hübsch aufgebauten Paradox.

Mareike stieg darauf ein. «Im echten Leben kann man sich eben nicht darauf verlassen, dass am Ende alles einen Sinn ergibt. Schon gar nicht kann man es einfordern, wie bei Romanen und Filmen. Man muss nehmen, was kommt. Herr Scheffler, unser tatsächlich atheistischer Religionslehrer, hat immer behauptet: Logik und Wahrheit entstehen nur, wenn der Mensch die Geschichte schreibt. In der Wirklichkeit jedoch regiert das Chaos. Doch wie überraschend ist eine

Überraschung, wenn man weiß, dass eine Überraschung kommen wird?»

In diesem Moment bekam sie tatsächlich Knopf und Reißverschluss meiner Hose zu fassen und öffnete beides mit einer einzigen Bewegung. Da ich wusste, was nun gleich kommen würde, versuchte ich instinktiv, an etwas anderes zu denken, und schaute demonstrativ nach vorne. Auf die riesige, hügelige Gestalt des toten Rockers. Ein paar vorwitzige Spatzen hüpften fröhlich piepend um seinen Bart herum. Pickten die mannigfaltigen Speisereste heraus und begannen offensichtlich, in dem Gewölle des Gesichts ein Nest zu bauen. Welch verstörendes Idyll. Aber eben doch nicht so irritierend wie die Tatsache, dass Mareike nun mit großem Ernst und Ehrgeiz bemüht war, mir mit ihren auf den Rücken gebundenen Händen Jeans und Unterhose herunterzuziehen.

-35-

Nichts darf umkommen. Ich versuchte alle Eindrücke und Empfindungen dieses Moments bewusst zu erleben und zu speichern. Doch das war jetzt wirklich nicht zu schaffen.

«Das echte Leben», hatte Großvater mal gesagt, «unterscheidet sich von Büchern und Geschichten dadurch, dass es weniger realistisch ist. Das, was es auszeichnet, ist eben nach wie vor in erster Linie, dass es ein Wunder ist und deshalb desto echter, je wundersamer es daherkommt.»

Ich schloss die Augen, spürte Mareikes Hände und den leichten Wind, hörte das Tschilpen der Vögel, das Surren der Insekten und das Rascheln von …

Ja, von was denn? Was kruschelte da?

Ich öffnete die Augen und erblickte einen Frischling. Ein Wildschweinjunges, das in der Nähe des Tischchens völlig sorglos nach irgendwas Leckerem suchte. Ich hob den Kopf noch etwas weiter und sah nun auch das Muttertier. Es fixierte uns und seinen Nachwuchs. Jederzeit auf dem Sprung, um zu schützen, was zu schützen seine Natur war.

Jana hatte es nun auch bemerkt. «Jetzt bloß keine falsche Bewegung», flüsterte sie. «Es beobachtet uns.»

Auch Mareike stellte vorläufig ihre Aktivitäten ein, behielt aber die Hände an meiner Hose. Verständlich, wo sie die schließlich so mühsam dahin gebracht hatte.

Das Wildschwein war aus dem Waldrand herausgetreten. Offensichtlich wollte es, dass wir es sehen. Nur ein dünnes, wohl abgestorbenes Minibäumchen stand noch zwischen ihm und uns. Schutz bei einem Angriff würde es uns ganz sicher nicht bieten.

Der Frischling schien von all dem unbeeindruckt und trabte fröhlich auf uns zu. Waren wir jetzt womöglich in doppelter Lebensgefahr? Zum wievielten Male eigentlich? Hatte die Gefahr überhaupt jemals aufgehört? Würde sie je wieder enden? War das das echte Leben? Nichts weiter als ein ständiger Überlebenskampf? Wo eine Todesgefahr, also das Verdursten oder Verhungern, nur durch eine neue, noch unmittelbarere Bedrohung abgelöst wurde? War Sicherheit überhaupt nur etwas Relatives, Vorläufiges? Wenn nicht gar eine Illusion? Erdacht als Geschäftsmodell für monströse Versicherungs- und Finanzunternehmen? Genutzt als Rechtfertigung für Aggressionen?

Ich dachte daran, dass es vor nicht mal achtundvierzig Stunden noch das Aufregendste für mich gewesen war, von einem Gebüsch aus die Fenster eines Bordells zu beobachten. Ich würde das nie wieder tun. Weil es nie wieder spannend für mich sein würde. Es war vorbei. Für immer dahin. Und es gab keinen Weg zurück. Diese Zeit meiner Jugend war wie ein untergegangenes, verschwundenes Land. Es gab sie einfach nicht mehr. Das Portal in diese andere Dimension, als das mir das Village Rouge vorgekommen war. Es hatte mich in sich hineingesogen und ausgespuckt in ein Land fernab aller Sicherheiten.

Nichts umkommen lassen. Mich an alles erinnern. Doch es war so unendlich weit weg. Mein Leben von vorgestern.

Ich hörte Janas und Mareikes angespanntes, schweres Keuchen. Auch sie hatten natürlich in den letzten zwei Tagen einen Teil ihres Lebens für immer und unwiederbringlich verloren. Es ging nicht mehr heim. In die Geborgenheit der Kindheit. Es ging nur noch nach vorne.

Ganz klar. Plötzlich wusste ich, was ich zu tun hatte. Es war völlig logisch. Wenn alles sinnlos ist, bringt es nichts, der Vernunft zu vertrauen. Man braucht neue Komplizen. Die Lust am Wagnis. Das Spiel. Wer mitmischen will, muss auch mal einen hohen Einsatz riskieren. Darauf lief alles hinaus. Ich würde «all in» gehen.

Mit einem beherzten Satz warf ich mich auf den Frischling und versuchte, ihn irgendwie zwischen Beinen und Oberkörper einzuklemmen. Das Wildschweinjunge quiekte trommelfellzerfetzend. Natürlich riss ich die beiden Frauen am Metallring mit.

«Was machst du denn?», brüllte Jana.

Doch da hörten wir schon das wilde Grunzen und Herandonnern der Bache.

«In Deckung!», schrie ich, ließ den Frischling entkommen und warf mich auf die anderen beiden, um sie so flach wie möglich auf den Boden zu drücken. «Bleibt unten!»

Dann hörte ich es krachen. Brüllen! Kreischen! Erneut Krachen! Das Wildschwein rammte mich mit voller Wucht. Wir jaulten alle drei. Das große Tier, vom eigenen Schwung und Aufprall aus dem Gleichgewicht gebracht und ein paar Meter durch die Landschaft gekullert, rappelte sich wieder auf und unternahm einen zweiten Anlauf. Diesmal wich ich im letzten Moment aus, und das Wildschwein streifte mich nur. Aber schon jetzt tat mir jede einzelne Faser meines Körpers weh. Ich wappnete mich für den dritten Angriff. Das Schwein war längst in die Grundstellung zurückgekehrt. Es schnaubte und fixierte mich. Offensichtlich entschlossen, mich mit dieser dritten Attacke endgültig zu vernichten. Wieder erschien es mir größer und zorniger als jedes Tier, das mir je begegnet war. Es stand außer Frage, dass es in der

Lage war, mich, vielleicht sogar uns alle drei, zu zermörsern. So gut es ging, bemühte ich mich, die anderen beiden mit meinem Körper zu schützen. Ich hielt die Luft an.

Meine Mutter erschien mir. Und auch mein Vater. Gutgelaunt am Frühstückstisch. Genauso wie mein Großvater, der aus Schuhkartons gebaute Regale mit Joghurtdeckeln beklebte. Mareike, die wieder *mein Freund* sagte, und Jana, die sie schubste. Herr Schröder, Herr Scheffler, meine Oma, alle möglichen Jungs und Mädchen aus meiner Klasse. Unglaublich, wie groß dieser Raum war. Was war das überhaupt für ein Raum? Ein dunkler Berg. Es ist Sense, dem plötzlich der Kopf platzt, woraufhin ein bunter Vogel aus ihm rausfliegt. Schon wieder Mareike, wie sie *mein Freund* sagt, meine Mutter, die mich in den Arm nimmt, während mein Vater lacht, ich sehe, wie ich den Elfmeter verwandele, im Trompetensolo brilliere, noch ein dunkler Berg und noch einer, immer größer und schwärzer, ein Wald auch, düster. Mir ging die Luft aus.

Heftig atmend öffnete ich die Augen. Das Wildschwein und nun schon drei Frischlinge machten sich über das restliche Essen in der kleinen Laube her. Offensichtlich fand die Bache uns als Gegner dann doch zu lächerlich. Oder hatte Angst, sich zu verletzen. Zumindest wirkte sie jetzt überhaupt nicht mehr bedrohlich.

Auch Jana und Mareike kehrten langsam aus der totalen Schutzhaltung ins Geschehen zurück.

«Kannst du uns vielleicht mal erklären, was dieser Schwachsinn gerade sollte?»

Die kleine Schramme auf Janas Wange machte sie noch schöner. Passte gut zu den blauen Haaren. Gab ihr was wild

Verwegenes, das von ihrer aufrichtigen Wut noch aufs leidenschaftlichste unterfüttert wurde. Wäre dies tatsächlich ein Film, würden sich in dieser Sekunde alle Kinobesucher in sie verlieben, dachte ich. Männliche wie weibliche. Sagte aber nichts, sondern zog nur an der Kette, um mich in die richtige Position zu bringen. Dann griff ich nach dem toten Baumstamm, den das Wildschwein bei seinem Angriff aus dem Boden gerissen und mitgeschleift hatte.

«Hier», sagte ich, «unsere Rettung. Das Wunder. Als ich begriffen hatte, dass dieses dünne Bäumchen genau zwischen der Wildschweinmutter und uns steht, wusste ich, was ich zu tun hatte. Ich habe einfach gehofft, dass sie den Baum umrennt.»

Es brauchte reichlich Geschicklichkeit und mehrere Versuche. Wieder mussten wir uns mit den Händen hinter dem Rücken gegenseitig dirigieren. Doch wir waren motiviert und zuversichtlich. In diesen Momenten erahnten wir, wie stark wir waren.

Dann endlich hatten wir uns mit dem Stämmchen die Kutte geangelt. Wir holten die Schlüssel raus und schlossen Janas Handschellen auf. Kurz darauf waren wir alle wieder frei.

Ich ging als Erstes sehr zügig und völlig selbständig fünf Bäume entfernt in Ruhe pinkeln.

Es gibt wahrlich viele Spielarten des Glücks.

Teil 4

-36-

Wir waren uns einig, dass nun der Zeitpunkt gekommen war, die Polizei zu rufen.

Für gut fünf Minuten. Dann, nachdem alle etwas getrunken hatten, jeder kurz im Badezimmer des Wohnhauses gewesen war und die Schmerzen am Handgelenk ein wenig nachließen, bröckelte diese Entschlossenheit rapide. Die konkrete Bedrohung war zum Vogelnest geworden, und so erschien die Möglichkeit, alles doch noch ärger- und straffrei zu Ende zu bringen, plötzlich wieder realisierbar. Für die Idee, auch Tonne und Sense auf ihrem privaten Friedhof zu begraben, konnten wir uns zunächst nicht so richtig erwärmen. Der schiere Aufwand, den das Verbuddeln der beiden massigen Körper bedeutet hätte, war uns unsympathisch. Schon die Vorstellung ermüdete kolossal.

Nach einigem Hin und Her landeten wir stattdessen bei einer sehr viel eleganteren Lösung. Dachten wir zumindest.

Mehrere Stunden später, kurz nach Einbruch der Dunkelheit, bog ein schwarzer 7er BMW auf den Parkplatz der «Nord-West-Grüner-Sonnenschein-Hofgemeinschaft e. G.».

Im Kofferraum die Leichen zweier Rocker. Eine Schubkarre aus der Scheune des verlassenen Gehöfts hatte uns beim Transport von Senses Kadaver gute Dienste erwiesen. Unter wildem Protest der um ihre neue Heimstadt gebrachten Spatzen hatten wir Sense zu seinem Kollegen geladen. Der hatte längst eine weitere unangenehme Eigenschaft entwickelt. Falls jemand plant, in nächster Zeit mal drei Zentner totes Fleisch zwei Tage lang ohne jede Kühlung im

Kofferraum eines PKWs durch die Frühlingslandschaft zu kutschieren: Ich rate davon ab. Tonne war mitnichten so leblos, wie er tat. Dem Odeur nach zu urteilen mussten extrem viele Mikroorganismen aufs aktivste damit beschäftigt gewesen sein, Tonnes Zellen in Gestank zu verwandeln. Sie hatten ordentlich was geschafft. Mit angehaltenem Atem wuchteten wir Sense auf ihn rauf, ruckelten und zuppelten die beiden Körper so zurecht, dass wir die Klappe schließen konnten, und hofften, dass wir den Kofferraum in der Folge nur noch ein letztes Mal würden öffnen müssen.

Wann genau Mareike die Idee mit dem alten Kükenschredder ihres Onkels gehabt hatte, ließ sich später nicht mehr rekonstruieren. Offiziell war der ja längst nicht mehr in Betrieb. Schließlich war mittlerweile alles bio, artgerecht, mit Respekt vor den Tieren, allem Pipapo. Da wurden natürlich keine männlichen Küken mehr in den Schredder geworfen. Aber er funktionierte offenbar noch. Zumindest behaupteten immer wieder Bewohner von Torfstede, sie hätten ihn des Nachts rattern und knattern gehört.

Wahrscheinlich hing es mit Tonnes Wunsch zusammen, nach seinem Tod aufgegessen zu werden. Wir hatten überlegt, wer denn wohl bereit wäre, jemanden wie Tonne zu essen. Ich hatte meinen Großvater zitiert: «Zur Not fressen die Hühner den Rest. Die fressen alles.» Dann ergab eins das andere.

Grundsätzlich, wusste Mareike, zerrieb der Schredder alles zu Fischfutter. Zumindest war das früher so. Das erschien uns praktikabel und vergleichsweise pietätvoll. Wir würden an die Küste fahren, uns ein Boot leihen und die Überreste der beiden ins Meer streuen. So wäre Tonnes Wunsch entsprochen, und die Leichen wären zudem ökologisch einwandfrei entsorgt. Ein Problem blieben natürlich die beiden Autos und das, was die Rocker ihre Oberste Heeresleitung genannt hatten. Doch Mareike hatte einen Plan.

-37-

Horst Grode hatte uns gebeten, erst nach einundzwanzig Uhr zu erscheinen. Uns war es recht. So konnten wir unterwegs noch etwas Richtiges essen, ein bisschen unsere Wunden versorgen und WhatsApp-Nachrichten schreiben. Ich teilte meiner Mutter mit, dass es mir gut gehe. Morgen, also am Sonntagabend, sei ich wie schon angekündigt zurück, dann könnten wir über alles sprechen. Später schrieb ich meinem Vater das Gleiche.

Möglicherweise war es das erste Mal, dass ich meinen Eltern einzelne Nachrichten schickte. Sonst war ich immer davon ausgegangen, dass eine Mitteilung an den einen automatisch auch den anderen erreichte. Ich begriff langsam, dass die Momente, in denen ich beide gleichzeitig hatte, von nun an sehr kostbar werden würden. Eine Welt, in der auch Erwachsene, sogar meine Eltern, Ideen und Träume hatten, über die sie am Esstisch nicht sprachen, war Torfstede bislang nicht gewesen. Es fiel mir schwer, mich damit abzufinden. Am liebsten hätte ich meinen Eltern die Trennung schlicht verboten. Mit einem knackigen Satz wie: «Solange ihr euren Tisch über meine Füße stellt …»

Doch mir war leider klar, dass ich nicht das Recht dazu hatte. Schließlich hatten sie auch mir fast nie etwas so richtig verboten. Also zumindest nichts, was mir sehr wichtig war. Aber ich würde sie zumindest mit ihrem Lieblingssatz beglücken.

«Gut, wenn es ganz sicher das ist, was ihr wollt, aber habt ihr euch das auch wirklich gut überlegt?»

Die Frage wollte ich mir gönnen. Damit sie auch mal wussten, wie die sich anfühlt.

-38-

Außerdem nutzten wir die Zeit, um noch einmal an dem Baumarkt vorbeizufahren, wo wir das Werkzeug gekauft hatten. Tatsächlich stand Dörki wieder dort. Er hatte gehofft, wir würden auftauchen.

Nachdem er uns verloren hatte und nicht wusste, wie er uns erreichen oder finden konnte, war er zum Punkt der ersten Begegnung zurückgekehrt. Er war so stolz darauf, die richtige Entscheidung getroffen zu haben, dass wir darauf verzichteten, ihm zu erläutern, wie leicht Sense ihn hier entdeckt hätte. Vielleicht musste er gar nicht wissen, wie groß die Gefahr gewesen war, in der er sich befunden hatte.

Am Montag wäre er zur Polizei gegangen. Behauptete er. Also wenn er bis Sonntag nichts von uns gehört hätte, wäre er da hingegangen. Einen Tag später. Bestimmt. Doch so sei es ja nun besser.

Wir boten ihm an, wieder mitzukommen. Es würde bald an die Küste gehen. Aber Dörki lehnte ab. Meinte, er brauche jetzt erst mal etwas Zeit für sich. Das sei doch alles ein bisschen viel gewesen. Dieser Stress und dieser Druck täten ihm nicht gut.

Wir gaben ihm dann, quasi als Honorar, noch fünftausend Euro. Er hätte auch mehr bekommen können. Wollte er aber nicht. Nicht, weil es womöglich Falschgeld war und er Ärger befürchtete. Da hatte er kein Problem mit. Sein Grund war vielmehr, dass er nur fünftausend Euro brauchte.

«Damit kann ich dann noch mal ganz von vorne anfangen. Mehr Geld verleitet nur zu unnötigen Anschaffungen, die dann später Verantwortung bedeuten und hohe Fixkosten verursachen», war sein bemerkenswertes Statement.

Jana versuchte Dörki zu erklären, dass fünftausend Euro eher nicht ausreichen würden, um wirklich noch mal ganz von vorne anzufangen. Die seien sehr viel schneller weg, als man so meint.

Doch Dörki erläuterte ihr, dass sie ihn missverstanden hatte: «Nicht auf diese Art von vorne anfangen. Wenn ich das wollte, könnte ich auch wieder zu meiner Arschloch-Familie zurück. Nein, das gönne ich meinem Vater nicht. Ich möchte nur die Party noch mal ganz von vorne anfangen. Dafür sind fünftausend Euro ideal.»

-39-

Es war schon nach halb zehn, als uns Horst Grode in seinem Büro drei heiße Kakaos hinstellte.

«Ich will ganz offen sein, Kinder. Ihr seht richtig schlimm aus. Will ich wissen, wie ihr an diesen beeindruckenden BMW gekommen seid?»

Mareike stöhnte auf.

«Onkel Horst, du weißt doch ganz genau, was das für ein BMW ist, und garantiert willst du unbedingt wissen, warum wir den haben.»

Grode ließ sich in seinen Drehsessel fallen und nahm sich einen Zigarillo.

«Also gut. Ihr seid da offensichtlich in gewaltige Schwierigkeiten geraten. Ich kann nichts versprechen. Aber da du, Mareike, nun mal zur Familie zählst, will ich sehen, ob ich euch helfen kann. Dazu wäre es als Erstes sehr hilfreich, wenn ich mal kurz mit dem Besitzer des Wagens sprechen könnte.»

«Das wird schwierig.»

«Kinder, ich weiß nicht, ob euch klar ist, mit wem ihr es hier zu tun habt. Das sind wirklich sehr gefährliche Leute. Denen seid ihr nicht gewachsen.»

Jana nickte. «Vielen Dank für Ihre Fürsorge. Das wissen wir sehr zu schätzen. Also, um es kurz zu machen: Der Besitzer des Wagens liegt tot im Kofferraum desselben.»

«Bitte?»

Grode fiel der nicht angezündete Glimmstängel aus der Hand. Jana schien mit dem Effekt zufrieden und fuhr betont sachlich fort.

«Es war ein Unfall. Wir hatten praktisch nichts mit seinem Ableben zu tun.»

«Praktisch?»

«Lange Geschichte.»

«Okay. Mal angenommen, ich würde euch das glauben. Und ob ich das tue, weiß ich noch nicht. Bleibt die Tatsache, dass er nicht allein ist. Es gibt da beispielsweise noch einen Kollegen, der sogar noch größer und brutaler ist. Dem wollt ihr nicht begegnen.»

Mühsam bückte er sich nach seinem Zigarillo.

«Das wissen wir. Der liegt auch tot im Kofferraum des BMW.»

Grode fuhr ruckartig hoch und schlug mit der Schulter gegen die Schreibtischkante.

«Noch ein Unfall?»

«Was Falsches gegessen.»

«Wie?»

«Hat sozusagen den Mund zu voll genommen.»

«Auch nicht eure Schuld?»

«Nicht wirklich.»

«Aber ihr habt trotzdem die beiden Leichen im Kofferraum?»

«Genau.»

«Und was habt ihr jetzt mit denen vor?»

«Leider haben beide keinen Organspendeausweis. Aber sie haben sich gewünscht, dass ihre Körper nach dem Tod den Fischen zur Verfügung gestellt werden.»

«Der Forschung, meint ihr.»

«Nein, nein, den Fischen. Ihr letzter Wille war, dass ihre sterblichen Überreste verfüttert werden. Zum Beispiel an Fische.»

«Und was habe ich damit zu tun?»

Jana schaute zu Mareike, die bereitwillig wieder übernahm.

«Um Fischfutter aus ihnen zu machen, brauchen wir deinen Kükenschredder.»

«Welchen Kükenschredder?»

«Wie viele hast du denn?»

«Wir benutzen den Kükenschredder nicht mehr.»

«Das wissen wir natürlich. Wir wissen aber auch, dass du hier halblegale Arbeitertrupps praktisch komplett rechtelos für dich arbeiten lässt, nahezu wie Sklaven.»

Grode fixierte seine Nichte. Klopfte nervös mit dem Zigarillo auf den Schreibtisch.

«Das ist maßlos übertrieben. Außerdem ist da nichts illegal dran.»

«Auch nicht, dass du sie zum Teil mit Falschgeld bezahlst und darüber hinaus dein ganzes Unternehmen als Geldwäscheanlage zur Verfügung stellst?»

«Wie kommst du denn auf so einen Unsinn?»

Mareike schaute demonstrativ zurück zu Jana. Die griff lässig nach der Geldtasche zwischen ihren Füßen und hievte sie mit einem gekonnten Schwung auf den Schreibtisch. Dann schlug sie die Beine übereinander und begann zu referieren.

«Dieses Geld hier hätten wir schon mal als Beweis. Ich bin Journalistin und recherchiere bereits sehr lange über Ihre Verbindungen zu dieser Rockergang. Ich habe mittlerweile ein großes und ausführliches Dossier dazu. Wenn wir das veröffentlichen oder womöglich sogar der Polizei zuspielen würden, wäre das sowohl für Sie als auch für die Rockergang sehr unerfreulich. Um es mal vorsichtig auszudrücken.»

Grode drückte sich tief in die Lehne seines Sessels.

«Soso. Was ganz genau haben Sie denn über uns recherchiert?»

«Vieles. Ich bin noch nicht ganz fertig. Einiges wird ja immer erst sichtbar, wenn die Sache mal im Rollen ist. Aber ich weiß, wie Ihre vermeintliche Bio-Produktion läuft, wie Sie Ihre Arbeiter bezahlen, wie Sie sie behandeln, kann Ihre Verbindungen zu den Rockern offenlegen. Muss ich das alles wirklich so genau ausführen?»

Der Hühnerbaron fuchtelte plötzlich mit seinem Zeigefinger vor Janas Nase.

«Wer immer dir diesen Scheiß über die Bio-Zertifizierung erzählt hat. Und ich kann mir schon ganz genau denken, wer das war. Das ist eine Lüge. Außerdem übertrieben! Völlig. Schwachsinn. Die wollen mich fertigmachen! Aber damit kommen die nicht durch. Ich mache die nämlich fertig. Eine gottverdammte Lüge und Übertreibung ist das. Und das kann ich auch beweisen. Also zumindest können die nichts beweisen!»

Jana blieb ganz ruhig. «Brauchen Sie Feuer?»

«Was?»

«Für den Zigarillo. Wenn Sie noch länger damit herumspielen, wird er zerfallen, bevor Sie ihn anzünden können.»

Grode schaute auf das Tabakerzeugnis wie auf ein bislang unentdecktes Muttermal.

«Ach was. Ich rauche gar nicht mehr. Die Zigarillos habe ich nur hier, um mich täglich daran zu erinnern, wie sie immer weiter jegliche Freiheit einschränken.»

Jana verschränkte die Arme.

«Möchten Sie es denn wirklich drauf ankommen lassen? Auf das, was geschieht, wenn mein Artikel erscheint? Denken Sie nach. Die unglücklichen Todesfälle eröffnen auch Ihnen ganz neue Möglichkeiten.»

Die Hand des Geflügelfürsten wurde wieder aus dem Luftraum vor Jana zurückberufen. Stattdessen half sie jetzt mitsamt dem ganzen Arm dabei, Grode auf dem Schreibtisch abzustützen. Das war das Ende des Zigarillos.

«Ich soll also die Leichen für euch verschwinden lassen. Im Kükenschredder.»

«Das wird nicht reichen, Onkel Horst.» Mareike schaltete sich wieder ein. «Du wirst sie auch erklären müssen.»

«Bitte?»

«Du stehst im Geschäftskontakt mit den Rockern. Dir werden sie zuhören, wenn du ihnen erklärst, wie die zwei ums Leben gekommen sind. Nämlich ohne Einwirkung von anderen, auf bedauerliche Art und Weise.»

«Sind sie das?»

«Allerdings.» Suggestiv schob Mareike den Kopf vor. «Sie haben sich Pilze besorgt. Psychopilze. Die haben sie hier auf der Eierfarm eingeworfen. Davon sind sie äußerst übel draufgekommen und haben sich schließlich im Rausch, in paranoider Raserei, gegenseitig totgeschlagen.»

«Bitte was?» Grode betrachtete geistesabwesend die Tabakkrümel an seiner rechten Hand. «Wer schlägt sich denn im Pilzrausch tot?»

«Die beiden. Das ist schon einmal fast passiert. Sense hat uns davon erzählt. Wenn du es ihnen gut verkaufst, werden sie es glauben. Warum solltest du dir so was sonst auch ausdenken.»

«Und nachdem die beiden tot sind, habe ich nichts Besseres zu tun, als sie sofort in den Schredder zu werfen, oder was?»

«Klar, das Gesundheitsamt und die Bio-Zertifizierer können hier ständig unangekündigt auftauchen. Die mussten sofort verschwinden, du warst in Panik und so weiter. Das verklickerst du denen schon, Onkel Horst. Wenn du je was konntest, dann war das, die Leute zu bequatschen. Dafür habe ich dich immer bewundert.»

Ein verhuschtes Lächeln verriet, dass Grode sich tatsächlich geschmeichelt fühlte. Er, der trotz seiner beinah fünfzig Lebensjahre und seiner herausragenden Stellung im Dorf immer noch «Junior» genannt wurde. Nachdem sein großer Vater beim Pinkeln vom Traktor überrollt worden war, hatte ihm niemand die Führung des Betriebs zugetraut. Seine Träume von der Umstellung auf Bio und der Entwicklung eines absoluten Premium-First-Class-Sport- und Wellness-Resorts in dieser strukturschwachen Gegend waren immer nur belächelt worden. Alle hatten ihm permanent vorgehalten, er habe da gar nicht das nötige Format für. Ihm im Übrigen unterstellt, alle seine Entwürfe seien absurd überdimensioniert und nicht seriös kalkuliert. Als wenn ein Kreissparkassendirektor so was beurteilen könnte. Wenngleich er, Grode, ja dann tatsächlich in diese vermaledeite Schieflage geraten war. Was ihn erst dazu gezwungen hatte, diese halbseidenen, schroffen und äußerst ungeduldigen neuen Geschäftspartner mit ins Boot zu holen. Von da an war alles aus dem Ruder gelaufen. Komplett die Schuld des Sparkassendirektors und später des idiotischen Lindenwirts, der ihm einfach nicht den blöden Gasthof und das Land verkaufen wollte. Darum sind diese Rocker ja jetzt noch viel fetter in seinem Geschäft. Denen nun auch mal eine Geschichte zu erzählen, wie man in Torfstede die Dinge in die Hand nahm, das fand Grode gar nicht so schlecht.

«Außerdem», ergänzte Mareike, als sei ihr gerade noch eine Kleinigkeit eingefallen, «solltest du denen natürlich noch die Autos zurückgeben. Also den BMW und einen SUV, der auf einem verlassenen Gehöft bei Nienburg steht. Wir beschreiben dir den Weg. Bevor die Wagen zurückgehen, musst du sie aber noch sehr sorgfältig reinigen lassen. Von allen Fingerabdrücken und Spuren. Niemand außer den beiden Rockern darf je in den Fahrzeugen gewesen sein. Die werden das zwar nicht kontrollieren, aber sicher ist sicher. Den ganzen Rest, also die Decke, Kleidung und so, verbrennst du in deinem kleinen Abfallhochofen hier.»

«Da könnte ich auch die Leichen verbrennen.»

«Nein!» Jana ging mit Verve dazwischen. «Das wäre respektlos. Egal, was das für Menschen waren. Wir wollen ihren letzten Willen respektieren.»

«Apropos», meldete auch ich mich nun erstmals zu Wort. «In ein paar Tagen sollte zudem ein anonymer Hinweis an die Polizei gehen. Wegen dieses Gehöfts. Dort sind ein paar Leute begraben, die vielleicht schon länger vermisst und gesucht werden.»

Es klopfte. An der Tür.

«Jetzt nicht!», brüllte Grode.

Woraufhin sich die Tür öffnete. Ein Mann in verschmutzter Arbeitskleidung trat herein und sagte mit leicht osteuropäischem Akzent: «Entschuldigung, Chef.»

Grode fauchte ihn an: «Hast du nicht gehört, dass ich *jetzt nicht* gerufen habe?»

Der Mann wirkte aufrichtig verwundert. Als wäre ihm ein Zusammenhang zwischen diesem Ruf und seinem Hereinkommen bislang nicht in den Sinn gekommen.

«Soll ich später wiederkommen?»

«Jetzt ist auch egal. Was ist denn?»

«Ich kann warten.»

«Nein, verdammt! Jetzt sag, was du willst!»

«Ich wollte nur fragen, ob noch was ist oder ob wir dann Feierabend machen können.»

Der Chef dachte kurz nach. «Vier Leute brauche ich noch. Vier gute, schweigsame. Und dich brauch ich auch. Der Rest kann sich jetzt meinetwegen die Rübe wegknallen.»

«Gut.»

Er nickte und wollte schon gehen, als eine Frage von Jana wie ein Peitschenhieb durch den Raum knallte.

«Was verdienen Sie hier eigentlich?»

Der Mann schaute überrascht zu Jana und dann verunsichert zu seinem Chef. Doch bevor der reagieren konnte, schnellte schon die zweite Frage durch die Luft.

«Wissen Sie, dass es in diesem Land einen Mindestlohn gibt?»

Grode stöhnte, doch Jana war jetzt motiviert. «Im Moment liegt der bei etwas über acht Euro fünfzig. Soll aber erhöht werden.»

Der dunkelhaarige Mann staunte. «Am Tag?»

«In der Stunde!»

Wieder schaute er hilfesuchend zu Grode. Als wollte er fragen, ob das legal war, dass diese Frau ihm so was sagte.

Sein Boss schlug die Hände zusammen. «Also, Kinder, das wollt ihr jetzt hier doch wohl nicht ernsthaft diskutieren. Haben wir nicht gerade wichtigere Themen als Arbeitsmarktpolitik? Wir können uns bei Gelegenheit mal zusammensetzen, dann erkläre ich euch gerne, was so abgeht in dieser Branche. Mit was für Konkurrenz wir uns da auseinandersetzen. Wie die ihre Leute behandeln. Dagegen ist das hier das

Paradies. Ich kämpfe jeden Tag darum, dass ich den Laden nicht ganz zusperren muss. Wenn ich könnte, würde ich den Arbeitern sofort mehr zahlen. Mit Freude!»

«Wir können das», sagte Mareike unvermittelt, holte vier Bündel aus der Geldtasche und drückte sie dem verdutzten Mann in die Hand. «Hier! Teilen Sie das bitte unter allen Arbeitern auf. Aber es ist sehr wichtig, dass jeder genau das Gleiche bekommt. Ich werde das später kontrollieren, und wenn nicht jeder den gleichen Anteil bekommen hat, mache ich Sie persönlich verantwortlich.»

Der Mann stand wie zur Salzsäule erstarrt da und schaute seinen Chef wortlos fragend an. Ehe der etwas sagen konnte, sprach Jana.

«Das ist eine Bonuszahlung für die gute Arbeit im letzten Geschäftsjahr. Sonderdividende, sozusagen. Zahlt Ihnen Herr Grode mit Freude. Und jetzt hopp, bevor er sich es anders überlegt.» Sie sprang auf, schob den völlig überforderten Arbeiter mit dem Geld aus dem Zimmer, rief noch einmal: «Beeilen Sie sich mit dem Verteilen!», und schloss die Tür.

Der Eierkönig warf sich in seinen Stuhl zurück und verschränkte die Arme.

«Sagt mal, euch hamm se doch wohl echt ins Gehirn geschissen. Das waren locker zwanzigtausend. Glaubt ihr, das Geld hier wächst auf Bäumen? Das gibt's einfach so? Ich muss den Rockern später haarklein erklären, wo es hin ist. Die zwei toten Wahnsinnigen werden die verknusen können. Dass die Polizei auf dieses Gehöft kommt und ihnen dann womöglich sogar Fragen stellt, auch. Aber beim Geld hört bei denen das Verständnis auf. Da sind die eigen. Das nehmen die verdammt genau. Wie viel fehlt mittlerweile?»

Mareike überlegte kurz. «So um die dreißigtausend wohl. Dazu kommen noch drei Kreditraten, die Maja, die Inhaberin vom Village Rouge, kürzlich gezahlt hat. Die sind irgendwie auch weg. Außerdem brauchen wir noch etwas Geld, um ein Boot zu leihen, vielleicht eine Nacht im Hotel an der Küste, Spesen und einen Leihwagen. Es sei denn, du gibst uns dein Auto.»

«Mein Auto?» Grode sprang auf. «Habt ihr denn überhaupt schon einen Führerschein?»

«Zur Probe. Also in Begleitung dürfen wir fahren.»

«Ach. Und wer war eure Begleitung?»

«Der Fahrzeughalter. Also der war dabei. Allerdings im Kofferraum. Und jetzt wird er wieder dabei sein. Nur eben geschreddert und in Eimern. Das ist verkehrsrechtlich wahrscheinlich so eine Grauzone.»

Jana kicherte über sich selbst. Einige quälende Sekunden lang, bis wir mitgrienten.

Grode explodierte: «Sagt mal, haltet ihr das hier alles für einen Witz? Habt ihr auch nur eine ungefähre Vorstellung davon, wie gefährlich diese Leute sind?»

Mareike wurde sofort wieder ernst.

«Glaub mir, Onkel Horst. Wir haben einen sehr genauen Eindruck bekommen, wie gefährlich die waren. Also zumindest einer von denen. Hast du selbst da eventuell mal drüber nachgedacht, als du dich mit denen eingelassen hast?»

Der Geflügelfürst blies seine Nüstern auf. «Was denkst denn du? Meinst du, ich habe das aus Jux und Dollerei gemacht?»

Wütend drückte er sich hoch. Doch statt zu brüllen, sprach er plötzlich sehr leise.

«Glaubst du, irgendwas von alldem hier passiert aus Spaß

an der Freude? In dieser gesamten verdammten durchindustrialisierten Landwirtschaft?»

Ehe wir über eine Antwort nachdenken konnten, drehte er sich zum Fenster und schaute in die Nacht.

«Als ich so alt war wie ihr, wollte ich nur abhauen von hier. In eine große Stadt. So wie ihr jetzt wahrscheinlich auch. Nix wie weg. Studieren. Vielleicht Berlin. Damals stand die Mauer noch. Die Stadt hatte was Aufregendes. Ich habe oft überlegt, wie mein Leben verlaufen wäre, wenn ich mich damals nicht der Verantwortung gestellt hätte. Für den Betrieb, die Familie, die Leute, den Ort. Wenn ich einfach abgezischt wäre. Gesagt hätte, ich mache, worauf ich Lust habe. An die Uni, jobben, Geschichten schreiben und dann mal gucken, was passiert. Vielleicht wäre ich heute ein richtiger Autor. Oder Dozent. Würde eventuell auf Bühnen stehen. Keine Ahnung, wie sich das alles entwickelt hätte. Womöglich würde ich Geschichten schreiben, in denen zwielichtige Legehennenmogule vom Lande vorkommen. Aber nur am Rande, weil sie total weit weg von meinem Leben wären. Es hätte alles so schön sein können. Das hätte es wirklich. Der Horst Grode, der in seinem Dorf geblieben ist, und der Horst Grode, der weggegangen ist, sind zwei vollkommen unterschiedliche Menschen. Dabei trennt sie nur eine einzige Entscheidung.»

Beim letzten Satz hatte er sich wieder uns zugewandt. Als hätte er ihn nur für uns drei gesagt.

«Ich glaube», begann Jana vorsichtig, «man kann auch mit Ende vierzig noch ein Studium anfangen, Frank McCourt hat seinen ersten Roman mit sechsundsechzig geschrieben, und die Leute da auf den Vorlesebühnen in Berlin sind zum Teil sicher auch schon über fünfzig.»

«Und was wird dann aus dem Betrieb, meinen Leuten und den Hühnern hier? Soll ich die etwa mitnehmen? Das ist für die doch auch nicht einfach, sich noch mal an eine ganz neue Umgebung zu gewöhnen. Ich weiß nicht, ob die sich im Prenzlauer Berg wohlfühlen würden.»

Wir schauten ihn entgeistert an. Hatte der Geflügelbaron von einer Sekunde auf die andere den Verstand verloren?

Unvermittelt lachte er los. «Jetzt hab ich euch aber erwischt. Ihr solltet mal eure Gesichter sehen. Mann, Mann, Mann, ihr seid mir schon so Marken. Aber echt. Na gut. Vielleicht fällt mir ja auch zu dem fehlenden Geld noch was ein. Eine Idee hätte ich schon mal. Ich kenne einen Croupier von der Spielbank in Bad Zwischenahn. Der schuldet mir einen Gefallen. Kann sein, der hat die zwei noch vor ihrem Tod dort spielen sehen. Die schätzten ja nun auch Black Jack. Das würde zudem ihre verdammt schlechte Laune und die Lust auf Pilze erklären. Muss man noch ein bisschen dran feilen, aber so kann ich zumindest auf die Art und Weise mal eine Geschichte schreiben.»

Er bekam plötzlich ein Leuchten, das ich so bei ihm noch nie gesehen hatte. Die Euphorie schien mit ihm durchzugehen.

«Nehmt euch ruhig noch ein bisschen mehr von dem Geld. Ihr werdet das ja sicher gut brauchen können. Wenn ich mir schon so eine Story ausdenke, soll sich das auch lohnen. Gegebenenfalls gönne ich mir auch noch ein wenig für die Familie.»

Jana horchte auf. «Das heißt, das sind tatsächlich keine Blüten?»

«Bitte?»

«Falschgeld.»

«Nein.» Jovial winkte Grode ab und ließ sich wieder in den Sessel fallen. «Das ist echtes Geld. Allerdings nicht nur sauberes. Das, was die halt so an Umtauschgebühren, Kreditraten oder Schutzgeld eingesammelt haben. War nun mal ihr Job.»

«Dann haben wir uns ja die ganze Zeit umsonst Sorgen gemacht.»

«Was das Geld angeht. Klar.» Der Eierkönig wühlte in einer Schreibtischschublade und fischte schließlich einen Schlüsselbund heraus. «Ich kümmere mich dann jetzt mal um die Leichen. Die Autos reinigen wir morgen, und ich rufe später die Bosse an. Aber erst, wenn ihr die beiden Rocker endgültig beigesetzt habt. Meine Leute stellen euch die Eimer mit dem Fischfutter aus dem Schredder in den alten Kombi. Es ist der silberne Škoda, aber den zeige ich euch dann noch mal. Übrigens ist das der alte Wagen vom Lindenwirt, dem Kruger-Hans. Hab ich nach seinem Tod billig ersteigert.»

Als er uns den Schlüssel rüberwarf, erkannte ich sofort die Goldmünze mit dem Habichtswappen. Ich musste fragen.

«Ist das auch noch der Originalschlüsselbund?»

«Klar, hab ich einfach so gelassen. Wir nehmen den ja hier ohnehin nur als Betriebswagen für Erledigungen und Einkäufe.»

«Und die Goldmünze?»

Grode lachte schallend. «Ja ja, vor allem. Als wenn der versoffene Kruger eine echte Goldmünze an seinem Autoschlüsselbund gehabt hätte.»

«Na ja, er hatte immerhin zehn Goldbarren im Schließfach einer Frankfurter Bank.»

Auch Jana und Mareike betrachteten nun die Münze. Uns allen dreien wurde schlagartig klar, dass die Geschichte von

Hans Kruger nicht nur die eines alkoholkranken Dorfschenkenwirts war. Doch keiner von uns hatte Lust, das jetzt zu thematisieren. Genauso wenig wie offenkundig Grode, der betont beiläufig seinen Faden wieder aufnahm.

«Das Verarbeiten zu Fischfutter sollte rund zwei Stunden dauern. Dann könnt ihr meinetwegen los. Tomasz wird euch fahren. Der ist verschwiegen und kann auch mit meinem Boot umgehen. Das liegt am Ratzeburger See. Der sollte sich gut für eure Zwecke eignen. Viele Fische …»

Munter vor sich hinredend schlurfte er aus dem Raum und ließ uns einfach in seinem Büro sitzen.

-40-

Einige Stunden später dümpelten wir im gar nicht so kleinen Segelboot über den Ratzeburger See. Tomasz war der Mann, den wir schon im Büro kennengelernt hatten. Er saß schweigend am Ruder und wartete wohl nur darauf, dass wir ihm Bescheid gaben, wenn eine Stelle zum Leeren der Eimer geeignet wäre.

Tatsächlich hatte er kaum fünf Sätze mit uns gewechselt. Nur das Allernotwendigste. Selbst Nachfragen zu dem Geld, das Mareike ihm in die Hand gedrückt hatte, verkniff er sich. Allerdings waren wir alle drei auch nach weniger als einer halben Minute im Auto eingeschlafen. Als er uns weckte, hatte es bereits wieder gedämmert. Wir waren längst am See angekommen.

Tomasz hatte darüber hinaus bereits das Boot startklar gemacht und die acht Eimer rübergetragen. Er war entweder unerhört fleißig, unfassbar freundlich oder uns auf eine unbestimmte Art dankbar. In jedem Falle war er ein Schatz. Natürlich hatte es uns verwundert, dass diese beiden riesigen Kerle in acht Eimern Platz gefunden haben sollten. Aber niemand hatte Lust nachzufragen. Wir kamen wortlos überein, das Wesentliche bei uns zu haben.

Sogar ein paar belegte Brote hatte Tomasz für uns besorgt. Doch in Anbetracht der anstehenden Bootsfahrt und der heiklen Natur unserer Mission konnte sich niemand überwinden, was zu essen.

Selbstredend hatte es etwas Beklemmendes, in einem Boot zu sitzen und zu überlegen, wo man pietätvoll zwei auf acht Eimer verteilte Männer beisetzen könnte. Darin besaß niemand von uns Erfahrung. Auch der stille Tomasz nicht. Es bestand kein Grund, daran zu zweifeln.

Das erste Licht des Tages schmeichelte uns. Ich schaute zu Mareike, dann zu Jana und sehnte mich plötzlich zurück in die Zeit, als ich mich noch völlig gefahrlos und ohne Folgen in jede schöne Frau, die mir auch nur ein bisschen nahekam, verlieben konnte. Das war erst drei Tage her.

Auf dem Hühnerhof hatte ich kaum selbst gesprochen und nur meinen beiden tollen Frauen zugehört. Sie waren der Hammer. Jana, wie sie, obwohl sie überhaupt gar nichts beweisen konnte, mit einer fast fertig recherchierten Geschichte geblufft hatte, und Mareike, die aus dem Nichts einen brillanten Plan entwickeln konnte. Unfassbar, wie schlau die beiden waren. Und lustig. Wie vielen schlauen und lustigen Frauen ich wohl noch in meinem Leben begegnen würde? Hoffentlich einer Menge. Ich konnte kaum glauben, dass ich gerade noch ernsthaft darüber nachgedacht hatte, was ich mit meinem Leben anfangen wollte. Wie meine Tage und meine Zukunft aussehen sollten. Mit wem ich sie mir erträumte. *Wie kann man von Gipfeln träumen, wenn man noch nie einen Berg gesehen hat?* Das hatte nicht mein Großvater gesagt, sondern meine Mutter. Die ist nämlich auch schlau und lustig. Welchen Sinn hatte es, jetzt schon Pläne zu machen, wenn es noch so vieles im Leben gab, von dem man überhaupt keine Ahnung hatte?

«Vielleicht gehe ich irgendwann nach Torfstede zurück.» Sagte Mareike plötzlich, als wäre sie schon vor langer Zeit fortgegangen. «Also reise erst mal rum. Lerne viel über nachhaltige Acker- und Viehwirtschaft. Studiere womöglich was in der Art. Gucke mir alles an, was gut ist, was man machen kann, und kehre dann heim, um bei Onkel Horst einzusteigen. Ein Erbteil vom Hof steht mir über Mama ja sowieso zu.»

«Er würde sich wahrscheinlich freuen. Also dein Onkel.»

Während Jana das sagte, gab sie Tomasz ein Zeichen. «Hier ist es, glaube ich, okay.»

Unser gleichmütiger Skipper bemühte sich, das Schiff ruhig zu halten. Jana öffnete den ersten Eimer. Trotz der frischen Seeluft schlug einem der Geruch wie eine Faust auf die Stirn. Unwillkürlich hielten Mareike und ich die Luft an, um dann zügig auch jeweils einen Eimer zu öffnen.

«Sollten wir nicht noch irgendwas sagen?», regte Jana an.

«Was denn?», fragte ich mit zugekniffenem Mund.

«Ich weiß nicht. Was Persönliches, Versöhnliches vielleicht. Was wir eben so fühlen. Jetzt. In diesem Moment.»

Mareike nickte und sagte nachdenklich:

«Tschüs.»

Dann leerte sie ihren Eimer aus. Das erschien uns passend, weshalb wir den Inhalt unserer Eimer direkt hinterherkippten.

In der zweiten Runde übernahmen Jana und ich die Rede. Also sagten gleichzeitig «Tschüs». Es ging deutlich schneller.

Bei den letzten beiden Eimern zögerten wir noch einmal. Als hätten wir plötzlich Angst, doch etwas vergessen zu haben. Still schauten wir uns an. Lauschten dem See, den zärtlich klackenden Bootsgeräuschen und den ersten Vögeln. Als würde die Zeit noch einmal stillstehen.

Nichts umkommen lassen, dachte ich, traute es mich aber nicht zu sagen.

Stattdessen ergriff Tomasz plötzlich das Wort.

«Bald ist es ganz hell.»

Daraufhin leerten wir auch die letzten beiden Eimer in den See.

Auf der Rückfahrt bekamen wir Appetit. Die belegten Brote reichten uns nicht. Wir hielten an einer Gastwirtschaft und frühstückten in feudaler Opulenz sowie prachtvoller Stimmung. Selbst Tomasz taute auf. Er begann Geschichten zu erzählen aus einer Welt, die uns so fremd war wie unsere Zukunft.

Damit hörte er nicht auf, bis wir zurück in Torfstede waren. An der neugebauten Country Lounge trafen wir Horst Grode, der dort seine Baustellen beaufsichtigte. Er hatte sich bereits um alles weitere gekümmert und riet uns, von nun an so zu tun, als wäre nie etwas gewesen. Das war zwar das Einzige, was wir ganz sicher nicht tun konnten, aber wir versprachen es ihm.

Wir nahmen unsere Jacken und Rucksäcke und gingen zu Fuß die Hühnerhofstraße entlang. Bogen schweigend in den Waldweg, bis wir zum kleinen Schuppen kamen, wo Mareike noch ihr Fahrrad hatte. Als wir uns kurze Zeit später umarmten, fühlte es sich an wie ein ganz normaler alltäglicher Abschied.

Jana bat mich, mein Handy zu entsperren und es ihr zu geben. Dann tippte sie etwas ein.

«Ich werde so schnell wie möglich abreisen. Muss sein. Aber das hier ist meine Telefonnummer und Adresse in Hamburg. Wehe, ihr meldet euch nicht.»

Sie hielt kurz inne.

«Ach so. Ich heiße übrigens eigentlich Karoline.»

Mareike setzte sich auf ihren Sattel, Jana oder Karoline auf den Gepäckträger, dann entfernten sie sich langsam, aber stetig von mir. Ich sah den beiden albern lachenden, wacklig auf dem Fahrrad dahinjuckelnden Frauen mit den wild verspielt wehenden Haaren nach und dachte:

Es hätte alles so schön sein können. Das hätte es wirklich. So schön. Sein. Doch nun würde es eben werden. Alles. Anders. Jeden Tag. Für immer.

Also erst mal.

Auch okay.